Uwe Goeritz

Anna und der Kurfürst

Bibliografische Information der Deutschen Nationalbibliothek:

Die Deutsche Nationalbibliothek verzeichnet diese Publikation in der Deutschen Nationalbibliografie; detaillierte bibliografische Daten sind im Internet über http://dnb.dnb.de abrufbar.

© 2017 Uwe Goeritz

Coverfoto: Marion Jana Goeritz

Herstellung und Verlag: BoD – Books on Demand, Norderstedt

ISBN: 978-3-7448-8200-2

Inhaltsverzeichnis

Anna und der Kurfürst

E s ist das Jahr 1710. Nach einer abenteuerlichen und gefährlichen Reise erreicht die siebzehnjährige Gräfin Anna Maria von Hohenfeld die sächsische Hauptstadt Dresden, wo sie die Hochzeit der Schwester vorbereiten soll, doch sie verliebt sich ausgerechnet in den Bräutigam. Kann diese Liebe wahr werden? Und was hat der Kurfürst Friedrich August I. von Sachsen damit zu tun?

Ein Abenteuer folgt dem Nächsten in der großen Stadt, für die junge Gräfin vom Lande.

Die handelnden Figuren sind zu großen Teilen frei erfunden, aber die historischen Bezüge sind durch archäologische Ausgrabungen, Dokumente, Sagen und Überlieferungen belegt.

1. Kapitel

Eine Falle?

Sie schlug die Augen auf und die ersten Strahlen der Sonne fielen auf ihr Gesicht. Sie wurden durch ein Blätterdach abgeschirmt, so dass die Strahlen mit dem Wind zu tanzen schienen, aber es waren nur die Blätter, die den Weg der Sonne zum Gesicht der Frau freigaben. Sie setzte sich auf und versuchte sich zu erinnern, wo sie hier war. Es war ein Waldstück, soviel war schon mal klar, aber wo? Beim Grübeln fiel ihr mit Erschrecken ein, dass sie auch nicht wusste, wer sie selbst war. Alles war aus ihrem Gedächtnis gelöscht. Alles vor diesem Moment des Erwachens, gerade eben in einer ihr fremden Welt. Der Kopf tat ihr weh und sie faste sich an die Stirn. Eine gewaltige Beule hatte sie da über ihrem Auge und vielleicht war das ja die Ursache ihres Gedächtnisverlustes.

Mühsam stand sie auf und begann schwankend durch den Wald zu gehen. Da sie sowieso nicht wusste wohin, wählte sie den Weg zur Sonne hin. So hatte sie wenigstens einen Anhaltspunkt. Der Wald war nicht besonders dicht und das Unterholz nur an einigen Stellen so miteinander verfilzt, dass sie einen großen Bogen darum machte. Immer weiter blieb sie in Richtung Sonne, bis ihr einfiel, dass die Sonne ja wanderte. So würde sie dann wahrscheinlich im Kreis gehen und am Abend vielleicht unweit ihrer Ausgangsposition ankommen. Also versuchte sie nun die warmen Strahlen auf ihrem rechten Arm zu behalten.

Immer noch schwankend lief sie weiter. Sie musste schon ewig gelaufen sein, aber sie war immer noch im Wald. Dieser schien einfach kein Ende nehmen zu wollen. Bei jedem Schritt versuchte sie sich zu erinnern, was am Tag zuvor passiert war und wer sie war. Aber es blieb nur ein schwarzes Loch übrig, das da in ihrem Kopf war. Langsam musste es Mittag sein, die Sonne schien nun fast von oben auf sie herunter, als ein Rabe aus einem Gebüsch direkt vor ihr aufflog. Die Frau erschreckte sich so sehr vor dem schwarzen Vogel, dass sie begann durch den Wald zu rennen, so schnell es ihre Füße und der taumelnde Gang zuließen. Immer wieder schlugen ihr Äste in das Gesicht und plötzlich verlor sie den Boden unter den Füßen.

Mit einem Schrei sauste sie in die Tiefe. Es war eine verdeckte Grube gewesen, dass sah sie, als sie am Boden der Grube saß und nach oben schaute. Sicher als Falle für irgendwelche Tiere von Wilderern gegraben. Verzweifelt versuchte sie am Rande der Grube nach oben zu kommen, aber die Ränder waren so glatt und rutschig, dass sie immer wieder zurück fiel. Vermutlich waren sie absichtlich mit Wasser so schlammig gemacht worden, so dass eine Beute nicht entkommen konnte. Nun versuchte sie nach oben zu springen und einen Ast zu erreichen, der von der Fallenabdeckung hereinreichte, aber sie sprang immer nur um Handbreite danebenvorbei. Ihre Finger konnten das rettende Stück Holz nicht fassen. So musste sie nun also in der Grube ausharren, bis sie gerettet werden würde.

Sollte sie um Hilfe rufen? Sie dachte wieder daran, dass es ja eine Falle von Wilderern war und dass sie denen lieber nicht in die Hände fallen wollte, andererseits, wer würde hier im Wald schon umherlaufen und diese Falle finden, der sie nicht erwarten würde? Schließlich entschied sie sich zu rufen und es dauerte eine ganze Weile, bevor sie im Wald ein Knacken hörte, das sich der Grube langsam näherte. War es ein wildes Tier? Oder doch die Fallensteller? Sie verstummte und wartete.

Kurze Zeit später tauchte ein Kopf in der Lücke der Abdeckung auf und sah zu ihr herunter. Sie stand auf und versuchte nach oben zu lächeln, aber das gelang ihr nicht so recht. Der Mann war riesig und ihr machte das irgendwie Angst. Für einen Augenblick verfluchte sie den Gedanken, nach Hilfe zu rufen, dann langte ein Arm nach unten, erfasste sie an der Schulter und hob sie einfach so nach oben. Wie eine kleine Stoffpuppe hing die Frau in der Hand des Mannes über dem Abgrund. Der Mann sah sie an und warf sie sich dann einfach über die Schulter. Alles Betteln, Strampeln und mit den Armen auf den Rücken des Riesen Schlagen brachte nichts. Der Mann hielt sie unerbittlich fest, so wie man einen Mehlsack auf der Schulter trug. Nun trug er sie durch den Wald, so wie sie vorher dort gelaufen war. Von Zeit zu Zeit schlug ein Ast auf ihren Hintern und sie schrie jedes Mal wieder auf. Insgeheim dachte sie, dass er das wohl absichtlich machen würde, denn die Äste trafen nur sie und nicht ihn.

Schließlich betraten sie eine Lichtung, auf der eine Hütte stand, wie sie an ihm vorbei sehen konnte. Mit seiner Last auf dem Rücken betrat der Mann die Hütte und stieg eine Treppe hinab in den Keller. Dort stand schon ein anderer Mann, der sehr viel schmächtiger war, als der Riese, der sie getragen hatte. Direkt von seiner Schulter aus warf der Mann sie in einen halbdunklen Raum, der über einem Fußboden aus gestampftem Lehm verfügte, welcher nur dünn mit Stroh belegt war. Sie landete schmerzhaft auf dem Rücken und sah die beiden Männer an. „Schau dir mal unsere Beute an." sagte der Riese zu dem anderen und dieser lachte hämisch. In die Augen der Frau mischte sich die Angst davor, was nun noch kommen könnte und schon kurze Zeit später sollte sich ihre dunkle Vorahnung bestätigen.

Als erstes zog er ihr die Schuhe von den Füßen und gab sie dem Hageren, der damit lachend aus dem Raum, die Treppe nach oben, verschwand. Nun waren sie nur noch zu zweit hier unten. Als nächstes gingen Kleid und Unterrock unter den Händen des Riesen nacheinander in Fetzen. Jetzt, wo er sie sicher in seinem Versteck hatte, war ihm sicher alles egal. Hier konnte sie schreien, so laut und so lange sie wollte. Niemand würde sie hören. Sie bettelte, doch er machte einfach weiter. Mit einer seiner riesigen Hände hatte er sie am Fußknöchel gepackt und hielt sie so einfach fest. Nachdem auch ihr Mieder zerrissen und sie nun nackt war, ließ er sie los, um seine Hose zu öffnen. Sie nutzte diesen Moment und drehte sie sich auf den Bauch, dann versuchte sie von dem Mann davon zu kriechen.

Der Riese setzte ihr nach, packte sie an den Hüften und zog sie zu sich heran, wobei ihre Finger Spuren im Stroh hinterließen. Er drückte ihren Kopf in das Stroh hinab, dann schob er sich in sie hinein. Sie schrie ihren Schmerz heraus, während es sich schnaufend an ihr verging. Er kniete hinter ihr und hielt sie mit seinen Händen um den Unterleib gepackt, wobei sich seine Finger fast vor ihrem Bauch trafen. Alles an ihm war groß und sie hatte das Gefühl innerlich zerrissen zu werden. Mit einem Brüller ließ er von ihr ab und warf sie zu Boden. Er drehte sich zur Treppe um, stieg nach oben, schloss eine Deckenluke und sie lag weinend alleine in dem Dämmerlicht des Kellers.

Die Frau kroch zur rückwärtigen Wand und presste sich in eine der Ecken des Raumes. Nur notdürftig bedeckt sie sich mit den Resten ihrer zerrissenen Sachen. Von oben fiel nur wenig Licht in den Raum, durch direkt unter der Decke angebrachte kleine Öffnungen. Da würde gerade mal ihre Hand hindurch passen. Rettung konnte sie damit keine erhoffen und Flucht war auch ausgeschlossen. Irgendetwas lief ihr Bein herab, ob es Blut oder eine andere Flüssigkeit war konnte sie nicht erkennen. Immer noch waren die Schmerzen da.

Sie verfluchte den Moment, als sie in die Falle gestürzt war und immer noch hatte sie keine Ahnung, wer sie wirklich war. Die ersten Tränen rollten über ihre Wange. Tränen der Verzweiflung und des Schmerzes.

2. Kapitel

Auf der Suche

arald saß am Tisch in einem der Zimmer im Schloss seines Vaters. Vor langer Zeit, er konnte sich kaum noch daran erinnern, waren sie hier nach Dresden gezogen, um am Hof des Kurfürsten dienen zu können. Eigentlich hatte es aber mit Dienen im eigentlichen Sinne nichts zu tun, was sie Beide hier machten. Sein Vater war in der Verwaltung tätig und Harald würde diese Tätigkeit sicher in ein paar Jahren übernehmen, aber im Moment hatte er hier nicht so viel zu tun. Sein Blick fiel durch das Fenster auf den Park des Schlosses und er stand auf. Vor ein paar Wochen war er 21 Jahre alt geworden und sein Vater hatte beschlossen, dass es nun Zeit für ihn sei, zu heiraten.

Alle Auswege, Ausflüchte und Ausreden hatten nur dazu geführt, dass der alte Mann ihm die Enterbung angedroht hatte und so hatte er sich in sein Schicksal gefügt. Gräfin Sofie sollte eigentlich schon am Vortag bei ihm angekommen sein, aber anscheinend verspätete sie sich aus irgendeinem Grunde. Ihm war das ganz recht, denn so hatte er noch etwas Zeit mit seinen Freunden verbracht. Aber nun ging es schon auf den Mittag des zweiten Tages zu und da machte er sich schon ein paar Gedanken. Er stützte sich auf das Fensterbrett und schaute auf das Tor des Parks, durch das der Wagen mit seiner zukünftigen Frau eigentlich hätte kommen müssen.

Von dem Schloss nördlich von Leipzig bis hier her war es doch aber gar nicht so weit und ein Melder mit einer Botschaft der Gräfin war auch nicht eingetroffen. Er drehte sich um und rief „Georg!" die Tür öffnete sich und sein Leibdiener betrat den Raum „Zu Diensten, Herr Graf." sagte der Mann und machte eine Verbeugung. „Sattele unsere Pferde und lade die Waffen. Wir reiten der Gräfin entgegen!" gab Harald ihm auf und mit einer Verbeugung verschwand der Diener wieder. Wenig später betrat Georg wieder den Raum und brachte den Mantel und das Schwert des Grafen mit. Er selbst hatte seinen Mantel schon an und auch ein kurzes Schwert hing schon an seinem Gürtel. Zwei paar Sattelholster mit vier Radschlosspistolen hingen über seiner Schulter.

Schwer bepackt half der Diener seinem Herrn in den Mantel und überreichte ihm das Schwert. Im Hinausgehen sagte Harald „Warum nehmen wir nicht die Hunde mit? Die langweilen sich sowieso nur hier im Schloss." Der Diener nickte und sie gingen die große Treppe hinunter. Direkt vor der Tür stand ein weiterer Diener mit den beiden Pferden am Zügel. Georg verschwand kurz und kam dann mit den beiden Hunden um die Ecke. Er half seinem Herren auf das Pferd und saß dann selber auf. Danach befestigte der Diener die Pistolen vor sich und seinem Herren auf dem Pferd. Die Hunde liefen schon um die Beine der Pferde herum und wenig später ritten die beiden Männer aus dem Schloss hinaus. Nun jagten ihnen die Hunde hinterher.

Im leichten Trab ritten sie die Straße entlang und folgten dann, nachdem sie Dresden verlassen hatten, dem Wegweiser an der Landstraße. Wie weit konnte die Kutsche gekommen sein? In der Mitte des Weges war ein Gasthof, in dem die Gräfin sicher übernachten würde und dort würden sie zuerst nach ihr suchen. Vielleicht kam ihnen die Kutsche aber auch schon unterwegs entgegen. Es gab ja nur diesen einen Weg, den sie genommen haben konnten. Doch bis zum Abend war keine Kutsche in Sicht und sie erreichten den Gasthof. Auch dort war keine Kutsche, aber der Gastwirt erklärte, dass die Gräfin zwei Tage zuvor in der Frühe bei ihm abgefahren war. Wo konnte die Kutsche nur abgeblieben sein? Harald hatte jetzt aber doch schon ein eher mulmiges Gefühl. Irgendetwas war mit seiner zukünftigen Frau passiert. Am nächsten Tag würden sie daher auf der Straße nach Dresden zurück reiten und nach der Kutsche oder irgendeiner Spur von ihr suchen.

Pünktlich nach Sonnenaufgang stand Georg mit Pferden und Hunden vor dem Gasthof und hielt das Pferd so, dass sein Herr aufsitzen konnte. Nun ritten die Beiden wieder zurück und sahen nun viel deutlicher auf den Boden vor ihnen. Mitten in einem Waldstück sahen sie einen Waldweg abzweigen, auf den sie am Vortag nicht geachtet hatten. Sie folgten dem Weg und bemerkten schon bald, dass dort eine Kutsche sehr schnell gefahren sein musste. Schließlich fanden sie die Kutsche, auf der Seite liegend. Die beiden Kutscher lagen erschlagen daneben und die Pferde fehlten.

Harald sprang vom Pferd und sah in die Kutsche, die aber leer war. Von seiner zukünftigen Gräfin fehlte jede Spur. Vermutlich war sie vor den Räubern in den Wald geflohen. Zum Glück hatten sie die Hunde mit. Nach ein paar Augenblicken hatten sie, ein Stück zurück des Weges, einen Fetzen von einem Kleid gefunden. Nun liefen sie mit den Hunden, der Spur folgend, durch den Wald. Die Pferde hatten sie bei der Kutsche gelassen, aber die Pistolen hatten sie zur Sicherheit mitgenommen. Die Räuber konnten ja noch in der Nähe sein. Sie liefen so schnell sie konnten und die Hunde schienen eine gute Spur zu haben. Nach ein paar Stunden waren sie an einer Grube angekommen, die eine Falle zu sein schien. Dort verloren die Hunde die Spur, aber Harald sah, dass auf der anderen Seite tiefe Fußabdrücke im Boden waren. Ein Mann hatte etwas von dort weggetragen. Nun folgten die Hunde der Spur des Mannes.

Wenig später sahen sie eine Hütte auf einer Lichtung stehen. Die beiden Hunde stürzten los. Ein kleiner Mann mit einem Beil stand vor der Hütte und versuchte die Tiere abzuwehren, doch wenig später brach er tödlich verletzt zusammen. Das Gebell der Hunde hatte einen anderen Mann aus der Hütte gelockt. Mit einem Knüppel versuchte ein Riese die Hunde abzuwehren. Eines der beiden Tiere flog jaulend zur Seite. Harald und Georg zogen die Pistolen und feuerten alle vier auf den Mann ab. Alle Kugeln trafen, doch der Mann wankte nicht einmal. Nun stürzte er sich, den Hund am Bein, an das dieser sich festgebissen hatte, hinter sich herziehend, auf die beiden Männer.

Knüppel gegen Schwerter war eigentlich ein ungleicher Kampf, aber in der Hand des Riesen war der Knüppel eine tödliche Waffe. Immer wieder mussten sie seinen Hieben ausweichen, bis Georg den Mann tödlich am Hals traf. Wie ein Baum fiel dieser nach vorn um und hätte um ein Haar Harald unter sich begraben. Im letzten Moment konnte der Graf zur Seite springen. Der getroffene Hund kam hinkend zu ihnen zurück gelaufen und Georg ging in die Hütte hinein. Kurz darauf kam er mit einem zerrissenen Unterrock zurück und zeigte diesen seinem Herrn. „Sie war hier!" sagte Harald und sah sich um. Neben dem Feuer lag ein Schädel, den er aufhob. „Kommen wir zu spät?" fragte er seinen Diener.

Georg schüttelte den Kopf. „Der liegt schon länger hier. Vielleicht konnte die Gräfin fliehen." sagte er und hielt den Unterrock den Hunden hin. Die nahmen die Spur wieder auf und liefen zum Waldrand. Gefolgt von den beiden Männern.

3. Kapitel

Zwischen Leben und Tod

Immer noch saß sie in der Ecke. Für ein paar Augenblicke hatte sie wohl auch in der Nacht geschlafen, aber die beiden Männer hatten sie in Ruhe gelassen. An den Schritten über sich hörte sie, dass die Beiden aber wohl da waren. Lange hatte sie geweint, aus Wut, Schmerz und Scham, aber irgendwann hatte sie keine Tränen mehr gehabt. Was würde nun mit ihr geschehen? Und vor allem wusste sie immer noch nicht, wer sie war. Auch das Grübeln in der Dunkelheit der Nacht hatte kein Licht in ihren Kopf gebracht. Sie lehnte sich zurück und fuhr mit den Fingern durch ihr langes schwarzes Haar, aber alles brachte nichts. Kein Name, kein Ort fiel ihr ein. Vor Wut hätte sie schreien können, aber das hätte vielleicht die beiden Männer oben auf sie aufmerksam gemacht und mit denen wollte sie sich lieber nicht anlegen.

Auch zu Essen hatten sie ihr nichts gebracht. Seit die Männer verschwunden waren saß sie nun so und sie hatte sich keine Handbreit von ihrer Ecke wegbewegt. Die Sachen waren vollkommen zerfetzt, die würde sie nie wieder anziehen können. Die Gewalt des Riesen hatte deutliche Spuren im Material hinterlassen. Sie hatte sich den Rock um die Schultern gelegt. Es war zwar nicht kalt gewesen in der Nacht, aber irgendwie fühlte es sich so besser an, wenn sie etwas an hatte. Von draußen hörte sie ein paar Vögel singen. Vermutlich musste einer der Sänger direkt vor dem Keller auf einem Strauch sitzen. So nah war der Gesang des kleinen gefiederten Gesellen zu hören. Sie lauschte auf das Lied und sah, wie der Lichtstrahl, der durch eines der Löcher fiel, langsam an der gegenüberliegenden Kellerwand entlang wanderte.

Als der Strahl die Treppe erreichte, wurde die Luke in der Decke von oben aufgerissen und der große Mann betrat den Raum. Er sah sich kurz in der Dunkelheit um und hatte sie auch schon gesehen. Vermutlich hatten seine Augen einen Moment gebraucht, um sich an das Halbdunkel zu gewöhnen. Vielleicht war das ihre Chance zur Flucht gewesen, doch nun war diese vertan. Außerdem verdeckte der Mann fast den gesamten Treppenaufgang, wie hätte sie sich da unbemerkt an ihm vorbei ins Freie drängeln können? Der Mann kam auf sie zu und griff nach ihrem Fuß. „Nicht schon wieder!" dachte sie und schrie auf. Sie versuchte zu strampeln und ihm so zu entgehen, doch seine Finger umklammerten ihren Knöchel. Mühelos zog er die Frau zu sich und wechselte zu ihren Armen. Ihre beiden Hände in einer seiner Hände gefangen, zog er sie schließlich auf die Füße und schob sie nackt aus dem Keller, über die Treppe, nach draußen.

Geblendet stand sie vor der Hütte und sah den anderen Mann, der sich über ein Feuer gebeugt hatte. Ein großer Kessel mit kochendem Wasser hing darüber und Dampfschwaden zogen am Kopf des hageren Mannes vorbei in den Himmel. Der Riese stand nun hinter ihr und hatte ihre Arme auf ihrem Rücken so fest zusammen gepresst, so dass es in ihren Schultern zog. Sie schrie vor Schmerz auf und das wiederum ließ den anderen Mann aufblicken. Lächelnd kam er auf sie zu und betrachtete sie, dann nickte der Mann und der Riese ließ sie los. Sie drehte sich um und schaute den Mann an. Er überragte sie um mehr als zwei Haupteslängen. Nun stand sie zwischen den beiden Männern, aber bevor sie auch nur eine Bewegung machen konnte hatte der hagere Mann sie von hinten an den Armen gepackt und hielt sie nun fest.

Der Riese stand mit einem Strick vor ihr und band ihr die Hände zusammen. In seinen großen Händen wirkte der Strick wie ein kleiner Faden. Er zog den Knoten so fest, dass ihre Hände weiß wurden. Der andere Mann, der in etwa die Statur und Größe der Frau hatte, hielt sie nun an den Schultern fest. Jetzt erst ließ sie ihren Blick rund herum schweifen. Sie suchte eine Möglichkeit der Flucht. Der Mann hinter ihr würde sie nicht halten können, wenn sie sich losreisen würde, dass hatte sie sofort bemerkt. Aber solange der Riese noch vor ihr stand, war jede Flucht vergebens. Wo gab es eine Möglichkeit zu entkommen?

Die Hütte stand auf einer kleinen Lichtung mitten im Wald. Es waren vielleicht vierzig Schritte bis zum rettenden Waldrand. Wenn es da keine Fallen gab, so konnte sie vielleicht rennend entkommen. Dann sah sie nach unten, um den Weg zu erkunden und bemerkte neben dem Feuer einen angekohlten Schädel und Knochen liegen. Plötzlich erkannte sie die Gefahr, in der sie schwebte. Sie riss die Augen auf und zuckte zusammen. Sie war in der Gewalt von Menschenfressern! Als sie wieder aufblickte sah sie das Funkeln der Sonne auf der Klinge von einem großen Messer, das der Riese plötzlich in der Hand hatte. Das kochende Wasser im Kessel hinter ihr war für sie bestimmt! Der große Mann näherte sich langsam und das Messer zeigte bedrohlich auf ihren Hals. Verzweifelt überlegte sie und als der Mann nahe genug war trat sie ihm mit dem Bein mit voller Kraft in den Unterleib.

Der Riese krümmte sich zusammen und ließ das Messer fallen. Sie trat nach hinten und der hagere Mann taumelte rückwärts. Dabei stieß er den Kessel um und das Wasser ergoss sich auf den Boden. Zischend verlosch das Feuer und der Dampf breitete sich rund um sie aus. So schnell sie konnte rannte sie dem rettenden Waldrand entgegen. Hinter sich hörte sie das Brüllen des Riesen und seine stampfenden Schritte. Das trieb sie nur noch mehr an. Viel zu langsam kamen die Bäume näher.

Endlich hatte sie den Waldrand erreicht und lief einfach weiter. Sie sprang mitten durch einen Brombeerstrauch und es war ihr egal, dass die Dornen ihr die Haut aufrissen. Hier ging es um ihr Leben. Und genauso rannte sie auch. Da die Hände vorn gefesselt waren, konnte sie mit ihnen notdürftig die Zweige vor ihrem Gesicht zur Seite schieben.

Sie rannte und rannte, ohne sich umzusehen. Vermutlich war sie so schnell, dass die beiden Männer sie nicht verfolgen konnten. Weit hinter sich hörte sie ein wütendes Geschrei, dass sie nur noch mehr antrieb. Immer weiter lief sie in den Wald hinein, bis sie irgendwann vor Erschöpfung umfiel.

4. Kapitel

Die Sorge eines Vaters

Der alte Graf stieg aus der Kutsche und betrat die Treppe seines Hauses. Einer seiner Diener erwartete ihn wie jeden Abend an der Tür. Nach einer Verbeugung nahm er seinem Herrn den Mantel und den Hut ab. „Ist sie angekommen?" fragte der Graf und der Diener schüttelte den Kopf. „Und mein Sohn?" fragte er weiter „Der junge Herr ist ihr entgegen geritten." entgegnete der Diener und schloss die Tür hinter seinem Herrn. Langsam stieg der alte Herr die Treppe zu seinen Räumen hinauf. In Gedanken war er immer noch bei der Beratung mit dem Kurfürst Friedrich August I. von Sachsen. Doch gleichzeitig machte er sich auch Sorgen um seinen Sohn und die immer noch fehlende Schwiegertochter. Was konnte er tun? Er näherte sich dem oberen Treppenabsatz und als er schließlich oben war, drehte er sich um und ging die Treppe wieder hinab. Sein Deiner eilte ihm voraus, holte den Mantel, den Hut und hielt die Tür wieder offen.

Schnell war die Kutsche angespannt und vorgefahren, ohne dass der Graf auch nur irgendein Wort dazu sagen musste. Seine Diener kannten ihn zum Teil schon mehr als vierzig Jahre. Er selbst hatte das sechzigste Lebensjahr gerade erst erreicht und war, trotz seiner grauen Haare, immer noch in einer guten körperlichen Verfassung. Als die Kutsche vorfuhr sagte er nur „Zur Kaserne der Garde." und stieg ein. Der Kutscher ließ die Peitsche knallen und das Gefährt setzte sich in Bewegung. Schließlich fuhr die Kutsche vor der Kaserne vor und der Graf stieg aus. Einer der Posten salutierte und hielt ihm die Tür auf. Mit einem Kopfnicken betrat der Graf die Unterkunft der Soldaten und ging zum Zimmer des kommandierenden Offiziers.

Dieser erhob sich, als der alte Graf das Zimmer betrat und bot diesem mit einer Handbewegung einen Platz an. Als sie beide an dem kleinen Tisch saßen fragte der Offizier „Was ist euer Begehr?" und der Graf begann zu erzählen. Von der fehlenden Gräfin und seinem Sohn. Von der Suche, die dieser begonnen hatte und von seiner Angst um den Sohn. Der Offizier winkte ab und gab zurück. „Wenn er bis morgen früh nicht wieder da ist, so werde ich mit einer Kompanie ausrücken und ihn, sowie die Gräfin, suchen. Geben sie mir nur morgen Bescheid." Der alte Graf bedankte sich und erhob sich wieder. Mit einem Händedruck verabschiedeten sich die beiden Männer und der Graf fuhr in sein Schloss zurück.

In der Nacht konnte der alte Mann schlecht schlafen. Die Sorge ließ ihn nicht zur Ruhe kommen. Schon in der Morgendämmerung stand er auf und sah aus dem Fenster. Aber hatte er wirklich erwartet, dass sein Sohn so früh zurück sein würde? Er hatte ja einen weiten Weg und war sicher erst in ein paar Stunden zurück. Trotzdem schickte er einen Diener mit einer Botschaft an den Offizier der Garde. Eine Stunde später hörte er die Hufe vieler Pferde auf dem Weg vor seinem Schloss. Er ging zum Tor und sah hinaus.

Etwa zwanzig Reiter unter der Führung des Offiziers waren vor dem Schloss eingetroffen. Die Sonne spiegelte sich auf ihren Helmen. Der Graf ging nach draußen und der Offizier saß ab. Die beiden Männer begrüßten sich. „Sie sind noch nicht da." begann der Graf und der Offizier nickte. „Wir werden sie finden!" sagte der Mann und drehte sich zu seinem Pferd um. „Wartet noch. Ich werde euch einen Diener mit einem Hund mitgeben. Mein Sohn hat auch zwei Hunde dabei. Der dritte wird sein Rudel sicher finden!" sagte der Graf und rief seinen Diener.

Wenig später brach die Gruppe auf. Er stand immer noch oben an der Treppe, wo er den Offizier verabschiedet hatte. Es war zwar das Jahr 1710 und der letzte große Krieg auf sächsischen Boden war länger her, als er auf der Welt war, aber immer noch waren Räuber und marodierende Soldaten in Sachsen unterwegs. Er ging zurück zum Schloss. Zwar hatte er auch noch drei Töchter, die nun mittlerweile alle schon verheiratet waren, aber Harald war sein einziger Sohn. Seit die Frau des alten Grafen vor ein paar Jahren verstorben war lebte er nun zusammen mit seinem Sohn in dem riesigen Schloss. Er hatte gehofft, dass durch die junge Gräfin wieder Leben in das Haus kam. Und nun? Sah er alles zu pessimistisch? Vielleicht waren die Beiden ja auch schon auf dem Rückweg und er machte sich ganz umsonst Sorgen.

So richtig konnte er die Sache aber nicht loslassen. Zum ersten Mal dachte er daran, vielleicht wieder neu zu heiraten. Er war ja noch nicht so alt und auch sehr wohlhabend. Da würde er schon noch eine junge Frau finden können, mit der er noch ein paar Kinder haben konnte. Er setzte sich an den Tisch im Speisezimmer und ließ sich von seinem Diener das Essen bringen. Zum Glück brauchte er heute nicht das Schloss verlassen, aber war das wirklich so ein Glück? Hier drin kamen ihm im Moment die Wände entgegen und so beschloss er, nach dem Essen in den Park zu gehen. Das Grundstück wollte er nicht verlassen, falls eine Nachricht von seinem Sohn oder dem Offizier kommen würde. So setzte er sich an den kleinen Teich hinter dem Haus und schaute den Schwänen zu, wie sie geruhsam über die Wasserfläche zogen.

Das Warten wurde ihm sehr lang und schließlich stand er von der Bank auf und begann den kleinen Teich zu umrunden. Wieder und wieder. Die Gedanken gingen in die Ferne und suchten seinen Sohn. Ging es ihm gut? Bei jedem Geräusch sah er auf, aber es waren nur Kutschen, die hinter dem Schloss, auf der anderen Seite, in die Dresdener Innenstadt fuhren. Keine davon bog zum Schloss ab. Er musste hier schon seit Stunden immer im Kreis gegangen sein und irgendwann fiel die Dunkelheit langsam über das Schloss. Er schaute zu der untergehenden Sonne und horchte in die Dunkelheit. Waren da nicht Pferde zu hören und das Klappern von Schwertern gegen Pferdeleiber, wie sie die Garde trug? Täuschten ihn da seine Ohren? Er ging nach vorn auf die andere Seite des Schlosses und stellte sich auf die Treppe. Aber nichts war zu sehen.

5. Kapitel

Alleine im Wald?

Sie wachte auf und lag auf dem Bauch im hohen Gras einer kleinen Lichtung. Die Frau horchte, aber alles rings um sie herum war ruhig. Offensichtlich waren die beiden Männer ihr nicht gefolgt, oder hatten ihre Spur im Wald verloren, sonst hätten sie sie schon längst gefunden. Sie hatte keine Ahnung, wie lange sie schon hier lag, eine Stunde aber sicher schon. Als sie den Blick hob, sah sie einen kleinen Hasen, der, keine fünf Schritte von ihr entfernt, am Waldrand saß und sich das Gras schmecken ließ. Nun war sie sicher, dass hier außer ihr niemand war, denn der Hase wäre sicher weggelaufen. Sie setzte sich auf und das kleine Tier hoppelte schnell in den schützenden Wald hinein.

Erst jetzt wurde ihr so richtig klar, aus welcher Gefahr sie da gerade eben entflohen war. Die Tränen begannen ihr über das Gesicht zu laufen. Um ein Haar wäre sie im Suppenkessel der beiden Männer gelandet. Sie hörte das Rauschen eines kleinen Baches und sah sich um. Am Rande der Lichtung war ein kleiner Abhang und sie ging dort hin. Von oben sah sie auf ein kleines Gewässer, das sicher nicht breiter als ein Schritt war. Sie hätte leicht auf die andere Seite springen können. Die Frau stieg hinab und kniete sich an das andere Ufer. Mit beiden Händen, die ja immer noch gefesselt waren, schöpfte sie Wasser heraus und trank es gierig. Es war kalt und glasklar. Sie wusch sich das Blut der letzten Nacht von den Beinen und wusch sich den Rest des Körpers. Erfrischt setzte sich die Frau an einen der Bäume und versuchte die Hände zu befreien, aber das war gar nicht so einfach.

Der Riese hatte einen komplizierten Knoten in die Schnur gemacht und solange beide Hände gefesselt waren, kam sie nicht an den Knoten heran. Sie versuchte die Schnur mit den Zähnen zu lockern, aber das gelang auch nur mühselig. Mit angezogenen Knien, an den Baum gelehnt und die Schnur zwischen den Zähnen saß sie nackt im Wald. Wie sollte es weiter gehen? Und vor allem Wohin? Auch die Todesangst hatte die Erinnerung nicht zurück gebracht. Alles vor dem Aufwachen im Wald am Vortag lag immer noch im Dunkeln. Wenn sie nicht schon der Schmerz zum Weinen gebracht hätte, sie hätte jetzt bestimmt aus Zorn über das fehlende Gedächtnis geweint.

Ein Geräusch schreckte sie auf. War da nicht ein Knacken im Wald gewesen? Sie horchte angestrengt, aber das Rauschen des Baches überdeckte fast alle Geräusche rings um sie herum. Vielleicht war es ja auch nur ein Tier gewesen. Immer weiter versuchte sie den Knoten aufzuziehen und endlich gab der Strick etwas nach. Sie spürte wie das Blut wieder kribbelnd in ihre Hände strömte und als sie aufsah schaute sie in die Augen eines Hundes, der keine fünf Schritte entfernt über dem Bach auf dem Hang stand. Für einen Moment dachte sie, dass es eine Täuschung sei, so still und starr wie das Tier dort stand, doch dann kam es auf die Frau zu und die schrie erschrocken auf. Sie versuchte das Tier mit den Händen abzuwehren, doch der Hund setzte sich nur still vor sie hin.

Ein zweiter Hund erschien, der etwas hinkte, und auch dieser setzte sich direkt vor sie hin. Vorsichtig versuchte sie den Tieren über den Kopf zu streichen und Beide ließen das zu. Ein weiteres Knacken im Wald ließ sie nach oben sehen und dann traten zwei Männer an den Bach. In der Erinnerung an die anderen Beiden im Wald schrie sie auf und die beiden Hunde drehten ihre Köpfe zu den Männern. Einer der Männer zog ein langes Jagdmesser und sprang zu ihr herunter. Sie versuchte die Hände schützend nach oben zu nehmen und schloss schon mit ihrem Leben ab, doch dann durchtrennte die Klinge das Seil und der Mann hängte ihr seinen Mantel um die nackten Schultern.

Der Zweite kam zu ihr und fragte „Wer bist du?" doch diese Frage konnte sie nicht beantworten. Ehrlich sagte sie „Ich weiß es nicht." Der Mann zog ein Metallion aus seiner Tasche und klappte es auf. Das Bild einer Frau war darin zu sehen. Sie hatte blonde Haare, aber sonst war sie ihr irgendwie ähnlich. Der andere Mann hatte ein weißes Stück Stoff in seiner Manteltasche gehabt und die Frau zog es heraus. Es war ihr zerrissener Unterrock. „Das ist meiner." sagte sie und steckte den Stoff wieder weg. Sie verschloss den Mantel vorn, so dass er nun völlig ihre Blöße bedeckte. Der Mann mit dem Medaillon sagte „Also meine Gräfin bist du nicht." und steckte den Anhänger wieder weg. „Aber du musst in ihrer Kutsche gewesen sein. Die Hunde haben uns von dort direkt zu dir geführt!" sagte er weiter und sah den anderen Mann an.

„Wohin?" fragte er und der Andere, nun ohne Mantel, zeigte in eine Richtung in den Wald. Zu dritt, begleitet von den beiden Hunden, brachen sie auf. Da die Frau etwas kleiner war, als die beiden Männer, ging ihr der Mantel bis über die Knie. Nebeneinander gingen sie durch das Waldstück und umgingen die größeren Gebüsche. Die beiden Männer versuchten alles Mögliche aus ihr heraus zu bekommen, aber immer noch war die Erinnerung nicht zurück, und so konnte sie nur von der vergangenen Nacht erzählen. Die Vergewaltigung ließ sie dabei aus. Nach einer ganzen Weile hörten sie vor sich ein Pferd schnauben und als sich der Wald lichtete, standen sie direkt vor der umgestürzten Kutsche.

Die Frau ging zu der Kutsche hinüber und strich mit den Fingern über die Tür. „Sofie." sagte sie plötzlich. Der eine Mann horchte auf und sagte „Ja. So heißt meine zukünftige Frau." Sie fuhr mit den Fingern das Wappen auf der Kutschentür nach. Die beiden Männer holten inzwischen die Pferde, die sie an einem Baum angebunden hatten, als sie auf dem Weg das Geräusch von vielen Hufen hörten. Wenig später waren sie umringt von Gardesoldaten.

Plötzlich fiel der Frau wieder ein, wer sie war. „Ich bin Anna und Sofie ist meine Schwester." sagte sie erfreut. Endlich hatte sie einen Teil ihrer Erinnerung wieder. Nur wo war ihre Schwester? Jetzt, da die Erinnerung wieder da war, fing sie an, sich so richtige Gedanken zu machen. Was war wohl mit Sofie passiert? Zu mindestens war sie vermutlich noch am Leben. Aber sicher von den Räubern entführt.

6. Kapitel

Beute der Ängste

Sofie saß irgendwo und es schien Gras unter ihr zu sein. Als die Männer sie aus der Kutsche gezogen hatten, hatten sie ihr einen Sack über den Kopf gestülpt, sie über ein Pferd geworfen und waren mit ihr lachend weg geritten. Und nun saß sie hier, die Hände auf dem Rücken gefesselt und hatte seit dem immer noch den Sack über dem Kopf. Sie hatte jedes Zeitgefühl verloren und hörte die Männer in der Nähe singen und lachen. Mit ihren Fingern konnte sie die Rinde eines Baumes ertasten, an den sie gelehnt war. Entweder war sie noch im Wald oder in einem Garten. Aber vermutlich war es ein Wald. Die Männer waren nahe genug, dass sie die Stimmen hören konnte, aber zu weit weg, als dass sie verstehen konnte, was sie redeten. Was hatten sie wohl mit ihr vor? Vielleicht ein Lösegeld erpressen? Zumindest hoffte sie, dass den Männern nicht noch etwas Schlimmeres einfiel.

Die Frau dachte an ihre Schwester Anna, die kurz bevor die Kutsche umkippte aus dieser heraus gesprungen war. Vielleicht hatte sie es geschafft Hilfe zu holen, oder jemanden zu informieren, der sie retten konnte. Jedenfalls hatten die Räuber sie nicht aufgegriffen, sonst hätte sie schon was von Anna gehört. Die war zwar ein Jahr jünger als sie, aber an sich die stärkere und tapfere der beiden Schwestern. Sie war mitgekommen, um die Vorbereitungen für die Hochzeit zu übernehmen und natürlich auch ein bisschen, um in der Landeshauptstadt die verschiedenen Bälle zu besuchen. Sofie begann im Gedanken zu beten und schickte dabei ihrer Schwester einen Gruß mit.

Sie versuchte sich zu entspannen und an nichts Schlimmes zu denken. Sonst würde die Angst sie wohl übermannen, und dann würde vielleicht wer weiß was geschehen. So im Dunklen konnte sie sowieso nichts ausrichten. Also blieb sie ruhig. Es hätte auch alles andere sowieso nicht viel genützt. Jemand zog ihr den Sack vom Kopf, den sie gar nicht hatte kommen hören. Es war dunkel und in einiger Entfernung sah sie ein Feuer. Ein Mann gab ihr etwas zu trinken und fütterte sie, da sie ja die Hände hinten hatte. Es war ein leichter Wein und etwas Brot, das gar nicht so schlecht schmeckte. Aber vermutlich hätte sie im Moment alles gegessen, so großen Hunger hatte sie. Sicher war es schon der nächste Tag. Aber genau konnte sie das nicht sagen. Vielleicht auch schon der Übernächste? Kurze Zeit später hatte sie wieder den Sack auf dem Kopf und es war Ruhe.

Die Frau lehnte sich zurück und stützte den Kopf gegen den Baum. Sie versuchte zu schlafen, aber das gelang ihr nicht so gut. Zu viele Gedanken jagten durch ihren Kopf und durch das Nichtsehen waren ihre anderen Sinne nur noch mehr geschärft. Sie hörte ein Käuzchen irgendwo über sich rufen und irgendwo schnarchte ein Mann. Leise Stimmen erzählten, aber es war mehr ein Wispern als deutliche Stimmen. Im Moment konnte sie eigentlich nur trösten, dass sie ihr etwas zu Essen gegeben hatten. Das hätten sie ja nicht machen brauchen, und es wäre Verschwendung gewesen, wenn sie sie hätten umbringen wollen. Mit diesem Gedanken beruhigte sie sich weiter und schließlich schlief sie ein. Sie erwachte, als etwas gegen ihr Bein stieß. Kurz darauf wurde der Sack wieder von ihrem Kopf gezogen und die zerzausten Haare fielen ihr in das Gesicht. Ohne die Hände konnte sie die auch nicht wieder zurück streichen und so schüttelte sie den Kopf um wieder einen klaren Durchblick zu erhalten.

Sie sah einen lachenden Mann vor sich, der ihr eine Schüssel vor die Nase hielt und sich köstlich darüber amüsierte, wie sie versuchte die Brotstücken ohne Zuhilfenahme der Hände mit dem

Mund aus den Gefäß zu angeln. Aber der Hunger war einfach viel größer als ihr Stolz und so versuchte sie es immer wieder. Langsam wurde sie dabei immer wütender. Aber noch bevor sie etwas sagen konnte, hatte sie schon wieder den Sack über ihrem Kopf. Wieder war es dunkel. Ein paar Augenblicke später wurde sie an der Hüfte gepackt und sie spürte, wie sie jemand über einen Pferderücken warf. Jemand drückte ihr in den Rücken und hielt sie so auf dem Tier, das sich langsam unter ihr bewegte. Wie ein Sack hing sie über dem Rücken des Tieres, die Arme hinter dem Körper nach oben hin. Sie versuchte nicht zu rutschen und anscheinend hatte der Mann auch Mühe, sie festzuhalten, denn er griff öfters mal nach und krallte sich in den Saum ihres Rockes. Eine ganze Weile ging das so, bis irgendwann das Pferd stoppte und sie zu Boden fiel. Unsanft landete sie auf der Erde. Niemand hatte daran gedacht, sie aufzufangen.

Jetzt tat ihr der Hintern weh, auf den sie aus der Höhe geprallt war. Einer der Männer zerrte sie zur Seite, ohne sie anzuheben. Die Beine schleiften über dem Boden und schon nach ein paar Schritten lehnte sie weder an einem anderen Baum. Sofie biss die Zähne zusammen und hätte fast geheult, aber es hätte ja sowieso nichts genutzt. Sie versuchte sich so hinzusetzen, dass ihr der Hintern nicht allzu sehr wehtat. Innerlich fluchte sie über die raue Behandlung, aber sie konnte ja nichts dagegen tun. Sie konnte die Männer nicht mal sehen. Nur hören konnte sie das geschäftige Treiben rund um sie herum. Diesmal hörte sie die Stimmen deutlicher. Die Männer waren sicher nur drei oder vier Schritte von ihr entfernt und sie konnte auch das Prasseln des Feuers hören. Angestrengt lauschte sie den Gesprächen, die am Anfang noch durcheinander gingen.

Schließlich redete nur noch einer und erzählte, wie sie das Lösegeld für Sofie erhalten wollten und wer wohl den Brief an ihre

Eltern überbringen sollte. Anscheinend hatte sie mit der Vermutung über die Räuber recht gehabt. Nur was würde passieren, wenn das Lösegeld nicht rechtzeitig gezahlt wurde? Oder etwas bei der Übergabe schief ging. Dann würden die Männer sicher nicht mehr so zimperlich mit ihr umgehen. Das wollte sie sich dann doch nicht vorstellen, aber die Angst davor begann ihren Körper zu lähmen. Keinen Finger konnte sie mehr rühren. Sie saß gefesselt da.

7. Kapitel

Noch eine Suche

Die Frau machte einen Knicks und sagte „Gestatten: Anna Maria, Gräfin von Hohenfeld." diese Geste sah in Georgs Mantel etwas komisch aus, aber Harald verbeugte sich ebenfalls. Alle Erinnerungen schien die Frau noch nicht zurückbekommen zu haben, aber ihren Namen kannte sie nun schon wieder. Die Soldaten hatten sie umringt und der Offizier, den er von seinem Besuchen mit dem Vater bei der Garde gut kannte, war abgesessen und gab ihm die Hand. Auf ein Zeichen des Offiziers saßen die Soldaten ab und richteten die Kutsche wieder auf. Der Offizier sagte „Gräfin." und hielt die Kutschentür zum Einsteigen auf, doch die Frau schüttelte den Kopf.

Zwei Soldaten spannten ihre Pferde an und setzten sich auf den Kutschbock. Harald sah die Frau an „Ich muss meine Schwester finden." sagte sie „So?" fragte er und zeigte auf den Mantel, unter dem sie ja nackt war. Sie schüttelte den Kopf und öffnete die Truhe, die hinten an der Kutsche angebracht war. Sie kramte ein paar Sachen heraus und sagte dann „Könnt ihr euch mal alle umdrehen?" was auch alle Soldaten machten. Sie bildeten einen Kreis um die Frau, wobei sie mit dem Rücken zu ihr standen und so das Umziehen der Gräfin verdeckten. Harald konnte aus dem Augenwinkel ein paar Blicke erhaschen, aber er hatte sie ja schon im Wald im Evaskostüm gesehen.

Wenig später war sie umgezogen und fragte „Wer gibt mir sein Pferd?" auf ein Zeichen des Offiziers brachte einer der Männer, ein Diener aus seinem Schloss, sein Pferd. „Haben sie Hunger, Gräfin?" fragte der Offizier und gab der nickenden Frau etwas Brot und Wein. Die zwei Soldaten sowie der andere Diener würden die Kutsche und den verletzten Hund nach Dresden bringen. Harald besah sich diese kleine Truppe. Es blieben noch siebzehn Soldaten, die zusammen mit ihm, seinem Diener Georg und der Gräfin die Verfolgung der Räuber übernehmen würden. Nachdem sie fertig gegessen hatte, zog die Frau die Pistolen aus dem Sattelholster und es sah so aus, als wüsste sie, was sie da tat. Vermutlich war es nicht das erste Mal für sie, dass sie Waffen in der Hand hatte. Auch wenn sie sich vielleicht noch nicht so richtig daran erinnern konnte. Kurze Zeit später steckten die geladenen Pistolen wieder vor dem Sattel in den beiden Taschen. „Können wir?" fragte die Frau und die Soldaten saßen auf. Die beiden toten Kutscher waren von den Soldaten schnell beerdigt worden.

Georg half zuerst der Gräfin und dann ihm auf das Pferd, dann saß der Diener auch auf und spornte die zwei Hunde zur Suche an. Aber rund um die Kutsche war alles zertrampelt. Keiner der Hunde konnte hier eine Spur finden. Georg ritt mit den Tieren in beide Richtungen und hatte etwas später eine Spur gefunden. Sie führte den Waldweg wieder zurück und nun brachen alle auf. Georg und die Hunde führten die Truppe an. Den Schluss bildete die Kutsche, die auf der Straße dann nach Dresden abbiegen würde. Die Gräfin und er blieben in der Mitte der Soldaten. Er sah ihr an, dass sie immer noch versuchte, sich an alles zu erinnern, daher zeigte er Anna noch einmal das Medaillon mit dem Bild der Schwester. In dem blanken Feld daneben konnte sich die Gräfin im Spiegel sehen und vielleicht würde ihr das mehr helfen.

Die langen schwarzen Haare waren durch die Nächte im Wald etwas verfilzt und unordentlich, aber in dem Kleid sah sie nun wirklich wie eine Gräfin aus. Zwar war es kein Reisekleid, wie sie es sicher zuvor in der Kutsche getragen hatte, sondern eher ein Ballkleid, aber es stand ihr vortrefflich. Da der Sattel einem Mann gehörte, hatte sie es schwerer mit dem Rock darauf auf einer Seite zu sitzen und nicht herab zu fallen, doch es schien ihr gut zu gelingen. Sie ritt gut und zumindest daran, wie man ein Tier führte, schien sie sich schon erinnert zu haben. Oder war es die Routine einer geübten Reiterin, die daran gar keinen Gedanken verschwendete, wie man auf einem Pferd saß?

An der Straße angekommen bogen die Hunde nach Norden und die Kutsche nach Süden ab. Nun konnten sie viel schneller reiten und das Haar der Frau flatterte im Wind. Etwa eine Stunde später bogen die Hunde wieder in den Wald ab und folgten einer Schneise durch die Bäume. Der Weg wurde so schmal, das immer nur ein Reiter hinter dem anderen dort entlang reiten konnte. Eine weitere Stunde später stießen sie auf einen verlassenen Rastplatz, an dem auch ein Feuer gebrannt hatte. Einer der Soldaten sprang ab und suchte den Platz ab, dann sagte er „Zehn Männer mit Pferden." der Offizier nickte und sagte „Heute Nacht rasten wir hier. Die Dämmerung wird bald kommen und hier kennen wir uns nicht aus. Holt Holz und macht ein Feuer." Einige der Soldaten führten die Pferde zu einer Lichtung, während die anderen trockene Äste holten, wie es ihnen befohlen worden war.

Er sah sich mit der Gräfin um, solange sie noch Licht dazu hatten. An einem Strauch hing eine Borte, die vom Ärmel eines vornehmen Kleides stammen konnte. Die Gräfin erinnerte sich noch nicht, was ihre Schwester in der Kutsche getragen hatte, aber dieses Stück Spitze konnte durchaus von ihrem Kleid stammen. Zusammen setzten sie sich an das Feuer, während der Offizier die Wachen einteilte und die Hunde würden ja in der Nacht auch jeden Eindringling stellen, der sich dem Lager nähern würde. So konnte sie einigermaßen beruhigt sein. Aber er sah immer noch die Angst in ihren Augen. Nach ihren Schilderungen war es sicher auch schrecklich gewesen, dem eigenen Tod so nahe zu sein. Er hatte den Riesen ja gesehen. Er selbst war schon groß, aber dieser Mann hatte ihn noch um einen Kopf überragt. Nur mit Glück hatten sie ihn bezwingen können.

Er sah zu seinem Diener hinüber. Georg streichelte die großen schwarzen Hunde und diese legten sich um sie herum an das Feuer. Da die Gräfin immer noch nicht alles wusste, verssuchte er ihr mit dem, was er über Sofie wusste, weiter auf die Sprünge zu helfen. Aber es war einfach zu wenig. Jetzt ärgerte er sich darüber, dass er sich nicht viel mehr mit seiner zukünftigen Frau und deren Familie beschäftigt hatte.

8. Kapitel

Auge in Auge

Endlich wusste sie wieder, dass sie Anna war. Das war immerhin mehr, als sie noch vor ein paar Augenblicken gewusst hatte. Der Rest würde mit der Zeit auch wieder kommen. Die Soldaten hatten die Kutsche wieder aufgerichtet und sie hatte sich umgezogen. Natürlich waren ihr die heimlichen Blicke des Grafen aufgefallen, als sie sich die Sachen wieder anzog, aber er hatte sie ja auch schon vollkommen nackt im Wald gesehen. Nun würden sie wieder aufbrechen und ihre Schwester suchen. Sie mussten sie finden! Und retten!

Sie hatte eine ganze Weile in der Kiste gekramt, aber kein wirklich gutes Kleid zum Reiten gefunden. Diese hier, das sie nun trug, war eher für einen Ball gemacht, aber es war das einzige, das einigermaßen für diesen Zweck geeignet war. Wie lange würde die Suche dauern? Sollte sie Wechselkleidung mitnehmen? Sie entschied sich dagegen, es würde nur als Last auf dem Pferd ruhen und keinen Zweck bei der Suche haben. Laut klappte sie die Kiste zu und biss in das hingehaltene Brot.

Schließlich half ihr der Diener auf das Pferd. Auf dem Tier hielt sie sich ganz gut. Sie musste wohl schon oft geritten sein, doch die Schmerzen waren beim Sitzen wieder zurückgekommen. Ihr geschundener Hintern tat weh, aber daran durfte sie nun nicht denken. Die Schwester war wichtiger! Doch die Erinnerung kam nur langsam zurück. Bei dem Gedanken an den Riesen, der sie vergewaltigt hatte und danach verspeisen wollte, zuckte sie immer noch zusammen. Warum musste diese Erinnerung so klar und alle anderen so nebelhaft sein? Der Graf hatte ihr das Bild von Sofie gezeigt und langsam kam zumindest die Erinnerung an die

Schwester zurück. Ging es ihr gut? Oder musste sie eine ähnliche Tortur durch machen, wie sie in der letzten Nacht? Sie hoffte es nicht. Ihr Blick fiel auf die Griffe der Pistolen vor ihr. Fast zärtlich strichen ihre Finger über die runden, polierten Holzgriffe. Nun würde sie sich zu wehren wissen. Außerdem waren ja die bewaffneten Soldaten rum um sie, und die gaben ihr noch ein bisschen mehr Sicherheit.

Gegen Abend lagerten sie alle um ein Feuer. Der Graf hatte ihr einen Stamm so zurecht geschoben, dass sie nicht im Gras sitzen musste, sondern etwas bequemer auf dem Holz saß. Sie schaute in das Feuer und sah wieder den Kessel mit dem dampfenden Wasser vor sich. Wenn die beiden Männer es anders herum gemacht hätten, also der Riese sie fest gehalten hätte, dann wäre sie jetzt schon tot. Dem stählernen Griff des großen Mannes hätte sie nicht so leicht entkommen können. Sie stützte ihren Kopf in die Hände und ließ ihre Gedanken zu ihrer Schwester wandern, die am Vorabend hier irgendwo am Feuer gesessen haben musste. Hoffentlich ging es ihr gut. Es musste ihr einfach gut gehen! Etwas anderes wollte Anna gar nicht denken.

Sie sah den Mann an, der bald ihre Schwester heiraten würde. Er konnte auch ihr gefallen und wenn sie mal heiraten würde, vorausgesetzt, dass sie es noch nicht war, sollte ihr Mann so wie er hier sein. Sie lauschte auf das, was er ihr über ihre Familie zu erzählen versuchte, aber sie hatte immer noch große Erinnerungslücken. Schließlich rollte sie sich am Feuer zusammen und begann zu schlafen. Sie schreckte aus einem Traum heraus, in dem sie den Riesen wieder auf sich gesehen hatte, aber es war nur einer der Hunde, der seinen Kopf auf ihren Bauch gelegt hatte. Sie setzte sich auf und schaute zum Feuer. Der Offizier und der Graf unterhielten sich leise.

Anna schob den Hund von sich und stand auf. Sie ging die drei Schritte bis zum Feuer und setzte sich. Der Offizier schaute sie an „Die Männer müssen euch gefolgt sein. Könnt ihr euch daran erinnern?" fragte er, doch Anna zeigte auf die Beule und schüttelte den Kopf. „Vielleicht waren die Räuber auch in dem Gasthof gewesen." warf der Graf ein und der Offizier nickte „Kann sein. Ich werde morgen zwei Soldaten dorthin schicken. Vielleicht ist dem Wirt etwas aufgefallen." sagte der Offizier und schaute in das Feuer, dann legte er ein Stück Holz nach. Die Funken stoben zum Nachthimmel hinauf und ihr Blick folgte den kleinen glühenden Sternen, die nach oben stiegen und wieder herabfielen. Als ihr Blick wieder nach unten ging, traf er die Augen des Mannes. Der Graf schaute ihr direkt in die Augen. Etwas Weiches war in seinem Blick und sie hielt ihm stand. Anna verlor sich in diesen Augen. War er nicht ihr Retter gewesen? Der Offizier stand auf und ging die Wachen kontrollieren. Damit ließ er die Beiden am Feuer alleine.

Der Graf wechselte von der gegenüberliegenden Seite zu ihr herüber und hielt die ganze Zeit Augenkontakt mit ihr. Dann setzte er sich neben sie auf den Stamm. Etwas Vertrautes war zwischen ihnen, obwohl sie diesen Mann bis zu diesem Tag noch nie gesehen hatte. So saßen sie Auge in Auge nebeneinander am Feuer. Seine Hand rutschte auf ihr Knie. Der Blick vertiefte sich und plötzlich dachte sie an den Riesen und brach in Tränen aus. Warum gerade jetzt? Bei der Berührung? Oder waren es die Schmerzen durch das Sitzen auf dem Stamm?

Der Graf nahm sie tröstend in den Arm. Plötzlich trafen sich ihre Lippen, doch sie zuckte zurück. Sollte der Mann nicht ihre Schwester heiraten? Im Moment war ihr das aber egal. Anna genoss die Geborgenheit in seinem Arm und wieder trafen sich ihre Lippen, diesmal etwas länger. Doch er zog sich zurück. Ihr fragender Blick in seine Augen zeigte ihr, dass er dasselbe dachte wie sie. Es darf nicht sein! Oder doch? Zwei Menschen an einem Feuer, mitten in der Nacht. Ein Pferd schnaubte in ihrer Nähe und holte sie aus den Gedanken zurück. Zuerst mussten sie die Schwester finden. Und dann? Was würde werden? War dies hier nicht eine verbotene Liebe? Aber konnte man Gefühle verbieten? Und bis auf den Kuss war ja nichts passiert!

Sie erhob sich und ging zu ihrem Schlafplatz zurück. Als der Offizier zum Feuer zurückkam, lag sie schon wieder neben dem Feuer. Sie sah zu den beiden Männern und hoffte, dass der Wolfshund sie beschützen würde, der gerade wieder seinen Kopf auf ihren Bauch legte. Anna schlief ein und wachte nach einer traumlosen, erholsamen Nacht erst in der Dämmerung des neuen Tages auf.

9. Kapitel

Verschlungene Wege

Er sah auf die schlafende Frau hinab. Was wusste er von ihr? Vermutlich dasselbe, was sie im Moment von sich selbst wusste. Und was wusste er von seiner zukünftigen Frau? Er holte das Medaillon heraus und klappte es auf. Von ihr hatte er nur dieses Bild. Jagte er einen Phantom hinterher? Und war sie überhaupt noch am Leben? Er wusste nicht viel von ihr und ärgerte sich darüber. Wieder sah er zu Anna hinüber. Es hatte sich gut angefühlt, als er sie im Arm gehabt und geküsst hatte, aber er sollte eine Andere heiraten. Die Schwester dieser Frau. Der Offizier neben ihm stand auf und verschwand in der Dunkelheit. Wenig später war er mit einer Flasche wieder da. Es war ein roter, französischer Wein darin, den die beiden Männer am Feuer tranken. Zusammen aus einer Flasche, ohne Gläser. Etwas, was es so wohl nur hier, im Wald, am Feuer, gab.

Nachdem die Flasche leer war legte er sich hin und sah im Einschlafen, wie sein Diener Georg ihm seinen Mantel über den Körper legte, den Mantel, der Annas Haut berührt hatte. Der Geruch der Frau schlich sich in seinen Traum. Dort sah er sich und sie in der Stadt bei einem Ball. Sie tanzten zusammen. Gerade als sie sich küssen wollten, wachte er auf. Es wurde gerade hell und sein Blick ging direkt in Annas Augen, die keine zwei Schritte von ihm entfernt ebenfalls gerade erwachte. „Guten Morgen." sagte er und sie nickte. Sie setzte sich auf und richtete das im Schlafen verrutschte Kleid. „Kann ich mich irgendwo waschen?" fragte sie einen der Soldaten, der sie dann zum Waldrand brachte, wo ein kleiner Bach entlang floss, aus dem die Pferde gerade getrunken hatten.

Harald setzte sich an das langsam niederbrennende Feuer. Der Offizier kam mit seinen Leuten zum Feuer und dort gab einer der Soldaten Verpflegung aus. Wenig später kam auch Anna zurück zum Feuer. Sie hatte versucht mit einer Pferdebürste ihr Haar zu bändigen, das war ihr einigermaßen gelungen, aber es gab ja hier nichts anderes. Schweigend aßen alle, währen der Offizier die Positionen beim Reiten bestimmte. Als sie fertig waren, kam einer der Soldaten angeritten. Zusammen mit Georg und beiden Hunden hatte er den Weg erkundet. „Sie reiten nach Süden." sagte er und der Offizier erwiderte „Die wollen sicher in das Gebirge. Wenn ihnen das gelingt, so verlieren wir die Spur! Löscht das Feuer, wir brechen auf." nur ein paar Augenblicke später saßen sie auf den Pferden.

Zwei Männer ritten zum Gasthof zurück, um Erkundigungen über die Räuber einzuholen und die restliche Gruppe ritt nach Süden. Zuerst weiter im Wald und dann auch über Felder. Zum Glück hatten sie die Hunde dabei und es hatte auch nicht geregnet, so dass die Spur für die Tiere immer noch gut zu lesen war, auch wenn die Anderen etwa einen Tag Vorsprung hatten. Sie ritten sehr schnell, um etwas Zeit aufzuholen und folgten immer weiter dem verschlungenen Feldweg, der manchmal auch zum Waldweg wurde. Die Räuber schienen sich aber gut auszukennen, ohne die Hunde hätte Harald schon nach einer Stunde nicht mehr gewusst, wohin es gehen sollte. Doch die Spur führte ohne Irrungen immer weiter in Richtung Süden. An keiner Abzweigung hatten sich die Räuber im Weg vertan und waren umgekehrt.

Immer wieder ging sein Blick nach links, wo Anna neben ihm ritt. Die beiden Pferde galoppierten Kopf an Kopf und es war derselbe Abstand zwischen ihnen, in dem sie schon in der Nacht neben dem Feuer geschlafen hatten. Von Zeit zu Zeit erzählte Anna Geschichten aus ihrem Leben, wenn ihr mal wieder ein Bruchstück einfiel. Im Laufe des Tages lernte er sie so richtig kennen. Ihre Kindheit, das kleine Schloss ihrer Eltern, die Jugend im Dorf. Nur der Aufbruch nach Dresden und die Fahrt lagen noch immer im Dunklen. Vielleich würden die beiden Soldaten im Gasthof etwas erfahren, was ihr weiter helfen würde.

Sie waren den ganzen Tag ohne Pause geritten. Unterwegs hatten sie den Lagerplatz der Räuber am Nachmittag gefunden, sowie kurz erkundet, ohne etwas anderes zu finden, als ein kaltes Lagerfeuer und die, durch die Pferde der Räuber, niedergetrampelte Wiese. So folgten sie weiter dem Weg und als der Abend näher kam, sah der Offizier einen kleinen Gasthof am Wegesrand, wo sie alle die Nacht verbringen würden. Sie hielten vor dem Haus die Pferde an und saßen ab. Der Wirt war überrascht über so viele Gäste und auch erfreut, über die zu erwartenden Gelder. Der Mann scheuchte sofort seine Mägde los. Für Harald und Anna wurden von ihnen zwei Zimmer vorbereitet und der Rest, der Offizier inbegriffen, würde im Stall bei den Tieren übernachten. Gegen ein paar Münzen begann der Wirt sofort gern das Abendessen für seine große Gästeschar vorzubereiten. Es gab ein einfaches, aber schmackhaftes Mahl.

Der Raum war voll von den Gästen. Kein leerer Stuhl war mehr zu finden. Kerzen und das Feuer im Kamin beleuchteten den Raum und die Soldaten sprachen dem Bier gut zu. Es wurde ein geselliger Abend und schließlich begannen die Soldaten auch noch ein paar Lieder zu singen. Später wurde es ruhiger. Danach zog sich zuerst Anna auf ihr Zimmer zurück. Dann gingen die Soldaten und zum Schluss Georg und der Offizier. Nun war der Raum leer, nur der Wirt ging von Tisch zu Tisch und räumte ab. Nachdem er Harald gefragt hatte, ob er noch etwas brauchte und er verneint hatte, zog sich auch der Wirt zurück. Nun wurde es vollkommen ruhig in dem Raum.

Harald saß noch eine Weile am Kamin in der Schankstube, und sah in das langsam niederbrennende Feuer. Die Erinnerung an den Abend zuvor kam zurück. Er stand von seinem Stuhl auf, dann stieg er die Treppe hinauf. Auf dem Weg zu seinem Zimmer musste er an dem von Anna vorbei. Er blieb stehen und überlegte. Sicher hatte sie abgeschlossen, doch wie von selbst legte sich seine Hand auf die Klinke. Die Tür schwang auf und er trat ein.

Der Mond beleuchtete das Zimmer und Harald sah, dass die Frau sich im Bett aufsetzte. Was sollte er nun tun? Er schloss die Tür und trat auf Anna zu.

10. Kapitel

Eine besondere Nacht

Mittlerweile konnte sie sich an fast alles wieder erinnern. Wie die Scherben eines zerbrochenen Mosaiks setzte sich alles wieder zusammen und ergab ein immer größeres Bild. Sie wusste nun wieder wer ihre Eltern und die drei anderen Schwestern waren. Den ganzen Tag hatte sie dem Grafen davon erzählt. Am Abend hatten sie einen Gasthof erreicht, in dem sie die Nacht verbringen würden. Nach dem Essen ging sie auf ihr Zimmer. Eine Magd bot sich an, ihr beim Entkleiden zu helfen, doch Anna lehnte ab. Das Schloss ihres Vaters war klein und er nicht so reich. Sie war es gewöhnt, alles selbst zu machen. Nur der Titel war dem Vater vom ursprünglichen Reichtum der Vorfahren geblieben.

Anna betrat den Raum und entzündete die Kerze. Dann sah sie sich in dem Zimmer um. Es war schlicht, aber schön. Sie nahm sich vor, am nächsten Tag Harald um ein paar Münzen zu bitten, da der Wirt ihr sicher sein schönstes Zimmer gegeben hatte. Sie ging zum Bett und schlug die Decke des Bettes zurück. Sie strich mit der Hand darüber, es war weich und schön, nach den drei Nächten im Wald. Anna zog sich das Kleid aus und hängte es über einen Stuhl. Auf einer Kommode stand eine Schüssel und ein Krug mit Wasser zum Waschen. Sie goss das Wasser ein und bemerkte, dass ihr Unterkleid eindeutig nach Pferd roch. Eigentlich hätte sie darin geschlafen, aber nun zog sie es ebenfalls aus und hängte es über den anderen Stuhl. Nun wusch sie sich, löschte die Kerze und schlüpfte unter die Decke in das Bett.

Die Frau lauschte auf die leisen Gespräche unten im Schankraum, der sich direkt unter ihrem Zimmer befand, dann kehrte Ruhe in das Haus ein. Plötzlich öffnete sich ihre Zimmertür. Sie hatte vergessen sie abzuschließen. Die Frau richtete sich auf und die Decke rutschte ihr von der Schulter. So gab sie ihren nackten Oberkörper frei. Dann erkannte Anna den Grafen. Den zukünftigen Mann ihrer Schwester. Er trat ein und schloss die Tür. Langsam kam er auf sie zu. Ihre Entgegnung „Das dürfen wir nicht!" wischte er mit einem Kuss davon und eigentlich wollte sie es ja auch. Zum Glück waren die Schmerzen, die der Riese verursacht hatte, schon abgeklungen.

Bevor die Sonne aufging weckte sie ihn wieder, damit niemand es mitbekommen würde, dass sie die Nacht zusammen gewesen waren. Er nahm seine Sachen und schlich in sein Zimmer hinüber. Anna begann zu Grübeln. Das durfte nie jemand erfahren! Sofie würde ihr jedes Haar einzeln ausreißen. Doch jetzt war sie einsam und allein. Gerade eben hatte sie in den Armen des geliebten Mannes gelegen und jetzt war er fort! Ob es ihm wohl genauso ging? Oder war sie für ihn nur ein Abenteuer gewesen? Sie stand auf, wusch sich und zog sich wieder an. Als die Magd das Zimmer betrat, um sie zu wecken, stand Anna schon am offenen Fenster und hörte den Vögeln zu, die draußen, im Baum vor dem Haus, ihr Morgenlied sangen.

Die Frau drehte sich um, nickte der Magd zu und verließ das Zimmer. Auf dem Flur stand Harald und sie lächelte ihn an, dann bat sie ihn um ein paar Münzen, von denen sie eine der Magd in die Hand drückte, die mit großen Augen das wertvolle Geldstück betrachtete. Daraufhin holte die Magd einen Kamm von irgendwoher und drückte Anna auf einen Stuhl, den sie aus Annas Zimmer holte. Ein paar Augenblicke später kam Anna mit frisch gemachten Haaren nach unten, wo schon alle ihre Begleiter auf sie warteten. Sie gab dem Wirt die restlichen Münzen und setzte sich an den Tisch.

Nach dem Essen trafen die beiden Soldaten ein, die der Offizier am Vortag zu der anderen Schänke geschickt hatte. Sie mussten die ganze Nacht geritten sein, und das obwohl sie doch den Weg gar nicht kannten, aber vielleicht hatten die Soldaten Wegemarkierungen für ihre Kameraden angebracht. Sie erzählten, dass in der Schänke zehn fremde Reisende in der Nacht dort gewesen waren, in der Anna und Sofie dort übernachtet hatten. Anna überlegte und plötzlich kamen die Bilder wieder zurück.

Sie sah sich, wie sie in der Schänke durch ein Fenster beobachtet hatte, dass einer der Männer die Kutsche angeschaut und mit einem der Kutscher gesprochen hatte. Sie sah wieder die Blicke der Männer vom Nachbartisch, als sie gegessen und mit einer goldenen Münze bezahlt hatten, die der Wirt sofort auf Echtheit geprüft hatte und sie sah auch ihren Aufbruch am nächsten Morgen mit der Kutsche. Da waren die Männer aber, so wie der Wirt ihr beim Einsteigen in die Kutsche erzählt hatte, schon aufgebrochen und voran geritten.

Später waren einige davon auf einmal mit gezogenen Pistolen hinter ihnen gewesen und hatten sie gejagt. Vermutlich hatten sie ihnen, im Wald versteckt, aufgelauert. Die beiden Kutscher hatten die Pferde so sehr angetrieben und damit war die Kutsche so schnell gerast, dass sich beide Frauen aneinander festgehalten hatten. Dann waren sie in einen Waldweg abgebogen, weil ein umstürzender Baumstamm den Weg versperrte, und Anna war nach einer Wegbiegung aus der Kutsche heraus gesprungen, um Hilfe zu holen, aber sie war beim Absprung gegen einen Baum geprallt. An mehr konnte sie sich nicht erinnern, erst das sie später im Wald wieder aufgewacht war, das war aber schon der folgende Tag gewesen. Sie musste also benommen im Wald umher geirrt sein.

Das alles erzähle sie den Männern, die ihr rings um an den Tischen aufmerksam zuhörten. Nun, da der Offizier dies alles wusste, trieb er sie alle zur Eile an. Also holten sie schnell ihre Pferde aus dem Stall der Schänke und jagten den Räubern hinterher. Sie mussten Sofie aus der Gewalt der Räuber befreien! So schnell wie sie ritten, klapperten die Ausrüstungen der Männer und die Säbel schlugen gegen die Seiten der Pferde. Das trieb die Tiere noch zusätzlich an. Den halben Tag jagten sie dahin, so dass die Pferde schnaufend und außer Atem durch den Wald galoppierten. Aber sie gönnten sich und den Tieren keine Pause.

Mit donnernden Hufen rasten sie über Waldwege nach Süden. Die Bäume flogen an ihre Seite nur so dahin. Aber sie mussten sich beeilen!

Das Schicksal und das Leben der Schwester lagen in ihren Händen!

11. Kapitel

Auf einer Lichtung des Todes

Immer noch war es Dunkel um Sofie. Den wievielten Tag sie nun schon diesen Sack auf den Kopf hatte, konnte sie nicht sagen. Es konnten vier Tage oder vier Wochen sein. Sie hatte jegliches Zeitgefühl verloren. Die Frau saß wieder irgendwo, wo sie einer der Männer vom Pferd hatte fallen lassen. Immer wieder dasselbe. Ihr Hintern war sicher schon blau von den vielen Abwürfen. Es warnte sie ja auch keiner vor. Das Tier blieb stehen und der Mann ließ los. Danach plumpste sie auf den Boden. Schon acht oder neun Mal, war das so gewesen. Sofie lauschte auf die Gespräche rund um sie herum, aber entweder schirmte diese seltsame Kopfbedeckung auch Geräusche ab, oder die Männer hielten sich absichtlich so weit von ihr entfernt auf, dass sie es nicht richtig verstehen konnte.

Schließlich hörte sie ein einzelnes Pferd, das angeritten kam und nicht weit von ihr anhielt. Sie hörte einen Mann rufen „Der Graf zahlt nicht!" Sofie erschrak. Sie wusste, dass der Vater keine Reichtümer hatte. Vermutlich hatten die Männer eine solch hohe Summe gefordert, die er unmöglich aufbringen konnte. Niemals würde er sie ohne Not in eine solche Gefahr bringen. Sie hörte ein Stimmengewirr, das immer deutlicher wurde. Vermutlich waren die Männer nun aufgestanden und kamen wütend auf sie zu. „Und nun?" fragte einer „Nun hängen wir sie zur Abschreckung auf!" sagte ein anderer und Sofies Kehle schnürte sich schon zu, als ob sie den Strick bereits um dem Hals hätte. Sie hätte schreien können, aber kein Laut verließ ihren aufgerissenen Mund. Vielleicht würden es sich die Männer ja noch einmal überlegen. Was hatten sie schon davon, wenn sie sie hier umbrachten? Sofie hörte weiter zu.

Kurz war Ruhe, vielleicht dachten die Männer über Sofies Schicksal nach. „Aber vorher haben wir noch unseren Spaß mit ihr. Sonst wäre das doch alles für umsonst gewesen." sagte einer ganz nahe bei ihr und sie zog die Beine an. „Reite du in das Dorf und hole einen Strick!" sagte einer der Männer, aber der angesprochene murrte nur, dann sagte er „Ich hole den Strick. Ihr habt eure Freude mit ihr und wenn ich wieder komme, ist sie schon tot." Anscheinend standen die Männer nun direkt um sie herum, denn Sofie konnte nun jedes Wort sehr deutlich hören. „Na gut. Ich fange an und dann hole ich den Strick!" sagte einer, der vermutlich der Anführer war, denn alle stimmten ihm ohne irgendwelche Widerworte zu.

Der Sack wurde von ihrem Kopf gezogen und Sofie schaute von unten angstvoll zu den zehn Männern auf, die im Halbkreis um sie herum standen. Einer griff ihr unter die Arme, zog sie auf die Füße und ein anderer löste hinter ihr den Strick um ihre Hände. So stand sie für einen Augenblick da, doch an Flucht war nicht zu denken. Hinter ihr war der Baum und vor ihr die Männer. Es war nur eine kleine Lichtung, auf der sie standen und der Baum war ziemlich in der Mitte. Würde an einem seiner Äste ihr Leben enden?

Sie war vollkommen erstarrt und zu keiner Bewegung fähig. Sofie versucht mit Tränen das Herz der Räuber zu erweichen, doch sie sah in den Blicken der Männer, dass ihr das nichts nutzen würde. Dann zog einer von ihnen ein Messer und durchtrennte Mieder, Gürtel, Kleid und Unterkleid von oben herab mit einem Schnitt. Sie hielt die Luft an und spürte die Spitze der Waffe an ihrer Haut. Das Messer musste sehr scharf sein, denn es stoppte nicht ein einziges Mal auf dem Weg vom Hals bis zum Saum des Kleides, nicht mal beim Gürtel. Sie hielt weiter den Atem an, damit das

Messer sie nicht verletzte. Schließlich fiel das Kleid einfach von ihren Schultern und rutschte hinter ihr zu Boden.

Mit beiden Armen versuchte sie Brust und Schoß zu bedecken. Die Männer lachten über den kläglichen Versuch. „Und jetzt?" fragte einer und der Mann direkt vor Sofie sagte „Haltet sie hoch!" Sie zuckte zusammen, doch vier Männer ergriffen sie an Armen und Beinen. Dann hoben sie sie hoch und brachten sie in die Waagerechte. Die Finger gruben sich in ihr Fleisch und von unten wurde sie gestützt. So schwebte sie über dem Waldboden. Gegen ihren Widerstand zogen sie ihre Beine auseinander. Der andere Mann öffnete seine Hose. Dann trat er an sie heran und Sofie schrie auf, als er sich in sie zwängte. Er krallte sich in ihre Hüften und ein Schmerz jagte durch ihren Körper, als ob es sie zerreißen würde. „Hebt ihren Kopf an, damit sie sehen kann, an wem sie gerade ihre Jungfernschaft verliert!" rief er und einer der Männer drückte ihren Kopf hoch, so dass sie den Mann ansehen musste. Sie schrie bei jeder Bewegung, die er machte, dann war er fertig, schloss seine Hose und trat zurück. Die Männer stellten sie ab und der Mann ging zu seinem Pferd. Er drehte sich noch einmal um und rief „Viel Spaß!" dann schwang er sich auf sein Pferd und ritt los.

Die Männer drückten sie an den Baum, zogen ihre Arme nach hinten und fesselten sie wieder. Sie sah an sich herunter und sah kein Blut an sich. Nach den Schmerzen hatte sie eigentlich mit viel Blut gerechnet, aber nichts. Noch immer zog es in ihrem Unterleib. Ihr Blick ging zurück zu den Männern. Nun begannen sie auszulosen, in welcher Reihenfolge sie sich über sie hermachen würden. Es war nur eine kleine Lichtung im Wald und die Sonne schien direkt in ihr Gesicht. Es mochte gerade Mittag sein. Mit Entsetzen sah sie, wie die Männer Stäbchen zogen, um so die Reihenfolge zu bestimmen. Sofie sah zum Himmel und rief „Anna hilf mir!" doch die Männer lachten nur. Die ersten zwei waren ausgelost und kamen auf Sofie zu, während die anderen noch um ihre Position in der Warteschlange knobelten.

Plötzlich waren Hufe zu hören. Kam der andere Mann mit dem Strick schon zurück? Einer der beiden Männer vor Sofie drehte sich um, während der andere ihre Haare nach hinten zog und sie zu küssen versuchte.

Doch es war nicht der Anführer, sondern Gardesoldaten zu Pferde, die Säbel schwingend auf die Lichtung kamen. Sie sah ihre Schwester, die mit einer Pistole auf die fliehenden Räuber schoss. Dann sprang Anna vom Pferd und kam auf sie zu. „Georg, dein Mantel!" rief Anna und einer der Männer kam hinter ihr hergelaufen. Die Fesseln wurden gelöst und Anna legte ihr einen Mantel um. Weinend sank Sofie in die Arme der Schwester. Schon kurz darauf waren die meisten der Räuber tot, einer war gefangen. Nur der Anführer war ihnen entkommen.

12. Kapitel

Goldene Beute

Er war auf der Hälfte des Weges zum Dorf, als er hinter sich Schüsse im Wald hörte. Da seine Männer sich sicherlich nicht ohne Grund dadurch verrieten, wusste er, dass sie von ihren Verfolgern gefunden worden waren. „So schnell schon?" dachte er und rammte dem Pferd die Stiefelhacken in die Seite. Das Tier machte einen gewaltigen Satz nach vorn und hätte er sich nicht festgehalten, so wäre er sicher herab gestürzt. Wie der Blitz jagte das Reittier davon. Eigentlich hätte er lachen können, besser hätte sein Plan gar nicht gelingen können. Er hatte die Gräfin bekommen, die er seit dem Zusammentreffen in der Schänke haben wollte und keiner seiner Kumpane hatte daran gedacht, dass er die beiden Beutel mit der Mitgift noch in seinen Satteltaschen hatte. In ihrer Gier nach der Frau hatte ihr Verstand scheinbar ausgesetzt.

Die Münzen aus der Mitgift, die er aus der umgestürzten Kutsche geholt hatte, wollten sie teilen, wenn der Rest des Lösegeldes dazu kommen würde. Aber dazu kam es ja nicht. Vielleicht hatte er selbst die Summe so hoch angesetzt, dass der Graf sie niemals hätte zahlen können. Sicher war es sein instinktiver Plan gewesen, dass alles so kommt, wie es gekommen war. Nur ungern hätte er auf diese Gräfin verzichtet und sich um dieses Vergnügen gebracht. Zu verlockend war diese Beute gewesen. Er hatte es genossen und nun waren seine Kumpane sicher schon tot. Eines nur störte ihn: die ganze Zeit hatte er verhindert, dass die Gräfin ihn sieht und zum Schluss, als er sicher war, dass sie es nicht überleben würde, hatte er sich ihr gezeigt. Und sie sogar noch gezwungen ihn anzusehen. Der Schmerz in ihrem Gesicht hatte ihm Befriedigung gegeben. Doch nun wusste sie, wie er aussah und würde es sicher auch nie wieder vergessen.

Dass einer seiner Männer ihn verraten könnte, das fiel ihm erst wesentlich später ein. So jagte er nun nur noch schneller seinem heimatlichen Dorf entgegen und gab dem Pferd nur wenige Ruhepausen. Zum Glück kannte er die Gegend von seinen früheren Geschäftsreisen sehr gut, so dass er auch in der Nacht reiten konnte. Er musste einfach schneller sein, als jeder reitende Bote, der vielleicht hinter ihm sein würde. Am Abend des zweiten Tages traf er bei seiner Hütte ein und führte das völlig erschöpfte Pferd in den Stall hinein. Er rieb das Tier trocken, dann nahm er die Satteltaschen und ging zu seinem Haus. Seine Frau erwartete ihn schon, sie hatte das Pferd gehört. „Die Geschäfte sind gut gelaufen." sagte er und gab ihr lachend einen Kuss. Dann öffnete er die Tasche, nahm die beiden ledernen Säckchen heraus und kippte die Münzen auf den Tisch.

Mit großen Augen griff die Frau nach den goldenen Münzen. So viele hatte sie noch nie auf einem Haufen gesehen. Er sagte „Packe unsere Sachen zusammen. Wir ziehen nach Dresden. Da kann ich noch mehr solch gute Geschäfte machen." die Frau nickte und begann sofort die kleine Habe zu verpacken. Sie wusste, dass er keine Widerworte dulden würde, darum schwieg sie und fragte auch nichts. Der Mann saß am Tisch und zählte die Münzen in die Beutel zurück. Wenn er diese mit den anderen neun Männern hätte teilen müssen, so wäre sein Anteil immer noch beachtlich gewesen. Aber alles zusammen und nur für einen allein, war unvergleichlich hoch. So viele Münzen reichten, dass er zehn Jahre davon leben konnte. Oder eben für ein kleines Haus in Dresden, wo er dann weiter auf Beutezug gehen konnte. Diese Gräfin hatte ihm Glück gebracht.

Mittlerweile war alles verstaut und stand in ein paar Taschen in dem Zimmer. „Bei Sonnenaufgang brechen wir auf." sagte er und zeigte auf das Bett, als Anweisung, dass sie jetzt schlafen wollten. Wortlos nickte die Frau und begann sich zu waschen. Dann ging auch er in das Bett. Beim Einschlafen sah er die vielen goldenen Münzen und die Gräfin, die sein Leben verändert hatte. Er träumte auch von der zweiten Frau, mit den schwarzen Haaren, die aber im Gasthof geblieben oder zurückgekehrt war. Wie gern hätte er auch diese Frau besessen. Mit einem Lächeln im Gesicht wachte er auf und trieb seine Frau zur Eile an. Er wollte auf dem Weg nach Dresden sein, bevor seine Verfolger hier sein würden.

Wenig später polterte der voll bepackte Leiterwagen, von dem Pferd gezogen, in Richtung der Landeshauptstadt aus dem Dorf heraus. Keiner der Dorfbewohner nahm daran Anstoß, denn schließlich fuhr öfters mal einer mit einem Wagen hinaus. Dass sich seine gesamte Habe darauf befand, konnten die Leute ja nicht ahnen und er sagte nichts dazu. Er hatte seiner Frau auch verboten, irgendjemanden etwas von ihrem Umzug zu erzählen und sie hatte gehorcht. Klangheimlich machten sie sich auf den Weg und damit brach er jede Verbindung zu seinem alten „Ich" hinter sich ab. Niemand sollte wissen, wohin sie gegangen waren. Die Hütte blieb unverschlossen zurück und das Vieh blieb im Stall. Einer aus dem Dorf würde sich sicher der beiden Schweine annehmen. Den fragenden Blick seiner Frau hatte er ignoriert und sie war es gewohnt, jeden seiner Wünsche sofort ohne Nachfrage auszuführen.

Langsam näherten sie sich der Stadt. Für sein Gefühl zu langsam und er trieb das Pferd nur noch mehr an. Nun war er sicher langsamer als seine Verfolger und er konnte erst sicher sein, wen er in dem Gewimmel der großen Stadt untergetaucht war. Wenn er gekonnt hätte, so wäre er ausgestiegen und hätte geschoben. Jetzt saß ihm die Angst im Genick, dass er doch noch von seinen schlechten Taten eingeholt würde. Bei jedem Pferd, das sich von hinten dem Wagen näherte, zuckte er zusammen und der zweifelnde Blick seiner Frau sagte ihm, dass sie wusste, dass er hier eigentlich auf der Flucht war. Konnte er ihrer Loyalität sicher sein? Oder würde sie ihn vielleicht verraten?

Er sah sie von der Seite an und dachte, ob es nicht für ihn sicherer war, wenn er sie irgendwo im Wald, abseits der Straße, verschwinden lassen würde. Aber es blieb bei dem Gedanken. Ohne dass sie jemand aufgehalten hätte erreichten sie Dresden und fanden ein kleines Häuschen am Rande der Stadt. Von den Münzen blieb sogar noch etwas zum Leben übrig. Nur die Angst entdeckt zu werden steckte noch immer in dem Manne drin.

13. Kapitel

Habe ich eine Wahl?

Diese Nacht war einfach nur herrlich gewesen, aber Anna hatte Recht. Es durfte nie jemand davon erfahren! Seine Ehe wäre vorbei gewesen, bevor sie angefangen hatte. Mit der Schwester der Braut! Jede andere wäre kein Problem gewesen, aber so? Für einen Mann war es normal, sich seine Erfahrungen mit den Weibern vor der Ehe zu sammeln. Gefährlicher war es nur für Anna. Frauen sollten rein und unbefleckt in die Ehe gehen. Zu leicht hätte Anna diesen Makel für immer behalten können. Sie wechselten nur ein paar verstohlene Blicke, ohne dass es einer der Begleiter merkte. Doch nun mussten sie erst mal Sofie befreien. Sie ritten so schnell, dass eine Unterhaltung praktisch unmöglich war. Nach dem, was Anna in der Schänke erzählt hatte, waren die beiden Frauen wohl kein zufälliges Opfer von Straßenräubern geworden. Es war sicher ein Plan dahinter und nun war Sofie in Gefahr. Mit jeder Stunde, die sie in der Hand der Räuber war, wurde die Gefahr für die Frau immer größer.

Schließlich hatten sie die Männer gefunden. Sofie stand nackt an einem Baum und war noch am Leben. In einem kurzen Kampf hatten die Soldaten die Räuber besiegt. Nur einer von ihnen hatte überlebt, die anderen acht waren tot. Der Offizier ließ die Leichen zusammen tragen und Anna schaute sie sich an, nachdem sie ihre Schwester getröstet hatte, doch der Anführer war entkommen. Der Offizier vernahm den letzten Räuber und der verriet den Namen und den Wohnort des Anführers. Danach hängten sie den Mann an dem Baum auf, an dem, nach ihrer Schilderung, Sofie hätte hängen sollen. Im nächsten Dorf würden sie den Bauern ein paar Münzen dafür geben, dass sie die Leichen unter die Erde bringen würden.

Er trat an Sofie heran und fragte sie „Kannst du reiten?" doch sie schüttelte den Kopf. Die Räuber hatten ihr so zugesetzt, dass sie nicht mehr sitzen konnte. Daher bauten sie eine Trage, die sie zwischen zwei Pferde spannten und in der Sofie liegen konnte. So marschierten sie ab. In einem der Dörfer holten sie für Sofie ein Kleid, so dass Georg seinen Mantel wieder zurückbekam. Anna ritt nun neben ihrer Schwester und er folgte ihr. Harald wusste nicht viel von Sofie, aber sie war sehr hübsch. Die Frau lag nun direkt neben ihm in der Trage. Von Zeit zu Zeit rannen Tränen über ihr Gesicht und Anna versuchte sie dann immer zu trösten, was ihr meist gelang. So kamen sie nur langsam voran, aber der Offizier gab die Daten des Anführers einem seiner Melder mit, der voraus-eilte und sie dem nächsten Gericht übergab, die würden dann schon alles unternehmen, und den Mann sicher finden.

Schließlich trafen sie nach ein paar Tagen, in denen sie nachts immer in Wirtshäusern blieben, endlich in Dresden ein. Er verab-schiedete sich von den Soldaten und brachte die beiden Frauen zu seinem Schloss, wo sein Vater schon auf sie wartete. Vor dem Schloss stieg Sofie aus ihrer Trage und ging das letzte Stück des Weges zu Fuß. Sie saßen ebenfalls ab und Georg brachte die Pfer-de in den Stall hinüber.

So wie sie es auch unterwegs gemacht hatten, bezogen die bei-den Schwestern ein gemeinsames Zimmer im Schloss. Die ganze Zeit des Weges hatte er immer von einer zur anderen geschaut und die beiden Frauen miteinander verglichen. Doch hatte das einen Sinn? Sofie würde seine Frau werden! So war es von den Vätern festgelegt worden und Anna hätte niemals heiraten können, so lange eine ältere Schwester noch unverheiratet war. Sofie war achtzehn Jahre alt und Anna ein Jahr jünger. Aber vom Auftreten her konnte man denken, dass es umgedreht war.

Anna war so forsch und mutig in ihrem Auftreten, manchmal sogar etwas draufgängerisch, wie sie während der Verfolgung der Räuber immer wieder gezeigt hatte, und Sofie so schutzbedürftig und zerbrechlich. Das merkte man auch daran, wie die beiden Schwestern mit den Erlebnissen dieser Reise umgingen. Beide hatten dem Tod in das Auge gesehen, Anna war auf das Pferd gesprungen, um die Schwester zu retten und Sofie weinte jetzt, Tage später, immer noch. Sie war so zart und weckte damit seinen Beschützerinstinkt. Mit Anna hätte er in jeden Kampf ziehen können. Am Abend saß er in seinem Zimmer und stützte den Kopf in die Hand. Auf der anderen Seite der Wand waren die beiden Frauen. Die Eine liebte er und die Andere würde er heiraten. Irgendwie fühlte sich das Ganze falsch an. Doch er konnte nichts daran ändern.

Er ließ sich in sein Bett fallen. Nun, da sie endlich in Dresden waren, begannen die Hochzeitsvorbereitungen, aber wenn er eine Wahl gehabt hätte, so hätte er lieber Anna geheiratet. Er starrte an die Decke des Zimmers. Immer wieder ging ihm diese Frau durch den Kopf. Immer nur Anna. Doch weder er noch sie hatten eine Wahl. Es wäre so schön gewesen und in ihren Augen hatte er gesehen, dass ähnliche Gedanken auch in ihrem Kopf umher gingen. Aber es durfte nicht sein! Er schloss die Augen und wieder hatte er ihr Bild vor sich. Es zog ihn in das Nachbarzimmer, doch dort würde auch Sofie sein! Das Ganze war viel zu verrückt! Harald stand wieder auf und verließ sein Zimmer. Er ging die Treppe nach unten und setzte sich vor den Kamin. Vielleicht würde es etwas bringen, wenn er etwas mehr Raum zwischen sich und Anna brachte. Er sah in die Flammen und darin hatte er wieder ihr Bild. Es schien sich jemand einen Spaß daraus zu machen, ihn zu quälen.

Und wäre das nicht schon genug gewesen, hörte er nun auch noch ihre Stimme aus dem Nachbarraum. Er stand auf und ging hinüber. Dort saßen Sofie und Anna an einem der Tische. Anna sah zu ihm auf und ihre Blicke trafen sich.

Irgendwie lag eine Traurigkeit in den Augen der Frau. Er konnte sich nicht zu ihnen setzen, denn Sofie würde es sicher merken, wenn sie beide Blicke tauschen würden und so drehte er sich um und stieg die Treppe wieder nach oben zu seinem Zimmer. Er ließ die Tür unverschlossen. Hoffte er, dass sie zu ihm kommen würde?

14. Kapitel

Märchenschloss und Engelschor

Dieses Schloss war so groß. Dagegen war das Schloss des Vaters eher eine Hütte. Der alte Graf stand oben an der Treppe und so wie es von ihr verlangt war, machte sie vor ihm einen Knicks und sagte „Sofie Constanze. Gräfin von Hohenfeld." der alte Mann gab ihr die Hand und führte sie in das Haus hinein. Schon die Eingangshalle hatte die Größe des elterlichen Schlosses und die erlesene Ausstattung setzte noch ein paar Höhepunkte oben drauf. An der Seite der Eingangshalle waren die Bilder der Vorfahren des Grafen angebracht. Die Ersten davon waren noch in Rüstung. Aber sie war zu erschöpft von der langen Reise, als dass sie seinen Ausführungen folgen konnte, wer mit wem verheiratet war und wer wessen Vater. Anscheinend bemerkte dies auch der Graf, doch er war keinesfalls böse, sondern bot ihr an, die Führung durch die Räume ein andermal fortzusetzen, was Sofie dankend annahm.

Das sollte also nun ihr neues Zuhause sein. Staunend folgte sie einer der Mägde und ging eine Treppe hinauf zu den Wohnräumen. Offensichtlich war die gesamte untere Etage nur für die Repräsentation gebaut. Die Magd führte sie in einen Raum, in dem bereits die Kiste von der Kutsche stand. Die Magd verbeugte sich und fragte „Möchten sie sich nach der langen Reise frisch machen?" und Sofie nickte „Ich werde das Bad für sie bereiten." antwortete die Magd und verschwand aus dem Zimmer. Nun betrat Anna, die auch der Magd gefolgt war, das Zimmer und klappte diese Kiste auf. Dann sah sich die Schwester in dem Raum um und prüfte, ob das Bett auch schön weich war. Sofie hätte lachen können, warum die Schwester immer zuerst das Bett prüfte. Das machte sie in jedem Gasthof und auch sonst überall, wenn sie in einen Raum mit einem Bett kam. Sofie wendete sich nun der Kiste zu.

Zusammen mit Anna räumte sie ihre Kleider heraus, dabei stellte sie fest, dass die gesamte Mitgift daraus gestohlen war. Die kleine, versteckte Kiste, die die Münzen enthalten hatte, war aufgebrochen und leer. Weinend brach Sofie zusammen und Anna nahm sie tröstend in den Arm. Einige Jahre lang hatte der Vater dafür gespart und nun waren die Münzen weg. Würde Harald sie auch ohne Mitgift heiraten? Oder mit Schimpf und Schande vom Schloss jagen? Ihre Unschuld hatte sie schon an den Räuber verloren, auch wenn sie das niemanden, nicht mal ihrer Schwester, sagen würde. Und nun hatte dieser Dieb auch noch alle Münzen gestohlen! Völlig verzweifelt schaute sie Anna an, doch diese beruhigte sie. Für den Überfall konnten sie ja nichts und Anna wollte darüber mit dem alten Grafen sprechen. Die Schwester verließ das Zimmer und ließ sie zitternd zurück.

Doch wenig später kam Anna zurück und erklärte ihr, dass alles in Ordnung war. Der alte Graf hatte auf die Mitgift verzichtet. Eine große Last fiel von Sofies Herz und sie umarmte die Schwester. Die Magd betrat das Zimmer und sagte „Das Bad ist bereitet." dann machte sie eine tiefen Knicks und hielt den beiden Schwestern die Tür auf. Sie eilte ihnen voran und führte sie in den Raum, in dessen Mitte eine große Badewanne mit warmem Wasser stand. Sie war so groß, dass Anna und Sofie gleichzeitig hinein passen würden und so nickten sie sich zu. Ohne ein Wort hatten sie sich beide sofort verstanden. Sie streiften sich gegenseitig die Kleider ab und ignorierten den entsetzten Blick der Magd, die es gewohnt war, jeden Handgriff für die Herrschaft zu übernehmen.

Kurz darauf saßen sie im warmen Wasser. Nun nahmen sie aber gern die Dienste der Magd an, die sie einseifte und ihnen die Haare wusch. Es war einfach nur schön und entspannend. Schließlich waren sie mit neuen Sachen wieder in ihrem Zimmer, aber da wollten sie nicht bleiben, die anfängliche Müdigkeit nach der Reise war nun verflogen, daher gingen sie nach unten und setzten sich an einen Tisch. Sofie sah die Traurigkeit in den Augen der Schwester. Aber selbst die mutige und starke Anna hatte es vermutlich schwer, es zu verarbeiten, dass sie beinahe ihr Leben in einem Kochtopf beendet hätte. Nach einer Weile wurde Sofie müde, verabschiedete sich und ging in ihr Bett, während Anna noch mit dem alten Grafen redete.

Am nächsten Morgen erwachte Sofie und sah die schlafende Anna im Bett neben sich liegen. Sie hatte gar nicht bemerkt, wann die Schwester in das Bett gekommen war und versuchte leise aufzustehen, um sie nicht zu wecken. Doch das Knarren des Bettes sorgte dafür, dass Anna die Augen aufschlug und laut gähnte. Zusammen gingen sie in das Bad, wo die Magd gerade das warme Wasser zum Waschen bereitstellte. Dann wuschen sie sich und spritzten sich gegenseitig lachend nass. Annas Traurigkeit war vorerst verschwunden.

Angezogen gingen beide in den Speisesaal und nahmen dort das Frühstück ein. Nun würden noch viele Dinge vorzubereiten sein. Aber bevor sie die Hochzeit vorbereiten konnten, wollten die Beiden in einer Kirche für ihre Errettung danken. Harald ließ die Kutsche anspannen und vorfahren. Dann machten sich die beiden Schwestern auf den Weg. Der Kutscher brachte sie zu einer Kirche in der Stadt, die so groß war, dass in deren Halle ihre Kirche im Dorf ohne Probleme samt Glockenturm hinein gepasst hätte. Es war eben die Hauptstadt, und da war alles ein bisschen größer. Sie setzten sich in die erste Reihe der fast leeren Kirche. Auch wenn sie sich selbst etwas vorsichtiger hinsetzte. Ihr Hintern war gerade nicht mehr blau, sondern nur noch hellgrün, dass hatte sie am Vortag beim Baden im Spiegel gesehen. So saßen sie und beteten, als der Organist begann, für den sonntäglichen Gottesdienst zu üben. Mancher Ton klang nicht perfekt, aber sie lauschten beide andächtig.

Es fehlte nur noch ein Chor der Engel, um diesen Gottesdienst zu etwas ganz besonderen zu machen und da hörte Sofie auch schon die Stimmen in ihrem Ohr. Ab jetzt war sie beschützt und alle Angst fiel von ihr ab. Gestärkt stand sie auf. Zusammen mit Anna verließ sie die Kirche und schaute nach oben in die Wolken vor einem blauen Himmel. Es gab noch so viel zu tun.

15. Kapitel

Vorbereitung einer Hochzeit

Sie war Sofie in das Schloss gefolgt. Aufmerksam hörte sie den Ausführungen des Grafen zu. So konnte sie endlich auch mal etwas über Haralds Vorfahren erfahren. Als Sofie nach oben ging ließ sie sich von dem alten Herren noch die angrenzenden Räume zeigen und ging dann auf ihr Zimmer. Die Angst der Schwester wegen der fehlenden Mitgift konnte sie gut verstehen, aber im Gespräch mit dem alten Grafen kam sie schnell zu einer Lösung des Problems, da sie ja eigentlich nichts dafür konnten. Ausgeraubt war nun mal ausgeraubt. Hatte Sofie wirklich gedacht, dass die Räuber das Geld in der Kutsche gelassen hatten?

Auf dem Rückweg vom Bad traf Anna im Flur auf Harald. Sein Zimmer lag genau neben dem ihrigen. Nun würden sie also Wand an Wand schlafen. Ob sie da wohl wirklich in den Schlaf kam? Nach dem Abendessen setzten sie sich in einen der prunkvollen Säle und betrachteten die Skulpturen und Bilder, die darin waren. Der alte Graf hatte ihr erzählt, dass früher, als seine Frau noch lebte, jede Woche mindestens ein großes Fest hier stattgefunden hatte. Anna konnte sich das noch richtig gut vorstellen, wie die Musik aufgespielt hat und die Damen in ihren Kleidern hier getanzt hatten. In ihrem Dorf gab es so etwas nicht, aber die Mutter hatte einmal davon erzählt und seitdem sehnte sie sich danach, einmal solch ein Fest zu besuchen.

Plötzlich stand Harald in der Tür hinter Sofie, so dass diese ihn nicht sehen konnte. Eine Traurigkeit legte sich über Anna. Nun würde sie mit ihm für die nächsten Wochen unter einem Dach leben, jeden Tag würden sie sich dutzende Male über den Weg laufen und sicher auch mehr als ein Mal berühren und doch würden sie sich nie mehr so nahe sein, wie in jener Nacht im Gasthof. Sie hätte heulen können, aber sie durfte sich nichts anmerken lassen. Würde sie standhalten können? Und wollte sie das überhaupt? Sie musste es! Schon alleine ihrer Schwester zuliebe.

Es war zum Verzweifeln und als sich der Mann zurückgezogen hatte, brach auch Sofie auf, um in ihr Zimmer zu gehen. Anna begann mit dem alten Grafen über die Feste zu reden und steigerte sich immer mehr in die großen Bälle hinein. Wo sie nun schon mal in Dresden war, wollte sie unbedingt auch diese Feiern erleben. Es war ja Sommer und da gab es auch viele Feuerwerke über der Stadt. Praktisch jeden Tag war in einem der viele Palais ein Ball. Sie brauchte nur noch jemanden, der sie in diese vornehme Gesellschaft einführen würde.

In Gedanken versunken stieg sie später die Treppe hinauf und betrat das Zimmer. Das Licht fiel auf das schlafende Gesicht der Schwester und in diesem Moment durchzuckte eine verbotene Idee Annas Kopf. Leise schloss sie die Tür wieder und ging den Gang weiter zur nächsten Tür. Das, was sie hier gerade machte, war etwas, was sie, sollte sie entdeckt werden, teuer zu stehen kam. Sollte sie den Weg fortsetzen? Noch war ja nichts passiert. Doch eine unsichtbare Kraft zog sie vorwärts. Nun stand sie vor dem Zimmer und schaute sich nach allen Seiten um, lange konnte sie nicht hier so stehen, obwohl außer ihrer Schwester und Harald niemand in diesem Teil des Hauses wohnte, aber trotzdem hätte eine der Mägde sie in dieser verfänglichen Situation sehen können. Aber vielleicht hatte Harald auch die Tür verschlossen?

Sie legte die Hand auf die Klinke und erwartete, dass die Tür verschlossen blieb, doch sie schwang leise auf und so betrat sie den Raum. Harald saß auf einem der Stühle in dem Zimmer und hatte sie offensichtlich erwartet. Er stand auf und kam auf sie zu.

Im Dunkel der Nacht hatte sie sich wieder zurück in ihr Zimmer geschlichen, so dass Sofie beim Erwachen die Schwester nicht vermissen würde. Doch Anna konnte lange nicht einschlafen. War es nicht Betrug, was sie da machte? Schließlich fielen ihr doch die Augen zu und sie schlief ein. Als sie erwachte, stand Sofie schon vor ihrem Bett. Konnte sie der Schwester eigentlich noch in die Augen sehen? Schnell wendete sie sich ab und stand auf. Nach dem Waschen und dem Frühstück fuhren sie in eine Kirche, um dort zu beten. Sofie betete als Dank für die Errettung aus der Not und sie um Vergebung ihrer Sünden. Doch nun gab es so viel zu tun, um die Hochzeit vorzubereiten. In zwei Wochen würden sie in genau dieser Kirche hier die Ehe zwischen Harald und Sofie schließen.

Als sie wieder zu Hause waren, saß Haralds ältere Schwester Emilia in einem der Räume und kam auf die beiden Frauen zu. Sie würde ihnen bei den Vorbereitungen helfen. Sie war doppelt so alt wie Sofie und lebte mit ihrem Mann und vier Kindern am anderen Ende von Dresden. Eine ihrer Töchter war so alt wie Anna und so kamen sie auch gleich in ein Gespräch. Emilia war ihr sofort sympathisch und ihr schien es mit Anna genauso zu gehen. Die beiden setzten sich zurück an den Tisch und während Sofie nach oben ging, besprachen sie schon die Vorbereitungen.

Schnell merkte Anna, dass ihre Vorstellungen viel zu tief vom Leben auf dem Lande geprägt waren. Hier in Dresden war gerade die Pariser Mode ganz groß im Kommen. Es war üblich Unterwäsche zu tragen! Bisher hatte Anna immer nur ein Unterkleid an gehabt. Die Sachen, die sie trug, sahen eher nach dem letzten Jahrhundert aus. Mit Emilia konnte sie sich auszutauschen. Die erfahrene Frau begann ihr ihre Kleidung zu erklären. Sie begann bei dem Fischbeinkorsett, welches so eng geschnürt war, dass Emilias Taille deutlich hervor trat. Darüber trug sie eine sehr weiten Rock mit einem darunter befestigtes Gestell aus Rosshaar und Fischbein, das ihm die Form gab. Das Ganze wurde durch ein geschnürtes Mieder zusammen gehalten, welches eigentlich, nach Annas Meinung, zur Unterwäsche zählte, denn bisher hatte sie dieses immer unter dem Kleid getragen. Doch hier in Dresden war eben vieles anders.

Emilia trug auch noch ein eng anliegendes Oberteil, das in einen vorne geöffneten Überrock überging und hinten in einer Schleppe bis zum Boden fiel. Besonders an ihrem Aufzug war aber das Dekolleté, das bei ihr recht weit offen war und so viel von der Haut zeigte, wie sich Anna nie gewagt hätte. Bis zum Ansatz der Brust nach unten und den Schultern an beiden Seiten. Die Frisur war ebenfalls ganz anders. Hatte Anna bisher immer ihr Haar lang und offen, höchstens mal mit Locken, getragen, so trug Emilia ihres Hochgesteckt und mit einer kleinen Haube aus Spitze bedeckt.

Gemeinsam verließen sie das Haus, um zu einer Schneiderin zu gehen, doch auf dem Weg dahin ging Anna in ein kleines Kräutergeschäft und kaufte dort ein Pulver, von dem eine Messerspitze aufgelöst in einem Glas Wein, die nächtlichen Beisammenseins mit Harald ohne Folgen bleiben lassen würde.

16. Kapitel

Ein altes Herz

Endlich zog wieder Leben in sein Schloss ein. So lange hatte er das schon vermisst. Als seine Frau noch gelebt hatte, hatten sie so oft hier Bälle abgehalten, immer war etwas los gewesen und er mochte diese aufregenden Feste, auch wenn er das seiner Frau gegenüber niemals zugegeben hatte. Schon als er in Vorbereitung der Hochzeit die beiden neuen Mägde eingestellt hatte, war es anders geworden. Doch nun, da auch die beiden Gräfinnen hier waren, begann sein Herz wieder zu lachen. Trotz der Wiedernisse, die die beiden Frauen auf dem Weg zu erdulden gehabt hatten, waren sie doch froh hier zu sein. Das Kichern und Lachen der jungen Frauen hatte so etwas Erfrischendes. Zur Vorbereitung der Hochzeit hatte er ihnen seine älteste Tochter zur Seite gestellt, da diese sich in den Gesellschaftskreisen besser auskannte als er.

Irgendwie war es schon komisch, obwohl doch Sofie seine Schwiegertochter werden sollte, zog es sein Herz mehr zu der Art, die Anna so an sich hatte. Wäre sie nur nicht so jung gewesen, so hätte er sie sicher geheiratet. Doch das Zusammentreffen mit den Frauen hatte seinen Entschluss bestärkt, doch noch einmal den Versuch zu wagen und zu heiraten. Gleich nach der Hochzeit seines Sohnes würde er sich auf die Suche machen, nach einer Frau, die Standesgemäß zu ihm passte und ihm vielleicht noch ein oder zwei Kinder schenken konnte.

Damit diese Suche auch gelang, bestärkte er seine Tochter darin, in die Zeit der Hochzeitsvorbereitung einen Ball in seinem Schloss zu geben, bei dem sie Anna und Sofie in die Kreise der feinen Gesellschaft einführen konnte.

Die Tochter stimmte gern zu, sie konnte ja die Hintergedanken des Vaters nicht lesen, und wenn doch, so wäre es ja immer noch seine Sache gewesen. Schließlich war er immer noch das Familienoberhaupt und Tradition wurde in seiner Familie von alters Zeiten her groß geschrieben. Er würde in den nächsten Tagen in sein Landgut fahren, von dem er einen Teil seiner Gelder erhielt. In dieser Zeit würde sein Sohn im Schloss der Hausherr sein.

Als es dann soweit war, setzte er sich in seine Kutsche und fuhr los. Vorher hatte ihm Emilia aber gesagt, wann der erste Ball stadtfinden würde und er beschloss an diesem Tage spätestens wieder im Schloss zu sein, aber vielleicht bot sich ihm ja auch unterwegs schon eine Gelegenheit. Denn er war ja auch eine gute Partie für jede alleinstehende Frau. In Gedanken versunken ließ er sich durch das Land fahren. Es war nicht weit bis zu seinem Landgut, das ihm half, in der Stadt zu überleben. Nur von dem Geld, das ihm der Kurfürst zahlte, konnte er das prächtige Schloss in der Stadt und das Leben darin nicht finanzieren. Nur durch das einträgliche Gut, im Osten Sachsens, konnte ihm dies gelingen.

Sonst war oft auch Harald mitgefahren, aber in Anbetracht der Hochzeitsvorbereitungen hatte der Sohn darum gebeten, in der Stadt zu bleiben. Er wusste zwar nicht, was Harald da vorzubereiten hatte, aber er hatte dem Wunsch gern zugestimmt. Auf dem halben Wege würde er wieder in dem altbekannten Gasthof übernachten, in dem er jedes Mal auf der Hinfahrt und der Rückfahrt blieb. Es war schon fast Tradition geworden, dass dies so war und Traditionen hatten in seiner Familie einen großen Stellenwert. Er begann zu lächeln, als er an die bevorstehende Hochzeit dachte und an seine eigene von vielen Jahren. Es war damals schön gewesen, aber eine Hochzeit war in seinem Stand nicht eine Sache der Liebe, sondern eine Sache der Pflicht. Er hatte selbst ein paar Jahre gebraucht, bis zwischen ihm und seiner Frau damals so etwas wie Vertrautheit und Liebe entstanden war.

Die Kutsche stoppte auf demselben Platz wie immer und wie immer kam der Wirt sofort aus dem Gasthof, um die Tür der Kutsche zu öffnen. Die Verbeugung des Mannes vor dem Grafen war tief wie immer und der Graf betrat das Haus. Während seine Diener das Gepäck nach oben brachten, setzte er sich an einen der Tische. Wie immer direkt am Kamin. Doch diesmal war etwas anders. Eine junge Magd sauste mit einem Lachen durch den Raum und bediente die paar anwesenden Gäste. Auch am Tisch des Grafen machte sie ihren Knicks, der so tief war, dass der alte Mann schon fast schmunzeln musste. Sie brachte ihm sein Essen und die Getränke und es schien ihm so, als ob sie den Rest des Abends nur noch ihn bediente. Vielleicht hatte dies der Wirt so eingerichtet, denn der wollte sicher, dass es seinem wohlhabenden Gast gut ging. Dann würde er vielleicht ein paar Münzen mehr aus der Tasche ziehen, wenn er am nächsten Tag wieder aufbrechen würde.

Schließlich war es so weit, dass er nach oben in sein Zimmer ging. Er drückte der Magd zwei Münzen in die Hand für die Aufmerksamkeiten, die sie in den letzten Stunden ihm gegenüber gezeigt hatte. Sie bedankte sich und strahlte über das ganze Gesicht, als sie sich die beiden Münzen in ihr Mieder steckte. Nicht ohne dem Grafen dabei einen besonders tiefen Einblick zu gewähren. Als der Graf dann in seinem Zimmer stand, öffnete sich hinter ihm die Tür. Die Magd war anscheinend auch vom Wirt dafür vorgesehen gewesen, ihm beim Entkleiden zu helfen. Ob der Wirt das nun schon vorher so geplant hatte, oder eben erst entschieden hatte, blieb nun mal dahingestellt. Dem alten Grafen jedenfalls gefiel es außerordentlich gut. Er schickte seinen Diener weg.

Nachdem er nur noch im Unterhemd da stand und sich zu seinem Bett wenden wollte, fiel auf einmal auch das Kleid der Magd. Der alte Herr war etwas überrascht, hatte aber nichts dagegen, dass die junge Frau vor ihm in das Bett schlüpfte. Eine Stunde später verließ die Magd, um ein paar weitere Münzen reicher, das Zimmer wieder und der alte Graf schlief glücklich ein.

Bei der Abreise am nächsten Morgen kam die Magd bis zur Kutsche und der Graf sagte zu ihr „Wenn du in der Stadt arbeiten möchtest, in meinem Schloss ist immer ein Platz für dich frei." Dann lächelte er sie an und stieg in seine Kutsche. Der Knicks der jungen Frau war wieder sehr tief und das Lächeln in ihrem Gesicht sprach dafür, dass sie das Angebot sicher gern annehmen würde.

17. Kapitel

Markttage sind Beutetage

Seit ein paar Tagen lebte er nun schon in Dresden. Die Münzen hatten für ein kleines Haus am Rande der Stadt genügt und es waren immer noch so viele übrig, dass er davon sicher noch über ein Jahr hätte unbeschwert leben können. Aber das wollte er ja nicht. Seinen alten Namen hatte er abgelegt und nannte sich nun Hans Müller. Seine Frau schaute da sehr skeptisch. Akzeptierte aber alles, was er tat oder sagte. Immerhin war es ihr ja bisher mit seinen Entscheidungen gut gegangen. Schon am folgenden Tag war er in der Stadt unterwegs gewesen. Für ihn war es wichtig, die guten Plätze zu finden, an denen es sich lohnte, zu warten, welche Gelegenheit sich ihm bieten würde. Gleichfalls musste er aber auch die Wege genau kennen. Bisher hatte er immer Glück gehabt, wenn er sich im bekannten Umfeld bewegt hatte. Diese Erfahrungen musste er in der großen Stadt erst sammeln.

Doch bereits an diesem Tage wurde ihm bewusst, dass er die richtige Entscheidung getroffen hatte. Er stand an einer Ecke des Marktes und sah die feinen Damen in ihren bunten Kleidern und die Männer mit den knielangen Hosen und den Jacken, aus deren Ärmeln die Spitze heraus schaute. Alle sahen Reich aus und schrien einfach nur danach, von allem unnützen Ballast erleichtert zu werden. Was man hier nur brauchte, war ein scharfes Messer und geübte Finger, und über beides verfügte er. Blieb ihm nur eine Frage: sollte er alleine handeln, oder sich, wie er es schon früher gemacht hatte, einen Kumpan dazu nehmen. Zuerst würde er es alleine versuchen und später konnte er sich ja noch einmal umorientieren. Es wäre vielleicht auch keine schlechte Idee, wenn er ein Kind dabei hätte. Zum einen konnte es die Opfer seiner Beutezüge ablenken und zum anderen, wenn es geschickt genug wäre, auch selbst auf Beutezug gehen.

Hans kratzte sich am Kopf und verließ den Platz. Er ging die breite Straße hinab und kam dann zur Elbe hinunter, wo eine Gondel an einem Steg lag. Hier würden sicher die besonders Reichen der Stadt zu finden sein. Aber hier war dann auch die Gefahr am größten, geschnappt zu werden, denn es waren viel zu freie Plätze und das notwendige Gewimmel fehlte auch. Er setzte sich auf eine dort stehende Bank und beobachtete einfach weiter. Wichtig war es erst einmal, Informationen zu sammeln. Wissen war in diesem Falle Geld. Je mehr er wusste, umso erfolgreicher würde er später sein. Er setzte sich einfach wie gelangweilt dort hin und tat so, als ob es ihn nicht interessierte, was direkt vor seiner Nase passierte. Aber aus dem Augenwinkel heraus entging ihm nichts. So sah er auch das etwa zehnjährige Mädchen, das in zerlumpten Sachen an einer Säule saß und vermutlich genauso wie er, die sich ihr bietende Gelegenheit suchte.

Ein anderer hätte sicher gedacht, dass sie nur eine Bettlerin war, die auf Almosen der Reichen hoffte, doch er hatte sie gleich durchschaut. Ein Dieb erkannte den anderen sofort. Die Haltung und die Blicke waren eindeutig. Hier lauerte ein Raubtier auf die sich bietende Chance. Er schob sich näher an sie heran und setzte sich auf eine Bank in der unmittelbaren Nähe des Mädchens. Da sie vor ihm saß, hatte sie ihn vermutlich noch nicht bemerkt. Sie hielt einen kleinen, hölzernen Napf hoch und wartete scheinbar darauf, dass jemand da etwas hinein warf. Als eine Frau stehen blieb um eine Münze hinein fallen zu lassen, sprang das Mädchen auf, schnappte sich die ganzen Münzen aus der Hand der Frau und verschwand in einer der Gassen. Die Frau blieb schreiend zurück. Nun hatte er genug gesehen. Er stand auf und schlenderte die Gasse entlang. Er ließ seinen Blick auf allen möglichen Verstecken ruhen, bis er die Kleine wiedergefunden hatte.

Mit einem Griff hatte er das zappelnde Kind an den Sachen gepackt, aber da die Kleine wusste, was sie gemacht hatte, schrie sie nicht. Sie sahen sich nur beide an und hatten sich sofort gegenseitig erkannt. Ohne ein Wort schlossen sie einen Pakt und das Mädchen begleitete ihn einfach mit nach Hause. Obwohl er die Idee erst später umsetzen wollte, hatte in das Schicksal schon heute die Möglichkeit gegeben, die er gesucht hatte. Als sie Beide das Haus betraten, schaute seine Frau zwar fragend, aber sie akzeptierte auch diese Entscheidung ihres Mannes. Es war schon fast ein blindes Vertrauen, was sie ihm da entgegen brachte. Wenig später war das Kind gewaschen und satt. Dann bereitete die Frau noch eine Schlafstatt für das Kind vor und legte sie dort hin. Das Kind, das solch einen Luxus sicher nicht gewohnt war, schlief fast sofort ein.

Am folgenden Markttag gingen sie zusammen, wie Vater und Tochter, auf den freien Platz. Zwischen all den Ständen konnten sie sich fast völlig frei bewegen. Das Gewimmel war nur direkt an den Auslagen. Schnell hatte er begriffen, wie er handeln konnte. Während die Kleine die Frauen ablenkte und irgendetwas fragte, konnte er mit seinem Messer die Geldbeutel der Frauen von deren Gürteln trennen. Im Laufe des Tages gelangten sie so an fünf mehr oder weniger gefüllte Geldbeutel mit einer wirklich beachtlichen Ausbeute für einen Tag. Daher beschlossen sie Beide, es nicht zu übertreiben und nur ein Mal in der Woche auf Beutezug zu gehen. Sie setzten sich zusammen auf eine der Bänke und verzehrten dort ein, mit ein paar der gestohlenen Münzen bezahltes, Stück Brot mit einer Wurst für jeden. Hand in Hand gingen die Beiden wieder zurück in das Haus von Hans, wo seine Frau ihn schon erwartete. Sie fragte nicht, was seine „Geschäfte" waren, vermutlich wusste sie es, dass man mit ehrlicher Arbeit an einem Tag unmöglich so viele Münzen verdienen konnte.

Wenn sie Beide vorsichtig waren und sich nicht erwischen ließen, so war ihnen ein gutes Leben sicher. Aber würden sie erwischt, so würde der Galgen auf sie warten und dabei war es egal, ob es das Kind oder ihn treffen würde. Aber stillschweigend hatten sie beschlossen, den jeweils anderen nicht zu verraten. Wieviel das aber dann noch Wert war, wenn es zu einer Befragung vor Gericht kommen würde, das blieb offen.

18. Kapitel

Feier ohne Fest

Sie hatte eine ganze Woche darauf hin gefiebert und nun würde es am nächsten Tag endlich so weit sein. Ihr erster großer Ball! Die ganze Nacht konnte Anna nicht schlafen vor Aufregung, was da so Schönes passieren würde. Mit Emilia und Sofie hatte sie die Vorbereitungen getroffen und Emilia hatte alle ihre Freundinnen eingeladen. Es würde also voll werden in den Räumen unten. Bereits am Vorabend hatten die Mägde angefangen die Säle auszuräumen und Platz für die tanzenden Menschen zu schaffen. Entlang der Wände waren schon Stühle aufgestellt und kleine Tische standen dort ebenfalls. In der Mitte war Platz gelassen worden und in einem der Räume würde eine kleine Kapelle Musik spielen.

Bisher war sie aus ihrem Landleben gar keine so großen Feste gewöhnt. Zu Ostern und Pfingsten ging man in den besten Kleidern in die Kirche und manchmal war danach Tanz auf dem Platz zwischen Kirche und Gasthof, aber so hier? Ohne einen Anlass einfach einen Ball auszurichten? Emilia hatte ihr schon gesagt, dass hier in Dresden von Montag bis Donnerstag jeden Abend irgendwo ein Ball war, nur die Abende von Freitag bis Sonntag waren den Familien vorbehalten. Sozusagen als Erholung von den durchtanzten Nächten, wobei der Sonntag der Kirche besonders reserviert war. Dann traf man sich früh in den Bänken der Kirche und ging danach in den Parks spazieren.

Es sollte auch ein Feuerwerk geben, an manchen Abenden war sie im Bett zusammen gezuckt, als es draußen geknallt hatte, aber dann hatte sie aus dem Fenster gesehen und die Lichter über der Elbe oder einem der anderen Schlösser gesehen. Da ihre Schwester sich nun von der langen Reise erholt hatte, hatte Anna auch nicht mehr zu Harald in das Zimmer wechseln können. Sie sah nur in seinem Blick, dass ihm dies auch fehlte, aber vielleicht würden die Feste und Bälle, zu denen sie nun sicher gehen durfte, sie von dieser unglücklichen Liebe ablenken. Und vielleicht konnte sie dabei auch einen anderen Mann kennen lernen, der ihre Gedanken von Harald weglenken würde. Sie hatten nun auch beide neue Kleider erhalten. Die Schneiderin, die ihnen Emilia empfohlen hatte, war sehr geschickt und hatte die Kleider am Vortag geliefert. Sie würden also mit ganz neuen Kleidern ihre Gäste empfangen.

Noch vor Sonnenaufgang war sie aufgestanden und lauschte auf die Ruhe im Haus. In einer Stunde würden unten die Mägde und Diener anfangen alles sauber zu machen und draußen würden sicher auch bald die Männer anfangen das Feuerwerk im Park des Schlosses vorzubereiten. Sie hörte ein Geräusch im Nebenraum und wendete ihren Blick dort hin, so als ob sie durch die Wand hätte sehen können. Ihr Blick fiel auf die schlafende Schwester. Diese würde bestimmt wieder bis zum Wecken durch die Magd schlafen. Anna beneidete die Schwester um deren gesunden Schlaf. Sofie weckte nichts und niemand auf. Ihr Blick ging nach oben, wo im Halbschatten des Mondlichtes das Bild hing, hinter dem das Bett von Harald stand. Sollte sie? Sicher war er wach!

Mit einem letzten Blick auf die schlafende Sofie huschte Anna aus dem Zimmer und schlich über den Flur, die Mägde würden sicher zuerst unten anfangen und so war sie wenig später in Haralds Zimmer verschwunden. Nach einer Stunde voller Zärtlichkeit war sie pünktlich vor dem Erwachen der Schwester wieder in ihrem eigenen Bett. Konnte das eigentlich noch lange so weiter gehen? Diese ungestillte Sehnsucht zerriss sie förmlich. Auf der einen Seite Harald und auf der anderen Sofie. Doch nun würde der Ball kommen und damit eine neue Möglichkeit. Nach dem Waschen halfen sie sich gegenseitig in die neuen Kleider. Sie waren sehr schön, auch wenn der Ausschnitt mehr als gewagt war. Aber so war hier eben die Mode in Dresden. Die beiden Schwestern sahen sich an und Anna sagte „Zum Glück kann uns Mutter nicht so sehen." Am Nicken der Schwester sah sie, dass auch Sofie denselben Gedanken gehabt hatte. Noch ein Stück weiter runter und die Brust würde heraus fallen.

Sie suchten sich einen freien Platz in ihrem Zimmer und übten die ersten Tanzschritte und Schwünge, die ihnen Emilia in den letzten Tagen beigebracht hatte, schließlich wollte sich ja keine der Beiden blamieren. Ab dem späten Nachmittag trafen die ersten Gäste ein. Der alte Graf war ebenfalls von seiner Reise zurückgekommen und hatte aber den drei Damen des Hauses für den heutigen Tag sein Schloss überlassen. Er würde sich nur im Hintergrund zusammen mit Harald aufhalten. Emilia flüsterte ihnen die Namen und Titel der eintreffenden Gäste zu und je nach deren Rang war der Knicks etwas tiefer oder eben auch nicht. Da würden sie noch ihre Erfahrungen sammeln können. Es waren aber viel mehr Damen als Herren dabei und so sah sich Anna schon in ihrer Erwartung getäuscht, hier einen Mann zu finden, der sie von Harald ablenken würde. Die Kleider der Damen und Herren waren durchweg sehr schön. Aufwendige Stickereien auf den Jacken der Männer und zahlreiche Bommeln und Borten auf den Kleidern der Frauen zeugte vom Aufwand, der mit diesen Kleidungsstücken getrieben worden war.

Es wurde ein sehr schöner Abend und als im Park das Feuerwerk in die Luft stieg, hatte Anna so viele Einladungen zu anderen Bällen erhalten, dass sie die nächsten Wochen sicher jeden Tag auf einen Ball gehen konnte und so hatte es Emilia sicher auch beabsichtigt gehabt. Der Tag klang mit dem prächtigen Feuerwerk aus. Mit leuchtenden Augen schauten die beiden Schwestern auf die bunten Blitze und leuchtenden Fontänen, die im Park hinter dem Schloss aufstiegen und in der Luft über ihnen mit lautem Knall zerplatzten.

Nachdem sie sich gegenseitig aus den Kleidern geholfen hatten fielen sie beide erschöpft aber glücklich in ihr Bett. Als ihr die Augen zu fielen dachte Anna für einen Augenblick an Harald, dann war sie eingeschlafen und erwachte erst, als auch Sofie aufstand. Das Tanzen hatte insoweit geholfen, dass es sie abgelenkt hatte und sie auch durchschlafen konnte.

Also hatte es dennoch genützt. Einen Tag später würden sie schon auf den ersten Ball bei einer der Damen des vergangenen Abends gehen. Emilia würde sie abholen und das würde sicher eine weitere schöne Erfahrung für sie beide werden.

19. Kapitel

Ein unbedeutender Brief

Ein kleines Schriftstück hatte seine Aufmerksamkeit geweckt. Es lag zwischen all den anderen, die der Sekretär des Richters noch abarbeiten musste. Der dicke Stapel der täglichen Post lag direkt vor ihm und er sortierte diesen einen Brief zur Seite, um ihn danach gesondert zu lesen. Zuerst musste er sich durch die täglichen Beschwerden der Bürger durcharbeiten. Jeder, der hier in Dresden gegen einen anderen Klagen wollte, musste dies entweder mündlich oder, bei den gebildeteren Bürgern, auch schriftlich machen. Wenn sein Fall dann vor den Richter kam, das hatte der Sekretär maßgeblich mit zu entscheiden, so hatten beide Parteien direkt vor Gericht zu erscheinen und ihr Anliegen vorzutragen. Langsam wurde der Stapel kleiner, oder besser, er verteilte sich auf zwei neue Stapel. Der eine, etwas kleinere, war derjenige, den der Richter entscheiden musste, der größere war derjenige, wo er als Sekretär eine Entscheidung treffen konnte.

Die Höhe der zu erwartenden Strafe entschied, auf welchem der beiden Stapel der Antrag landete. Bei manchen konnte er selbst das Urteil unten darauf schreiben. So wurde mit einem Federstrich entschieden, dass eine Frau zwei Münzen an eine andere zahlen musste, weil sie ein Huhn gestohlen hatte. Dies konnte er aber nur selbst entscheiden, wenn beide Parteien so einfach Schuld und Betrag der Begleichung angeben konnten. Gab die eine Seite nicht nach, so würden sie vor den Richter treten müssen, der dann unter Abwägung aller Aussagen eine Entscheidung treffen musste. Nachdem er nun seine beiden Stapel hatte und den einen davon in das Zimmer des Richters gebracht hatte, wendete er sich dem an der Seite liegenden Brief zu.

Was hatte da vorher seine Aufmerksamkeit geweckt? Es war eigentlich nur die Nachricht eines anderen Richters, dass ein Gesuchter nicht mehr in seinem Bereich wohnhaft war. Ein ganz normaler Vorgang, der öfters als Meldung zu ihm kam, um die Beteiligten zu informieren. Jeder Richter konnte ja nur Personen belangen, die in seinem Bereich ein Haus hatten, oder ein Stück Land. Aber immer noch grübelte der Sekretär, was nun daran so besonders war. Dann fiel ihm auf, wer der zu informierende Zeuge war und dann war es ihm klar. Dieser Zeuge war auch gleichzeitig der Geschädigte. Es war der Sohn eines Grafen, der eine Position innehatte, die sein Bruder auch schon seit Jahren gern haben würde. Bot sich hier eine Möglichkeit, den Bruder diese Position im geheimen Kabinett des Kurfürsten zu sichern?

Nun las er sorgsamer den Brief durch. Er las über die Entführung der zukünftigen Ehefrau und die Befreiung durch die Soldaten. Den Tod der neun anderen Männer und die Suche nach dem Anführer. Konnte er das irgendwie nutzen? Und wo war dieser Mann? Vielleicht hier in Dresden? Obwohl er das eigentlich nicht gemusst hätte, setzte er ein Schreiben auf, in dem er auch hier in der Stadt nach dem Mann suchen ließ. Er hatte so ein Gefühl, dass der Flüchtige genau hier untergetaucht war und er musste ihn haben, um alle Informationen aus ihm heraus zu bekommen. Der Mann gab das Schriftstück einem Boten, der es dann zu den Soldaten der Garde brachte, die auch für solche Suchen hier in der Stadt zuständig waren, dann nahm er seinen Hut und machte sich auf den Weg zu seinem Bruder.

Sie trafen sich aber erst am Abend in einer Schänke. Auch sein Bruder wurde sofort hellhörig. Schon lange suchte er alles Mögliche, was er zu dem alten Grafen und seinem Sohn finden konnte. Bisher war aber nichts wirklich Brauchbares dabei gewesen. Nicht eine Sache, die er benutzen konnte, um dem Grafen zu schaden.

Die Beschreibung des Anführers war eher wage und trotzdem legten sie alle ihre Anstrengung in die Suche nach dem Manne. Sein Bruder würde bei den Soldaten noch einmal besonders darauf dringen, diesen Mann zu finden und er würde sicher damit Erfolg haben, da ja auch ein Offizier der Garde bei der Suche schon beteiligt gewesen war, wie aus dem Schreiben zu erfahren war.

Am nächsten Morgen hatte ihn diese Angelegenheit immer noch nicht losgelassen und so forderte er die Unterlagen von dem anderen Richter an. Er ließ sogar einen Boten dorthin reiten, was sonst nur bei ganz wichtigen und dringenden Angelegenheiten gemacht wurde und gab dem Boten auch noch eine Münze extra, als der schon ein paar Stunden später mit dem Schreiben des anderen Richters zurück kam. Nun konnte er sich in den Fall noch besser einlesen und mit jeder Zeile wuchs in ihm das Gefühl, dass dieser Fall auch der Fall des alten Grafen sein konnte, zumindest der Fall in der Gunst des Kurfürsten. Und des einen Mannes Fall war der Aufstieg eines Anderen. Woher kam nun aber dieses Gefühl? Es ging doch hier nur um einen Raub und eine Entführung? Er wusste es nicht! Aber sicher würde es dieser Räuber wissen! Er musste seiner habhaft werden, koste es, was es wolle!

Daher verließ er sich nicht nur auf die Garde, sondern setzte auch noch ein Kopfgeld auf die Ergreifung des Mannes aus. In den Unterlagen war die Beschreibung drin und diese Benutzte er. All dies machte er über den Kopf seines Richters hinweg, denn eigentlich hätte nur dieser das alles veranlassen dürfen. Doch ihm würde schon eine Ausrede einfallen, falls der Richter ihn daraufhin fragen würde. Das war ihm bisher noch immer gelungen und wenn der Bruder die höhere Position bekam, so war das vielleicht auch sein Aufstieg zum Richter. Er sah zu der Tür hinüber, durch die es zu den Amtsräumen ging. Ein Lächeln machte sich in seinem Gesicht breit. Damit, dass er seinen Bruder half, half er sich auch selbst. Sie mussten doch in der Familie zusammen halten.

Er lehnte sich zurück und begann mit seinem täglichen Schriftkram, den er bisher wegen des persönlichen Falles vernachlässigt hatte. Der Richter kam nach draußen und schaute, wo die Briefe für ihn waren, da sein Sekretär aber noch nicht damit fertig war, fuhr er ihn an und knallte die Tür hinter sich wieder zu. Doch diesmal war der Sekretär nicht wütend über den alten Mann, sondern wusste tief in sich, dass es nur noch eine Frage der Zeit war, bis er selbst da drin sitzen würde.

20. Kapitel

Endlich!

ie letzte Woche sauste nur so dahin. Jeden Tag hatte Sofie irgendetwas anderes zu tun und kam gar nicht zum überlegen. Dazu kam noch, dass sie fast jeden Abend auf einem Ball gewesen waren. In dieser Woche war auch der Sekretär des Richters bei ihnen gewesen und hatte sie zu dem Falle der Entführung befragt. Sie hatte ihm den Raub der Mitgift geschildert und auch alles zur Entführung selbst. Die Vergewaltigung verschwieg sie aber. Würde irgendjemand mitbekommen, dass sie keine Jungfrau mehr war, so war auch ihre Ehe in Gefahr. Daher hatte sie noch nicht einmal ihrer Schwester etwas davon erzählt. Anna ging immer noch davon aus, dass sie gerade noch rechtzeitig aus der Gefangenschaft befreit worden war. Also gab sie alles zu Protokoll und beschrieb den Anführer noch einmal, so gut wie sie sich erinnern konnte. Der Mann versprach, sich persönlich um die Suche zu kümmern und Sofie dankte ihm dafür. Insgeheim hoffte sie aber, dass der Mann nie wieder auftauchte.

Doch nun sollte es endlich am nächsten Tag soweit sein. Die Einladungen waren verteilt und alle hatten zugesagt, zu der Feier zu kommen. In der Kirche, bei der Trauung, waren ja sowieso alle dabei, da sie die Zeremonie im Anschluss an den Gottesdienst vornehmen lassen würden. Da waren ja dann schon alle in der Kirche. Ein neues Kleid war auch fertig und hing im Schrank. Es war besonders kostbar und würde die anderen Kleider sicher an Glanz übertreffen. Sie hatte Anna gebeten ihre Trauzeugin zu sein und Harald hatte ihr gesagt, dass einer seiner Freunde für ihn den Trauzeugen machen würde. Soweit war nun also alles vorbereitet, was aber nicht dafür sorgte, dass Sofie ruhiger wurde. Es war eben ein ganz besonderer Tag und sie war daher auch ganz besonders aufgeregt.

Die Eltern waren ebenfalls eingetroffen und ihr Vater würde sie zum Altar begleiten, sozusagen um den symbolischen Wechsel von einer Familie zu einer anderen zu zeigen. Ab diesem Moment würde sie dann zu Haralds Familie gehören und nicht mehr, wie jetzt noch, zu der ihres Vaters. Am Abend würden sie sich alle unten im Speisesaal treffen und auch Haralds Schwestern mit ihren Familien würden dabei sein. Harald hatte sie eingeladen, obwohl sie ja nicht mehr in seiner Familie waren. Nach anfänglichen zögern hatte sein Vater zugestimmt. Eigentlich hatte er nur noch zu Emilia, seiner ältesten Tochter, eine gute Verbindung.

Diese stellte auch Sofie alle ihre Geschwister und deren Kinder vor. Es war wie eine große Familie, nur Sofie konnte vor lauter Aufregung nichts essen. Sie saßen lange und redeten über alles Mögliche. Zuerst zogen sich die Eltern zurück, dann die kleineren Kinder, bis nur noch die Frauen am Kamin saßen und lachend von ihren Hochzeiten erzählten. Es war schon der neue Tag, als Sofie, als letzte, in ihr Bett kam. Doch an Schlaf war nicht zu denken. Sie lag wach und hörte auf den Atem ihrer Schwester, die schon lange im Bett neben ihr schlief. Die ganze Zeit hatte sie sich schon über eine Sache Gedanken gemacht: keiner wusste, dass sie keine Jungfrau mehr war! In der Familie von Harald wurde aber, das hatte sie in den Gesprächen am Kamin erst wieder gemerkt, sehr scharf auf Tradition geachtet.

Zwar waren alle Protestanten und damit wäre eine erneute Eheschließung auch nach einer Verwitwung möglich gewesen, aber sie war ledig und bisher unverheiratet. Da war es Pflicht, keuch und rein in die Ehe zu gehen. Zumindest in der alten Tradition! Der alte Graf hätte sie sofort aus dem Haus geworfen! Erstens: keine Mitgift und zweitens: auch noch mit befleckter Ehre! Also würde sie es für immer für sich behalten und der einzige, der es außer ihr wusste, war ja irgendwo verschollen. Vielleicht lebte er ja auch gar nicht mehr. Wer konnte es schon wissen! Von ihr würde es jedenfalls niemand erfahren.

Schließlich schlief sie doch noch ein, wurde aber schon wenig später durch die Geräusche der Mägde geweckt, die unten begannen, alles für das Fest vorzubereiten. Also weckte sie auch ihre Schwester, aber sie blieben noch eine Weile Arm in Arm liegen. Das war ja nun auch für sie beide das letzte Mal. Ab dem Abend würde sie in das Zimmer ihres Mannes wechseln. Als die Magd sie wecken wollte sprangen sie zusammen aus dem Bett und begannen mit dem Zurechtmachen für die Hochzeit. Zwei Mägde halfen bei den Kleidern und den Frisuren. Es dauerte eine ganz schöne Weile, bis Sofie endlich in dem Hochzeitskleid steckte.

Die Trauung in der Kirche war kurz, aber schön und nun war sie fast Ehefrau. Nur die Ehe musste noch vollzogen werden. In der Kutsche fuhren sie wieder nach Hause und wurden dort schon von der gesamten Dienerschaft erwartet. Diese Männer und Frauen hatten sich direkt vor dem Schloss aufgestellt, um ihre neue Herrin zu begrüßen. Nun war sie nicht mehr das junge Mädchen, das die Mägde von der Seite aus ansahen, sondern die Hausherrin, die über Arbeit oder Nicht-Arbeit der Dienerschaft bestimmen würde. Langsam ging sie an jeder einzelnen vorbei und die Verbeugungen der jungen Frauen vor Sofie waren tief. Ab dem nächsten Morgen war sie für alle hier verantwortlich und es waren eine ganze Menge Angestellte, die hier vor ihr standen. Sicher mehr als dreißig.

Köche, Küchenmägde, Zimmermädchen, Diener, Pferdeknechte und auch zwei Gärtner für den Park. An Harald Seite schritt sie an ihnen entlang und betrat dann über die Treppe das Schloss. Hinter ihr strömte das Personal her und machte sich wieder an die notwendigen Arbeiten, denn das Fest stand ja nun noch aus. Binnen weniger Augenblicke war das ganze Personal im Haus verschwunden und nun wartete Sofie mit Harald am Eingang des Schlosses und begrüßte die Gäste, die nach ihr das Haus betraten.

Dann begann die Feier mit einem festlichen Essen an der langen Tafel, die durch drei Räume ging. Die Mägde hatten alle Hände voll zu tun, alle Speisen aufzutragen und wie es ab sofort ihre Aufgabe war, beobachtete Sofie jede ihrer Bewegungen. Alles schien perfekt abzulaufen. Nach dem Essen wurden die Tische entfernt und alle begannen sich zu der Musik zu bewegen. Dieser Teil der Feier am Abend war ebenfalls schön und später zogen sich Brautleute und Trauzeugen nach oben zurück.

21. Kapitel

Peinliche Traditionen

Die Hochzeitsfeier war sehr schön und ihr war schon ein Stein vom Herzen gefallen, dass sie alles so gut für die Schwester vorbereitet hatte und nichts schief gegangen war. Ausgelassen hatte Anna mit Haralds Freund, der ebenfalls Trauzeuge gewesen war, getanzt. Er war ledig so wie sie und die ganzen Tänze hatte sie sich vorgestellt, wie es wohl wäre, wenn dieser Mann ihr Mann wäre. Sein Händedruck war fest und die Tanzschritte perfekt. Offensichtlich ging auch er gerne auf die Bälle, auch wenn Anna ihn da noch nie gesehen hatte. Seit einer Woche war sie ja nun auch bei den Festen der Anderen eingeladen gewesen, aber bisher war sie da immer noch etwas befangen gewesen, und wenn Emilia nicht mit dabei gewesen wäre, so wäre sie sicher nicht so oft dort gewesen. Es war schon komisch, sonst war sie doch so mutig und selbstsicher, aber bei den Bällen war es dann doch eher Sofie, die den Ton bei ihnen beiden angab.

Bis jetzt hatte sie jeden der Tänze mit dem Mann getanzt. Es fühlte sich gut an, aber bevor sie ihn fragen konnte, ob sie sich noch einmal wieder sehen würden, nahm sie der alte Graf beide beiseite und führte sie in einen kleinen Nebenraum. Es waren hier keine Gäste, so dass sie dort zu dritt unter sich waren. Von draußen klang Musik und Gelächter zu ihnen herein. Anna schaute sich in dem Raum um. Was sollten sie hier? Wollte der alte Mann ihnen für ihren Dienst danken? Sie sah den alten Grafen an und wartete auf dessen Erklärung.

Der alte Herr begann, dass es in seiner Familie Tradition sei, dass die Trauzeugen nicht nur die Trauung an sich bezeugen würden, sondern auch den Vollzug der Ehe. Anna nickte. Sie hatte schon davon gehört, dass die Trauzeugen die Eheleute bis zur Tür des Schlafzimmers begleiten und dann davor Position bezogen. Doch der alte Herr sah wohl in ihrem Gesicht, dass sie nicht wirklich verstanden hatte, was er von ihnen wollte. Darum erklärte er weiter, dass sie die Beilage der Eheleute im Bett prüfen sollten und den Vollzug mit Auge und Hand. Schlagartig wurde Anna rot bis zu den Ohren. Sie spürte, wie ihr das ganze Blut in den Kopf schoss. Das gab es doch schon seit dreihundert Jahren nicht mehr! Sie sah den anderen Mann an und bemerkte, dass auch er peinlich berührt war. „Weiß Harald davon?" fragte dieser und der Graf nickte „Und Sofie?" fragte Anna, doch sie wusste schon, dass der Graf dies verneinen würde, und so war es auch.

Ohne dass Anna weitere Fragen stellen konnte, drehte sich der Graf zur Tür. Dann verließ der alte Mann den Raum und die beiden jungen Leute blieben ratlos zurück. „Auge und Hand." sagte Anna „Ja. Dass hat er gesagt!" bestätigte der Mann und schaute dem Grafen nach. „Das ist doch finsteres Mittelalter!" erwiderte Anna. „Wir sollen den Beischlaf kontrollieren?" setzte sie fassungslos hinzu und der Mann nickte. Er hatte nun auch deutliche Gesichtsfarbe und sie beschlossen, in dem Raum zu bleiben, bis sich diese Farbe bei ihnen Beiden wieder normalisiert haben würde. Dann gingen sie wieder hinaus, aber das ausgelassene Tanzen war vergessen. Es wirkte verkrampft und Anna hoffte, dass Sofie noch stundenlang weiter tanzen würde, doch schließlich verließen die Brautleute den Saal und sie Beide mussten notgedrungen hinterher. „Auge und Hand!" rauschte es die ganze Zeit durch Annas Kopf und sie konnte Sofie noch nicht mal was dazu sagen, zumindest hier unten noch nicht.

Sie stiegen die große Treppe hinauf und alle Augen der Gäste aus dem Saal schauten zu ihnen hinauf. Oben drehte sich Sofie noch einmal lachend um und winkte zurück. Anna, die hinter ihr lief, vermied es der Schwester in die Augen zu sehen. Dann gingen sie zu viert weiter nach oben. Anna schaute zur Seite und sah, dass es auch dem Trauzeugen an ihre Seite immer noch nicht so ganz egal war, was sie hier machen sollten. Sie konnten nur so schnell wie möglich ihre Aufgabe erfüllen und wieder verschwinden.

Endlich waren sie alle vier im Schlafzimmer und alle außer Sofie wussten, was nun passieren würde. Anna half der Schwester aus dem Kleid, traute sich aber nicht, ihr etwas zu sagen. Sie hängte das kostbare Kleid vorsichtig in den Schrank und half der Schwester aus dem Mieder, noch immer vermied sie jeden Augenkontakt. Sie sah zur anderen Seite, der Trauzeuge half Harald aus seinen Sachen. Als die beiden Brautleute im Unterhemd dastanden und Sofie wartete, dass die Trauzeugen nun den Raum wieder verließen, begann ihr Anna stockend zu erzählen, was nun passieren musste. Sofie war alles Blut aus dem Gesicht gewichen und sie sah Harald an, der zur Bestätigung der Tradition nickte. „Das ist doch peinlich!" sagte Sofie und stand einfach nur da, aber Anna zeigte auf das Bett. Nun wechselte Sofies Gesichtsfarbe von weiß nach rot und sie ging zu dem Bett.

Unschlüssig stand sie da und schaute die drei anderen an. Dann begriff sie offensichtlich, dass sie keine andere Wahl hatte und legte sich auf das Bett. Anna trat zu ihr und schlug das Unterhemd zurück, dann legte sich Harald auf Sofie und Anna wollte sich schon wegdrehen, doch Harald sagte „Auge und Hand!". Er sagte das so ernst und eindringlich, dass ihr keine andere Wahl blieb, also prüfte erst Anna und dann der Trauzeuge den Vollzug der Ehe. Die beiden nickten sich zu und verließen den Raum. Unten angekommen verkündete der Trauzeuge „Die Ehe ist vollzogen." und Anna sagte einfach nur „Ja." dazu, aber vermutlich wusste keiner der Hochzeitsgäste, der alte Graf mal ausgeschlossen, was sie damit meinten.

Alle applaudierten. Dann waren sie wieder unten auf der Tanz-fläche, aber es war irgendwie vorbei. Sie setzte sich auf einen der Stühle und auch ihr Tanzpartner war verschwunden. Anna wusste nicht, ob er die Feier verlassen hatte, oder nur in einem der anderen Räume gegangen war. Sie schaute nur vor sich hin. Das war gerade irgendwie zu viel für sie gewesen. Sie sah zur Decke hinauf und dachte an die Beiden da oben. Wieder schoss das Blut in ihren Kopf.

22. Kapitel

Betrug in der Hochzeitsnacht

Am liebsten wäre sie im Erdboden versunken! Anscheinend hatten es alle im Zimmer gewusst, nur sie eben nicht. Sie hatte gesehen, dass es auch der Schwester peinlich gewesen war, aber was konnten sie schon gegen eine so alte Tradition ausrichten? Nicht viel! Sie musste sich einfach in ihr Schicksal fügen und dann war es vorbei, sie waren alleine im Raum. Irgendwie war da aber gar kein Gefühl dabei gewesen, zumindest von Haralds Seite aus. Oder kam ihr das nur so vor? Vielleicht war auch er von dieser Situation überfordert gewesen und hatte sich einfach auf das rein Mechanische der Hochzeitsnacht konzentriert. Es war einfach nur furchtbar gewesen. Sie hatte sich vollkommen verkrampft gehabt, doch das schien Harald nichts ausgemacht zu haben. Ihre Schmerzen waren dieselben gewesen, wie damals auf der Lichtung. Mit zusammengebissenen Zähnen hatte sie es ertragen. Endlich war es vorbei und Sofie war froh, als er endlich neben ihr eingeschlafen war. Nun horchte sie auf die Schlafgeräusche des Mannes neben ihr. Ihres Mannes! Die Gedanken begannen Kreise zu ziehen und ihr wurde es fast schwindelig davon. Schließlich fasste sie einen Entschluss. Eines hatte sie noch zu tun, bevor auch sie schlafen konnte.

Sie schob seinen Arm zur Seite, der über ihrem Bauch lag und stand auf. Die Frau drehte sich zu dem kleinen Schränkchen, das neben dem Bett am Fenster stand und auf dem sie beim Betreten des Zimmers sein Schreibzeug gesehen hatte. Im Mondlicht glänzte der Brieföffner, den sie gesucht hatte. Leise nahm sie ihn auf und prüfte die Schärfe der Klinge. Es war eigentlich ein Messer und keiner der sonst üblichen stumpfen Brieföffner, wie sie jetzt feststellte, und dies erleichterte ihr das Vorhaben ungemein. Sofie zögerte einen Moment, wenn sie dies jetzt tat, so war es offensichtlicher Betrug. Bisher hatte sie nur eine, zwar sehr wichtige, Tatsache verschwiegen! Sie ging zum Bett zurück und schnitt sich in den Finger, dann presste sie so viel Blut heraus, wie nur irgend möglich und verschmierte es auf dem Laken, wo sie gerade eben noch gelegen hatte, sowie auf ihrem Nachthemd. Dann säuberte sie den Brieföffner sorgfältig und legte ihn wieder zurück auf die Ablage des Schreibtisches.

Sie schlüpfte in das Bett zurück und positionierte sich so, dass sie auf dem kleinen Blutfleck zu liegen kam. Sie dachte noch, ob sie es nicht übertrieben hatte, schließlich sollte es ja nicht aussehen, als ob man ein Huhn geschlachtet hätte, doch dann wurde sie ruhiger. Sie steckte sich den Finger in den Mund, um die Blutung zu stoppen und so schlief sie auch wenig später ein. In ihrem Traum verfolgte sie dieser Betrug weiter, denn ein solcher war es ja auch gewesen. Auf einem Ball stand sie zwischen vielen Menschen und alle schienen mit dem Finger auf sie zu zeigen. Aber nun war sie aus der Gefahr, dass noch irgendjemand ihre Jungfräulichkeit bei der Eheschließung anzweifeln würde. Nur ein Mensch außer ihr kannte die Wahrheit! Und den wollte sie nie im Leben wieder sehen!

Mit dem Gedanken an die Lichtung im Wald und die Räuber, die darauf um sie losten, schreckte sie aus dem Schlaf. Sie sah zu ihrem Mann, der sich im Schlaf von ihr abgewendet hatte. War das schon ein indirektes Zeichen? Hätte sie ihn einweihen sollen? Sie hätte auf der Lichtung sofort mit der Wahrheit rausrücken müssen, aber sie hatte sich so geschämt. Vielleicht hätte sie Harald verstanden, doch nun war es zu spät. Ab jetzt würde der Betrug für den Rest ihres Lebens über ihr schweben. In dieser Familie wurde die gute alte Tradition hoch gehalten und vermutlich hatte sie es nur Annas Überredungskünsten zu verdanken, dass sie ohne Mitgift überhaupt in diese Familie einheiraten durfte. Was hätte der alte Graf wohl zu einer entehrten und mittellosen Schwiegertochter gesagt? Sofie wälzte sich noch eine Weile hin und her, ohne dabei aber ihren Mann zu wecken, dann schlief sie wieder ein. Als die Sonne aufging wachte sie erneut auf und sah, dass sie es mit dem Fleck in der Dunkelheit wohl doch etwas übertrieben hatte, doch es wirkte echt und die beiden Mägde, die danach das Bettlaken wie eine Fahne aus dem Fenster hingen, damit es jeder sehen konnte, tuschelten und kicherten.

An diesem ersten Tag ihrer Ehe gab es keine Berührung von ihrem Mann. Keinen Kuss und kein liebes Wort. Noch nicht mal ein langer Blick. Nur ein flüchtiges „Guten Morgen." dann war er auch schon aus dem Zimmer. Hatte er ihren Betrug bemerkt? So laut wie er dabei geschnarcht hatte, war wohl eher nicht davon auszugehen. Nachdem sie sich gesäubert hatte ging sie auf den Flur hinaus, wo sie auf Anna traf. Die Schwester wurde sofort wieder rot im Gesicht und ihr war es auch irgendwie peinlich, nach dieser Nacht wieder mit der Schwester zusammenzutreffen. Ohne sich gegenseitig anzusehen gingen sie nebeneinander nach unten, wo das Essen schon vorbereitet war. Harald saß schon am Tisch, stand aber auf und verließ den Raum, als sie Beide ihn betraten. War das nun der Beginn einer schönen Ehe?

Das hatte sie sich eigentlich anders vorgestellt. Die Familie, die mit im Schloss übernachtet hatte, kam ebenfalls zum Tisch und es wurde aus dem Essen eine kleine Plauderstunde zwischen den Frauen. Dabei vermied sie es aber Anna anzusprechen oder anzusehen. Sofort wäre ihr sicher wieder die Schamesröte in ihr Gesicht geschossen, bei dem Gedanken an den letzten Abend. Nach dem Essen ging sie alleine in den Park hinaus und setzte sich auf die Bank. Sie sah zum Wasser des Teiches, nahm ihn aber gar nicht wahr. Vielmehr schaute sie in ihr Inneres hinein. Was war aus ihr geworden? Eine Betrügerin! Vor ein paar Wochen war sie noch die Unschuld vom Lande gewesen und nun? Die große Stadt hatte ihr bisher nicht gut getan und was würde aus dieser Ehe werden, die mit einem Betrug begonnen hatte? Konnte diese überhaupt noch gerettet werden? Oder war es dafür schon zu spät?

Sie stand auf und nahm sich vor, um ihren Mann zu kämpfen. Komme was da wolle würde sie an dieser Ehe festhalten, solange, bis sie jemand aus dem Schloss werfen würde. Oder eben nicht. Langsam ging sie zurück zum Haus, als Harald auf sie zukam.

Er gab ihr einen Kuss. Nicht nur einen flüchtigen, sondern einen langen, so als wolle er sich für diese Nacht und sein Handeln entschuldigen. Alles würde gut werden. Oder etwa nicht?

23. Kapitel

Alles aus?

Erst spät war Anna in ihr Bett gekommen, das ab nun nur noch für sie alleine sein würde. Die Schwester war ja nach nebenan zu ihrem Mann gezogen. Lange hatte sie sich im Bett hin und her gewälzt. Sie bekam dieses Bild nicht mehr aus dem Kopf. Der geliebte Mann, der in einer anderen Frau steckte! Und sie musste es auch noch kontrollieren! Sie hätte weinen können, aber das hätte die Schwester vielleicht nicht verstanden, oder aber falsch. So hatte sie nur einfach für ein paar Stunden auf dem Stuhl gesessen. Am Abend des nächsten Tages war ein neuer Ball und vielleicht würde sie dieser von dieser Nacht ablenken. Schließlich schlief sie mit dem Gedanken an Haralds Freund endlich ein. Doch das Bild verfolgte sie bis in den Traum. Warum hatte sie nur Trauzeugin werden müssen? Sie schreckte aus dem Schlaf und dachte daran, dass sie ja nun auch nicht einfach nach drüben zu ihm gehen konnte. Dort würde ja ab jetzt Sofie im Bett liegen. Und ob Harald zu ihr kommen würde, war auch fraglich. War nun alles aus? Hätte es jemals beginnen dürfen? Es war doch von vornherein zum Scheitern verurteilt gewesen!

Anna stand auf und ging an das Fenster hinüber. Sie dachte daran, dass sie erst einmal in einem Zimmer alleine eine Nacht verbracht hatte und das war damals die Nacht in der Hütte des Riesen gewesen. In jener Nacht, in der sie ihre Unschuld verloren hatte! Die Frau presste ihre Stirn an die Glasscheibe und schaute hinaus, ohne wirklich etwas zu sehen. Würde sie jemals heiraten können? Vielleicht bei einer Familie, die etwas weniger auf Tradition hielt, wie diese hier. Es war eine evangelische Hochzeit gewesen, aber alles drum herum entsprach eher einer Hochzeit des 14. oder 15. Jahrhunderts! Sie war hier nach Dresden gekommen in der Hoffnung, dass hier alles etwas lockerer gesehen wurde und die erste Familie, die sie wirklich intensiv von innen her sah, war schlimmer, als die katholischen Familien auf dem Lande. In ein paar Stunden würde sie zum Tanzen gehen und dann erst mal alles andere vergessen. Sie drehte sich zu ihrem Bett um und ging zurück. Wie gern wäre sie jetzt bei Harald gewesen, doch da war ja gerade Sofie und genoss die Freuden des Ehelebens. Unglücklich lag sie in dem großen Bett, ihre Tränen durchtränkten das Kopfkissen und dann schlief sie endlich ein.

Als sie erwachte stand sie schnell wieder auf, es war schon länger hell und als sie das Fenster öffnete wehte am Fenster nebenan das blutige Laken aus dem Ehebett. Wieder gab es ihr einen Stich in das Herz, weil es sie ja daran erinnerte, dass Sofie mit Harald das Lager geteilt hatte und nicht sie. Sie zog sich an und traf auf dem Flur die Schwester. Gemeinsam gingen sie zum Essen hinunter und sie saß schweigend da, während alle anderen sich über alles Mögliche unterhielten. Ohne dass es einer bemerkte verließ sie den Raum und ging in ihr Zimmer nach oben. Sie hängte das Kleid an den Schrank und strich die Schleppe glatt, die in der vergangenen Nacht ein paar Falten bekommen hatte. Hinter ihr öffnete sich die Tür und sie nahm an, dass eine der Mägde nach ihr sah, doch als sie sich herum drehte stand Harald in ihrem Zimmer. Anna sagte zu ihm „Nun bist du verheiratet. Bitte las mich in Ruhe!" noch bevor er etwas sagen konnte. Schließlich drehte er sich um und verließ das Zimmer wieder.

Es schnürte ihr Herz zu und am liebsten wäre sie ihm hinterher gerannt. Doch sie musste nun nach vorn denken. Sie drehte sich zu ihrem Kleid und dachte an die Feier am Abend. Wohin würde sie gehen? Sie dachte an das Palais, in dem der Ball am Abend sein würde. Sie kannte die Frau schon ein wenig und würde mit ihr sicher gut reden können. Vielleicht war auch der eine oder andere Mann dabei, mit dem sie tanzen konnte.

Sie brach am Abend alleine auf, ohne Sofie zu fragen, aber die würde sicher zu Hause gebraucht. Jetzt wo sie Ehefrau und Hausherrin war. Also ließ sich Anna mit einer Sänfte zu dem anderen Haus tragen. Das war schöner, als mit der Kutsche zu fahren und schaukelte nur am Anfang leicht. Es war ja auch nicht weit. Die beiden Männer waren erfahren und machten dies sicher nicht zum ersten Mal. Als Anna ausstieg war es ihr, als ob sie einen Mann, der gerade an ihr vorbei lief, kennen würde. Sie blieb stehen und sah ihm nach, aber er verschwand schnell im abendlichen Gewimmel. Sie winkte den beiden Sänftenträgern zu und ging in das Haus hinein.

Es waren diesmal auch viele Männer dort drin. Waren die eigentlich schon immer auf den Bällen gewesen und sie hatte sie nur nie bemerkt, da sie mit Harald beschäftigt gewesen war? Sie konnte es nicht sagen, aber bevor sie noch richtig im Raum war, war der erste Mann schon an ihrer Seite und führte sie auf die Tanzfläche. Die Musik begann zu spielen und einer der Tänze begann, in langen Reihen von Männern und Frauen, die aufeinander zugingen und sich im Gleichmaß drehten. Anna mochte diese Tänze und hatte viel Spaß dabei.

Plötzlich stutze sie und blieb stehen. Ihr war gerade eingefallen, woher sie den Mann kannte. Er sah dem Anführer der Räuber ähnlich. Eine Frau stieß mit ihr zusammen, weil Anna ja mitten im Tanz gestoppt hatte. Beide lachten sie, doch Annas Lachen klang gequält. War es der Mann gewesen? Oder war er es nicht? Konnte dies ein Zufall sein, oder hatten ihr nur ihre Augen einen Streich gespielt?

Damals hatte sie den Mann nur kurz durch das Fenster gesehen und jetzt nur kurz im Vorbeigehen. Hatte der Mann überhaupt Ähnlichkeit gehabt? Sie wusste es nicht, aber sie konnte auch nicht lange darüber nachdenken. Denn der nächste Mann forderte sie gerade zum Tanz auf und der würde sie sicher ablenken. Dieser Räuber blieb ihr aber trotzdem im Hinterkopf.

Erst spät in der Nacht, nach dem Feuerwerk, brachte sie die Sänfte wieder heim. Im Bett scheuchte sie die bösen Gedanken weg und konnte endlich einschlafen.

24. Kapitel

Ehrliche Geschäfte?

Die Kleine hieß Karola und wurde für ihn zu einer wichtigen Hilfe. Jede Woche zogen sie zu zweit los und versuchten so viel wie möglich zu erbeuten. Hans war so erfolgreich, dass sie sich schon bald ein viel größeres Haus hätte kaufen können, doch sie blieben in dem Kleinen, damit es nicht auffiel. Was hätten sie sagen können, woher sie das Geld hatten? Schließlich arbeitete er ja nicht. Sollte er ein kleines Geschäft eröffnen, um damit vielleicht die Münzen zu normalen Einnahmen zu machen? Er konnte aber auch nicht seine Frau fragen, oder etwa doch? Schließlich versuchte er es und wie nicht anders zu erwarten stimmte die Frau zu. Woher er das Geld dafür nahm, sagte er ihr aber immer noch nicht. Nach seiner Vorstellung würde seine Frau mit Karola in dem Laden arbeiten und er für den Nachschub an Waren sorgen. Zusammen setzten sie sich an den Tisch und überlegten, was sie wohl verkaufen konnten. Was würde jeder benötigen? Was versprach ein erfolgreiches Geschäft zu werden?

Im Hinterkopf blieb bei Hans aber auch noch eine weitere Idee. Was konnte er anbieten, dass auch die reichen Leute in sein Geschäft zog, damit er lohnende Beute erkunden konnte, ohne dabei das Haus zu verlassen. Nach einer Weile hatten sie sich auf ein Bekleidungsgeschäft für feine Moden geeinigt. Er würde die Sachen besorgen und die beiden anderen würden im Geschäft die Kleider für Frauen und Mädchen verkaufen. Am nächsten Morgen machte er sich auf den Weg, um ein Geschäft zu finden. Am Markt, sozusagen an der besten Stelle der Stadt, fand er ein kleines Geschäft, dessen Inhaber der gebotenen Menge von Münzen nicht wiederstehen konnte und ihm die Räume sofort überließ. Da, wo am Morgen noch Gemüse verkauft worden war, begannen sie schon mittags den Laden umzuräumen. Es standen nun ein paar Stühle und ein Tisch darin, für die Kleidung ging Hans anschließend auf die Suche.

In den besten Geschäften der Stadt begann er Dinge zusammen zu kaufen, um sie in den Laden zu bringen. Die ersten Lieferanten kamen in seinen Laden und als am Abend die feinen Damen über den Markt zu ihren Bällen gingen, konnten sie sehen, dass in dem Laden die schönsten Kleider der Stadt ausgestellt waren. Zwar hatte Hans keine Schneiderin, aber die meisten der Kleider hatte eine Einheitsgröße und wurden durch das darüber getragene Mieder zusammen gehalten. An den folgenden Tagen beobachtete er, wie seine Frau in der Aufgabe aufging, die reichen Damen zu beraten und wusste, dass er die richtige Entscheidung getroffen hatte. Sein Weg führte ihn von dem Geschäft über den Markt, wo er sich an eine der Ecken stellte und die Menschen beobachtete, die zu dieser Zeit noch in der Stadt waren. Das hatte er zwar schon am ersten Tag hier gemacht, aber sein Blick hatte sich nun geschärft.

Dann schlenderte er mit den Menschen mit und wenn eine der Damen an einem Geschäft stehen blieb, so war er in der Nähe, um sie von ein paar Münzen zu erlösen. Sein Messer hatte er immer in der Tasche und seine Hosentasche war so groß, dass die erbeuteten Münzen da ohne Probleme auch noch mit hinein passten. So verkaufte drin seine Frau die Kleider, und wer nicht hinein ging, der verlor draußen durch ihn sein Geld. Als sie dann später den Laden schlossen, hatten sie beide in etwa dasselbe eingenommen. So konnte das weiter gehen. Fröhlich zogen die Drei nach Hause, um auch diesen Tag zu feiern.

Ab jetzt würden sie mit ehrlicher Arbeit ihren Lebensunterhalt verdienen und Hans hatte sich vorgenommen, die Diebstähle sein zu lassen. Sie hatten in den paar Tagen so viel Geld verdient, dass der Laden sicher richtig gut laufen würde. Und wenn es mal ein Problem geben würde, so hätte er ja sein Messer, das er auch weiterhin, unter seiner Jacke verborgen, mit sich führte. Karola und seine Frau verkauften und er suchte die Sachen aus und kaufte sie.

Er hatte dabei ein gutes Verhandlungsgeschick entwickelt, so dass immer ein kleiner Betrag mehr verdient wurde, als er dafür ausgab. Schon nach einer Woche konnte er sich eine Magd leisten, die nähen konnte und bei ihm für freie Kost und Logis den Damen zur Hand ging. Je erfolgreicher er wurde, umso mehr stieg er in der Stadt auf. Zwar konnte er nicht zu den Bällen gehen, da er ja nicht von hoher Geburt war, aber als angesehener Bürger wurde er schon bald von den anderen Ladenbesitzern um Rat und Hilfe gebeten. Konnte das gut gehen? Oder wurde er vielleicht doch noch von seiner dunklen Vergangenheit eingeholt? Aber wer kannte schon den Mann von damals? Er dachte an die Gräfin zurück und wusste, dass sie die einzige war, die seinem neuen Leben ein Ende bereiten konnte.

Sie lebte ja ebenfalls in Dresden und er hoffte, ihr nie wieder über den Weg zu laufen. Zum Glück lebten sie ja praktisch auch in zwei unterschiedlichen Welten. Die hochgeborene Frau in der Welt der Reichen und er in der Welt der Bürger. Nur in seinem Laden überschnitten sich diese Welten. Doch dort war er ja eher selten zu sehen. Nun war er meist abends in den Schänken und sprach dort dem Wein ordentlich zu. Als er dann eines Abends zurück zum Laden ging, waren seine Frau und Karola schon gegangen. Nur die Magd war noch da, da sie noch ein Kleid zu nähen hatte.

Die Erinnerung an sein altes Leben war durch den Rausch geweckt worden und so kam es, dass er sich an der Magd verging. Als er dann begriff, was er gemacht hatte und was er damit riskierte, nahm er ihr den Schwur ab, niemals etwas von diesem Abend zu erzählen. Doch wer würde ihr schon glauben? Und wenn ja, was konnte ihm schon passieren?

Er war ein Mann und sie nur eine Frau, eine Magd noch dazu! Niemand würde ihm einen Vorwurf daraus machen und vermutlich würde die Magd mit Schimpf und Schande aus der Stadt gejagt werden.

Irgendwie gefiel ihm sein neues Leben sehr gut und im nach Hause gehen war er mit sich zufrieden. Die Tränen der Magd ignorierte er.

25. Kapitel

Ein gräfliches Eheleben

Nun war sie also Ehefrau, aber wie hatte sie sich dieses Eheleben vorgestellt? So wie bei ihrer Mutter und ihrem Vater? Sicher, denn etwas anderes hatte sie ja nicht erlebt. Doch irgendwie war es in der Stadt nun doch anders. Sie sah ihren Mann eigentlich nur nachts. Am Tage verließ er früh um acht Uhr das Haus und kam erst zwölf Stunden später zurück. Die kleine goldene Uhr auf dem Kamin hätte man danach stellen können. Was Harald draußen machte, das erzählte er ihr nicht und sie fragte nicht danach. In dem elterlichen Schloss war das ganz anders gewesen, da waren die beiden Eltern eigentlich ständig da. Sie hatte nie gefragt, was der Vater arbeitete, weil er ja immer da war. Hatte er überhaupt jemals gearbeitet? Auch das Verhältnis zwischen den Eltern war sehr herzlich und liebevoll. Und nun war sie in der Stadt. Am Tag hatte sie das Haus und das Personal zu führen. Nicht, das es da etwas zu führen gab, aber es war nun mal ihre Aufgabe.

Das Personal wusste selbst schon seit langem, was sie zu tun hatten und so saß Sofie nur in dem Saal, las ein Buch nach dem anderen und beobachtete die Männer und Frauen, die um sie herum putzten und sie bedienten. Es schien ihr so, als ob eine Magd nur darauf lauerte, jeden ihrer Wünsche zu erfüllen, noch bevor Sofie überhaupt wusste, dass sie diesen Wunsch jemals haben würde. Es war nur öde und langweilig. Sollte sie sich etwas suchen? Nur was? Ihr Platz war hier! Nur die vielen Bücher der großen Bibliothek machten ihr die Tage erträglich. Sie las einfach alles. Sogar ein Lexikon war mit dabei.

Das alles machte sie viel schlauer und sie würde bei der Konversation später mal immer über alles reden können. Egal ob über griechische Götter oder Wasserbau in Ägypten. Am liebsten las sie die Bücher von Shakespeare, die im Originalsprache in einer Ecke der Bibliothek standen.

Da sie ihren Mann nur nachts sehen konnte, verzichtete sie auch erst einmal darauf, die Schwester auf die Bälle zu begleiten. Sie sah Anna immer sehnsüchtig nach, wenn sie das Haus verließ, kurz bevor Harald wieder Heim kam. Irgendwann würde sie auch mal wieder auf einen Ball gehen, oder selber welche hier im Haus geben, so wie sie es kurz vor der Hochzeit mit Emilias Hilfe gemacht hatte. Doch die Bälle mussten warten. Jetzt hatte Sofie in jeder Nacht eine ganz besondere Aufgabe. Es war ihre und Haralds Pflicht nun erst einmal einen Erben zu Zeugen. Das war ihrer beider Eheaufgabe. Die Tradition setzte voraus, dass es mindestens einen Sohn geben würde, besser Zwei und das sollten sie nun erst einmal tun.

Und so, wie es nun mal mit einer Pflicht war, so war es etwas, was nicht wirklich mit Liebe gemacht wurde. Bei Beiden beschränkte es sich auf rein mechanische Handlungen. Ohne Liebe, oder mit nur wenig Liebe. Kein Gefühl! Meist weinte Sofie danach, während Harald schnarchend neben ihr schlief. Sie sehnte sich so danach, dass das endlich endete, aber sie wurde nicht schwanger. Zusätzlich rückten die Mauern des reich ausgestatteten Hauses immer weiter auf sie zu. Es war ein Käfig und sie konnte nicht raus! Nur mal kurz an den Teich hinter das Haus, sonst nicht. Für alles andere hatte sie Bedienstete. Blieb eigentlich nur der Nachmittag, zu dem sie sich ein paar Freundinnen in das Haus holte. So hatte sie Abwechslung und auch Ablenkung.

Zu einem dieser Treffen brachte Emilia ein kleines Säckchen mit, in dem ein paar braune Bohnen waren. Sie schüttete diese auf den Tisch und begann zu erzählen, dass diese ihr Mann aus Leipzig mitgebracht hatte. Dort gab es seit ein paar Jahren das erste Kaffeehaus Sachsens, das Lokal „Zum Arabischen Coffé Baum" in dem die Leipziger Bürger ihren Kaffee zu trinken pflegten. Die fünf Frauen schauten die Bohnen an und drehten sie in der Hand. Eine jede von ihnen hatte schon darüber gehört, aber hier hatten sie das erste Mal welche vor sich. Emilia nahm die Bohnen mit und gab sie in der Küche zur Zubereitung ab. Sie erklärte der Küchenmagd die Zubereitung, die ihr ihr Mann genau beschrieben hatte. Da sie viel über die berauschende Wirkung gehört hatte sagte sie der Magd, dass sie etwas mehr Wasser nehmen sollte, dann setzte sie sich zu den Freundinnen und sie warteten gespannt auf das neue Getränk.

Wenig später hatten sie die Tassen mit dem dampfenden Getränk vor sich stehen. Vorsichtig nippte Emilia an ihrer Tasse und alle anderen schauten gebannt zu. Offensichtlich war das Getränk aber zu bitter, denn Emilia verzog das Gesicht. Nun wollten die anderen natürlich davon Abstand nehmen, dass offensichtlich scheußliche Getränk zu probieren, doch der Frau fiel etwas ein, sie rief noch einmal die Magd zu sich und gab ihr auf, ein paar der Kekse vom Vortag zu bringen, was die Magd auch schnell machte. Zusammen mit einem Keks war das Getränk so lecker, dass Emilia nickte und nun wollten die anderen natürlich probieren. Keks und Kaffee wurden abwechselnd genossen. Allen schmeckte es so gut, dass dieses Getränk ab sofort ihr neues Lieblingsgetränk wurde. So hatte Sofie also eine Kaffeerunde an jedem Nachmittag, sie musste nun nur noch dafür sorgen, dass sie die kostbaren Bohnen auch erhielt.

Noch am Abend trug sie der Magd auf, diese Bohnen zu beschaffen. Für ein paar Tage würden die Bohnen, die Emilia mitgebracht hatte, reichen, dann würden sie neue brauchen. Die Küchenmagd war sofort aufgebrochen und kam mit dem Preis der Bohnen zurück. Er war wirklich fürstlich, aber für ihre Freundinnen war Sofie jeder Preis recht.

So übergab sie der Magd den Beutel mit der gewünschten Menge Münzen und schon am nächsten Tag wurde ein kleines Säckchen mit einem Pfund der Bohnen überbracht. In einer verschlossenen Kiste wurden diese in der Küche verwahrt und den Schlüssel dazu bekam Sofie. Immer zur Vorbereitung ging die Hausherrin nun zuerst in die Küche übergab die nötige Menge der Bohnen und vergewisserte sich, dass auch genug Kekse vorhanden waren. Als sich herumsprach, dass es bei Sofie dieses köstliche Getränk gab, wurde der Kreis ihrer Freundinnen immer größer. Nach ein paar Tagen hatten sich schon fünfzehn Damen gefunden, die ihre Nachmittage mit Keks, Konversation und Kaffee begannen.

26. Kapitel

Maskenball der Möglichkeiten

Die Hochzeit war ja nun vorbei und damit war Annas Aufgabe hier in Dresden eigentlich erfüllt. Es konnte nun täglich passieren, dass ein Brief des Vaters eintraf, der sie wieder in ihr altes Dorf zurückholen würde. Doch bis es soweit sein würde, versuchte die junge Frau so viel vom Leben in der Stadt mitzunehmen, wie nur irgend möglich. Daher war sie nun jede Nacht auf einem Ball und kam meist erst in der Frühe zurück. Den Tag verschlief sie dann, bevor sie erst am späten Nachmittag aufstand. Sie war ein richtiger Nachtmensch geworden und das hatte noch den Vorteil, dass sie Harald nur äußerst selten traf. Damit wurde der Herzschmerz zwar nicht wirklich weniger, sie musste nur nicht mehr so oft daran denken.

Eine Sache störte sie allerdings in der Stadt: die Menschen hier wuschen sich höchstens einmal in der Woche. Sie war es aus dem Dorf gewohnt, sich einmal am Tag zu waschen. Auf den Bällen hier in der Stadt wurden die, durch das fehlende Waschen auftretenden, Gerüche mit Puder und Duftwässerchen überdeckt, was natürlich nicht immer gelang. Da war es gut, dass Anna ihren Fächer immer dabei hatte. Jetzt im Sommer konnte man sich da immer etwas frische Luft herbeifächern und den schlechten Geruch der Mittmenschen fernhalten. Da war dieser kleine Fächer eine ziemlich praktische Angelegenheit. Auch abends war es in der Stadt noch warm und die dicken Kleider waren nicht wirklich luftig geschnitten. Das Mieder zwängte sie zusätzlich ein, aber zum Ball musste sie unbedingt!

Mit der Sänfte ging es dann bei der einbrechenden Dämmerung immer wieder los. Sofie war nun nicht mehr mit dabei, da sie ja das Haus führen musste. Vielleich würde sie später mal wieder mit kommen, oder im eigenen Haus einen Ball veranstalten. Zur Zeit hatte die Schwester jedenfalls offensichtlich erst mal etwas anderes zu tun, als sich zu amüsieren. Auf dem Ball wurde hauptsächlich französisch gesprochen und Anna dankte im Gedanken jeden Abend der Mutter, dass diese ihr die fremde Sprache beigebracht hatte. Alles aus Frankreich galt als angesagt und schick in Dresden und am Hof des Kurfürsten. Selbst der französische König war das leuchtende Vorbild für den Kurfürst und hinter vorgehaltener Hand flüsterten die feinen Damen, dass er nur deshalb zum katholischen Glauben übergewechselt war, um selber König so wie er zu sein.

Seit einigen Jahren war er nun König von Polen. So Sonnengleich schien er damit, dass er bestimmt nun auf einer Stufe mit dem anderen König stand, auch wenn sein Land etwas kleiner und nicht ganz so reich war. Aber er war König und nur das zählte. Obwohl man sich erzählte, dass er öfters auf den Bällen war, hatte Anna ihn noch nicht getroffen. Vermutlich war sie bisher auf den falschen Bällen gewesen. Auf den Bällen musste sie immer noch von ihrer Reise erzählen. Bei der Schilderung, wie sie beinahe im Suppentopf gelandet war, hatten die anwesenden Damen dann meist eine Gänsehaut. Aber Anna musste es immer wieder erzählen.

Eines Abends erhielt sie eine Einladung von einer feinen Dame zu einem Maskenball. Dieser sollte ein paar Tage später stadtfinden. Eigentlich war das ein Ball wie jeder andere auch, nur eben mit Masken, aber wer wollte, der konnte auch eine Verkleidung wählen. Anna überlegte, welche Verkleidung wohl am besten zu ihr passen würde und ihr Blick fiel auf eine der Skulpturen in dem Saal. Es war eine griechische Göttin und vielleicht konnte sie auch so etwas tragen. Es war zwar etwas gewagter, aber es war ja ein Maskenball.

Daher stand sie am nächsten Tag eher auf und fuhr zu einem Geschäft mit Schneiderei am Markt, wo sie sich die Maße für das Kleid abnehmen ließ. Muster dafür gab es ja genug. Überall standen die Figuren herum, sogar direkt vor dem Geschäft auf dem Markt. An einem kleinen Brunnen stand eine Gruppe von marmornen Göttinnen. Sie wollte nur die kleine Änderung, dass sie nicht, wie die Statuen, barbusig sein wollte, sondern der Ausschnitt noch das wesentliche verdecken sollte. Die Schneiderin machte sich sofort an das Werk und schon am nächsten Tag konnte Anna das Kleid abholen. Es war ein weißer, luftiger Hauch von nicht viel Stoff. War es vielleicht doch zu gewagt gewesen und nicht so gut gewählt? Doch sie hatte sich entschieden, es zu tragen. Der Stoff floss nur so um ihren Körper und ihre Figur wurde darin besonders gut betont.

Der Ball begann und es war zum Glück warm genug. Wie eine Göttin fühlte sie sich auch und jeder versuchte mit ihr in ein Gespräch zu kommen. Ob das daran lag, dass sie nur dieses dünne Kleid auf der nackten Haut trug, konnte sie nicht sagen, aber fast alle Männer wollten mit ihr tanzen. Mitten unter den Gästen sah Anna einen besonders großen Mann. Er näherte sich ihr und sie sah, dass er als Sonnengott verkleidet war. Nur einer hier konnte sich so etwas erlauben und als der Mann vor ihr stand, machte sie einen besonders tiefen Knicks. Dass der Mann damit einen besonderen Einblick auf ihre Oberweite bekam, nahm sie dabei gern in Kauf. Sie sagte „Majestät." und der Kurfürst, denn um niemanden sonst handelte es sich, nickte ihr wohlwollend zu.

Dann nahm er ihre Hand und führte sie zum Rand des Saales. „Sie haben mich also erkannt?" fragte er und sie lächelte ihn an. Schließlich erwiderte sie „Wie kann man eine so stattliche Erscheinung nicht erkennen?" der Mann überragte alle anderen Männer um mindestens eine Handbreit und sie um fast eine Haupteslänge. Offensichtlich fühlte er sich von diesen Worten geschmeichelt und natürlich auch von ihrer Verkleidung angezogen. Sie begannen sich zu unterhalten und bevor er wieder verschwand sagte er „Sie müssen mich in meinem Schloss besuchen Gräfin." Anna machte wieder einen Knicks und fort war der Mann. So sehr sie sich bemühte ihn zu finden, er hatte die Feier schon verlassen.

Nun tanzte sie wieder mit den anderen Männern im Saal und später machte sie sich auf den Heimweg. Lange konnte sie in dieser restlichen Nacht nicht einschlafen. Die Begegnung mit dem Kurfürst hatte sie zu sehr aufgewühlt.

27. Kapitel

Ein langer Weg

Die junge Frau hatte sich zu Fuß auf den Weg gemacht. Die Aussicht, in Dresden bei dem Grafen zu arbeiten, hatte die Magd schnell dazu gebracht aufzubrechen. Sie hatte sich bei ihrem bisherigen Herren, dem Wirt des Gasthofes, verabschiedet und ihren letzten Lohn empfangen. Wichtiger war aber, dass der Wirt das Wappen des Grafen hatte und sie es von ihm haben wollte, um in der Stadt danach fragen zu können. Hedwig, wie ihr Name war, zeichnete es sich ab und brach auf. Es würde sicher drei Tage dauern, bis sie in Dresden sein würde. Die Arbeit in dem Gasthof hatte ihr eigentlich Spaß gemacht, doch die Aussicht auf die Stadt zog sie davon. Sie war gerade erst 18 geworden, aber da ihre Eltern schon ein paar Jahre nicht mehr lebten, war sie ungebunden und frei. Mit der Tasche, die ihre gesamte Habe beinhaltete, auf der Schulter, schritt sie die Straße entlang, die sie nach Westen in die goldene Zukunft bringen würde.

Was würde sie dort erwarten? Sie hatte Gerüchte gehört, die sie gar nicht glauben konnte. Wenn nur die Hälfte dessen stimmte, war es für sie verwunderlich, dass überhaupt noch jemand in dem Dorf blieb und nicht alle loszogen. Aber sie hatte auch Glück, dass sie keinem Lehnsherren unterstand, den sie erst lange betteln musste, dass er sie ziehen ließ. Die Bewohner der Dörfer, die da eigenes Land gepachtet hatten, hatten es da deutlich schwerer. Mit den paar Münzen in der Tasche und dem Wappen des Grafen, auf einem Blatt Papier in der Hand, schritt sie schnell voran. Als am Abend die Dunkelheit auf sie herabfiel, suchte sie sich am Rande der Straße einen Platz mit viel Gras, auf das sie sich legen konnte. Da es warm war, brauchte sie kein Feuer machen, es hätte sowieso nur Leute angezogen, die sehen wollten, wer hier wohl lag. Wilde

Tiere gab es hier schon ewig nicht mehr und sie wollte sich nicht mit Räubern herumschlagen müssen.

Die erste Nacht schlief sie ruhig, auch wenn es ungewohnt war, so unter den Sternen zu schlafen. Da sie keine Decke mithatte, rollte sie sich zusammen und legte ihren Kopf auf die Tasche. Bei der Morgendämmerung machte sie sich dann wieder auf den Weg. Sie durchquerte ein paar Dörfer und folgte einfach den Pfeilen an den Säulen, die sie überall stehen hatten. An jeder möglichen Kreuzung waren diese Postsäulen aufgestellt und obwohl sie nicht lesen konnte, verglich sie das Wort, das ihr der Wirt aufgeschrieben hatte, mit den Worten an der Säule. So folgte sie einfach dem Pfeil, der sie immer näher an Dresden heran brachte.

Am Abend des dritten Tages erreichte sie schließlich die Tore der Stadt und ging hindurch. Unmittelbar dahinter stutzte sie. So groß hatte sie sich die Häuser hier nicht vorgestellt und es waren auch noch so viele! In ihrem Dorf hatte sie sich diese an zwei Händen abzählen können. Doch hier? Wie sollte sie das richtige Haus finden? Schlösser gab es hier offensichtlich auch genug. Wo sollte sie klopfen? Irgendwo? Vielleicht konnte sie einen der Diener dort fragen, wo das gesuchte Schloss war? Sie ging geradewegs zum ersten Haus und klopfte am Eingang, der scheinbar nur für die Diener und Dienstboten vorgesehen war. Eine alte Frau öffnete ihr und sie zeigte das Blatt mit dem Wappen vor und fragte, wo sie dieses Schloss finden konnte. Die alte Frau überlegte kurz, dann verschwand sie und kam wenig später mit einem Diener zurück, der den Weg kannte. Er wollte ihr den Weg beschreiben, merkte aber schon bald, dass das keinen Sinn hatte und so führte er sie direkt zu dem gesuchten Schloss.

Hedwig bedankte sich bei dem Mann und klopfte an der Tür an. Auch hier öffnete eine alte Frau und bat Hedwig herein, nachdem diese ihr Begehr geschildert hatte. So saß sie dann wenig später in der Küche der Bediensteten auf einer Bank, hatte eine Schüssel mit dampfender Suppe in der Hand und es schwamm sogar ein großes Stückchen Fleisch darin. Einige Gerüchte aus dem Dorf schienen also doch zu stimmen. Da es offensichtlich in diesem Schloss immer etwas zu tun gab, für ein paar Bedienstete, hatte sie schon wenig später neue Kleidung und saß auf ihrem neuen Bett in einem Zimmer unter dem Dach. Diese oberste Etage war nur für das Personal vorgesehen und vermutlich wussten die Herrschaften unter ihr nicht einmal, dass sie hier oben wohnten. Aus einem Dachfenster heraus konnte sie auf das langsam im Dunkel versinkende Dresden herab schauen. Am nächsten Morgen würde sie der neuen Herrin vorgestellt werden und für diese Nacht legte sie sich erst einmal in ihr weiches Bett, das sie seit Tagen im Wald vermisst hatte. Als sie gerade eingeschlafen war, wurde sie von lauten Knallen geweckt. Erschrocken sprang sie an das Fenster und sah die Blitze und Explosionen über Dresden. Die Tür ging hinter ihr auf und die alte Frau erklärte ihr, dass dies ein Feuerwerk bei einem Ball war.

Hedwig schaute noch eine Weile zu, bis sie wieder in ihr Bett ging. Diese neue Stadt war schon jetzt aufregend. Was würde da jetzt erst noch kommen? Sie schlief ein und wurde am nächsten Morgen aus dem Schlaf geweckt. Draußen war es noch dunkel. Hier schien der Tag besonders früh zu beginnen. Nur auf der obersten Etage herrschte schon geschäftiges Treiben, in denen darunter schliefen sicher noch alle. Da Hedwig sich ja erst noch vorstellen musste, hatte sie im Moment nichts zu tun und sah den Anderen nur zu, die gerade von einer älteren Frau eingeteilt und nach unten losgeschickt wurden. Nachdem alle unterwegs waren nahm die alte Frau sie mit in die Küche, wo sie dann auf der Bank saß und wartete.

Es war sicher eine Stunde später, als die junge Gräfin sie in das Zimmer holen ließ. Hedwig machte einen tiefen Knicks und wurde danach auch schon zum Dienst eingeteilt. Sie sollte als Kammerzofe die Schwester der Gräfin betreuen, aber diese Gräfin schlief im Moment noch, so wartete sie noch vor dem Zimmer, als der alte Graf an ihr vorbei ging. Sie machte auch vor ihm einen tiefen Knicks und lächelte ihn an. Der alte Graf nickte ihr freundlich lächelnd zu.

28. Kapitel

In Leinen gehüllt

Er hatte sie eingeladen und so eine Einladung ignorierte man eigentlich nur, wenn man zwei Jahre Festungshaft riskieren wollte. Der Wunsch des Kurfürsten war für alle seine Untergebenen Befehl. Und so ungelegen kam ihr diese Einladung auch gar nicht Vielleicht konnte sie beim Kurfürsten ein Schreiben erwirken, in dem er ihre Anwesenheit in Dresden wünschte und somit konnte sie dann auch dem Vater gegenüber ihren weiteren Aufenthalt in Dresden begründen. Sie hatte sich ein paar Tage Zeit gelassen, bevor sie die Einladung annahm. Genug, als dass dieser Schritt nicht übereilt erschien, und wenig, damit er sie nicht per Soldaten zu sich bringen ließ. Sie schrieb ihm ein paar Zeilen, dass sie am nächsten Tag in sein Schloss kommen würde und ließ den Brief von einem Boten überbringen, der ihr später auch bestätigte, dass der Kurfürst sie gern in Empfang nehmen würde.

Sie stand diesmal schon am Vormittag auf und begab sich zu einer gründlichen Körperpflege in das Bad. Nachdem sie gewaschen, gepudert und mit Duftwasser eingesprüht war, ließ sie sich von einer der Mägde, die erst neu auf dem Schloss war, in das Mieder schnüren. Fast nahm es ihr den Atem, aber die Schnüre mussten noch enger gezogen werden. Das würde ihre Hüfte schön schmal machen und die sowieso schon üppige Oberweite noch mehr betonen. Das schönste Kleid war es sowieso, aber bei diesem Mieder würde er vermutlich das Kleid gar nicht sehen. Kurfürst hin oder her, er war eben sicher auch nur ein Mann. Anna hatte schon viel über den Kurfürsten gehört, aber leider nur ein paar Augenblicke mit ihm gesprochen. Nicht einmal sein Gesicht hatte sie hinter der goldenen Maske sehen können.

Noch einmal die Luft anhalten, dann waren alle Stricke fest. Sie entschloss sich die Haare in langen Wellen offen zu tragen und sie nicht zu verstecken. Ein letzter Blick in den großen Spiegel der Eingangshalle zeigte ihr, dass alles perfekt saß. Die Kutsche stand direkt vor der Treppe und sie stieg langsam hinab. Die Schleppe vorsichtig nachziehend stieg sie in das, von zwei Schimmeln gezogene, Gefährt und ließ sich zum Schloss hinüber fahren. Die letzte halbe Stunde, bevor sie dem Kurfürsten gegenüber trat, überlegte Anna, was wohl passieren würde. Eigentlich war klar, was mit Frauen beim Kurfürsten passieren würde, aber auch bei ihr? Nach den Gerüchten, die sie gehört hatte, hatte der Kurfürst schon mehr als dreihundert Frauen gehabt. Aber Gerüchte waren vielleicht nicht wirklich wahr, sie kannte das aus ihrem Dorf. Ist das Gerücht erst mal unterwegs, so hängt jeder noch eine Null hinten dran und vielleicht wollte der Mann sich nur nett und ungestört mit ihr unterhalten. Allerdings hatte sein Blick in ihr Dekolleté etwas anderes verraten. Für einen Augenblick hatte sie das Verlangen in seinen Augen aufblitzen sehen.

Schließlich stieg sie vor dem Schloss aus und ging die Treppe hinauf. Überall eilten Diener und Dienerinnen umher. Es war ein Gewimmel in den Räumen. Einer der Diener begleitete sie durch alle Gänge und öffnete dann eine Tür zu einem Raum, in dem der Kurfürst am Fenster saß, offenbar hatte er sie schon erwartet. Der Diener machte eine Verbeugung und sagte „Gräfin von Hohenfeld." die Gräfin machte einen Knicks und der Kurfürst stand auf und kam auf sie zu. „Gräfin." sagte er und schickte den Diener mit einer Handbewegung nach draußen. Als die Tür sich schloss erhob sich Anna und nickte dem Mann zu. Er bat sie an einen Tisch, der noch leer war, aber schnell von einigen Dienern gedeckt wurde, als sich Anna gesetzt hatte. Die feinsten Speisen und Getränke wurden vor ihnen abgestellt.

Die Beiden unterhielten sich während des Essens über alles Mögliche. Schließlich begaben sie sich zusammen in die Räume des Kurfürsten. Er zeigte ihr die Bilder an den Wänden und die verschiedenen Skulpturen, darunter auch einige von griechischen Göttinnen und sie lächelte dabei. Sie gingen erzählend von Raum zu Raum, bis sie, wie unbeabsichtigt, in seinem Schlafzimmer landeten. Die ganze Zeit hatte Anna überlegt, wann sie ihn um das Schriftstück für den Vater bitten sollte, aber nun war es sicher erst einmal zu spät dafür. Er begann schon, noch eher spielerisch, an der Schnur ihres Mieders zu ziehen, aber schon wenige Augenblicke später löste er die Schleife. Der Druck des sich öffnenden Kleidungsstücks ließ das Mieder über ihre Hüften rutschen und zu Boden gleiten. Der Mann löst sie langsam aus ihrem Kleid und schließlich lagen sie beide in Unterwäsche in dem Bett.

Nach einer Weile des Küssens stand der Mann noch einmal auf und ging zu einem kleinen Schränkchen, dessen Schubfach er öffnete und aus dem er etwas herausnahm. Mit dem Rücken zu ihr machte er irgendetwas und drehte sich danach wieder um. Etwas Weißes war unter seinem Unterhemd zu sehen. Dann kam er wieder zum Bett zurück. Er hatte sich ein kleines Leinensäckchen übergestülpt, das steil unter seinem Unterhemd empor ragte. Die beiden losen Fäden zur Befestigung hingen nach unten und Anna zog sie mit einer Schleife fest. Sie hatte schon davon gehört, dass diese Dinger Schwangerschaften verhindern sollten, doch sie hätte nie erwartet, dass sich der Kurfürst über so etwas Gedanken machte. Allerdings sollte es auch Krankheiten verhindern und vielleicht hüllte er sich zu seinem eigenen Schutz in diese kleine Hülle aus Leinen.

Trotz der Angst vor dem Gewicht des Mannes war es für Anna sehr schön. Sie genoss es, in den Armen des Mannes zu liegen und auch, dass er sich ihr als kleiner Gräfin widmete, obwohl er doch sicher auch anderes zu tun gehabt hätte. Schließlich musste er doch sein Land regieren.

Ein paar Stunden später kam Anna doch noch zu ihrem Schriftstück. Der Kurfürst setzte es, in Unterwäsche am Schreibtisch sitzend, für sie auf, während ein Diener ihr wieder in das Mieder half. „Kommen sie bald mal wieder zu Besuch, Gräfin." sagte der Kurfürst, gab ihr den Brief und sie bedankte sich mit einem Kuss bei ihm, dann verließ sie das Schloss. Vor dem Tor wartete die Kutsche, die sie wieder nach Hause brachte. In der Kutsche las sie das Schriftstück und drückte es dann an ihre Brust. Damit konnte sie noch lange in Dresden bleiben. Sie freute sich darüber.

29. Kapitel

Schimpf und Schande?

Seit ein paar Wochen arbeitete Hedwig nun schon auf dem Schloss. Die Arbeit gefiel ihr und mit ihrer Herrin, Gräfin Sofie, sowie mit Gräfin Anna, der sie als Kammerzofe diente, kam sie auch gut klar. Eigentlich brauchte die Gräfin Anna niemanden, sie machte fast alles selbst, nur das Ankleiden für die Bälle gelang ihr manchmal nicht ganz so gut. Dabei half ihr dann die Kammerzofe, dafür war sie ja schließlich auch da. Da die Gräfin meist nachts unterwegs war und dafür am Tage schlief war auch die Arbeit von Hedwig meist nur nachts, denn nur dann konnte sie das Zimmer der gnädigen Frau aufräumen und säubern. Aber ihr kam das ganz gelegen. So passte sich der Arbeits- und Schlafrhythmus der Beiden immer mehr an.

Sie kam mit der Gräfin gut aus und ihre Herrin ließ ihr bei den Arbeiten vollkommen freie Hand. Vermutlich wusste sie, dass Gräfin Anna ihre Kammerzofe selbst führen und beauftragen konnte. Während alle anderen Bediensteten draußen ihre Arbeit hatten, schlief Hedwig und wenn die anderen schliefen, so arbeitete sie. Wenn sie mal eher mit ihrer Arbeit fertig war, so schlüpfte sie schnell in das Zimmer des alten Grafen, der sich darüber immer wieder freute. Am Anfang war es mehr aus Dankbarkeit gewesen, dafür, dass sie diese schöne Stelle bekommen hatte, doch daraus hatte sich bei ihr eine Liebe zu dem alten Mann entwickelt, die vielleicht auch von ihm ihr gegenüber gespürt und geteilt wurde. Aber sagen und zugeben würde er es sicher nicht. Da waren ihre Standesunterschiede viel zu groß. Sie die Magd und er, der wohlhabende und hochgeborene Herr. Diese Liebe hätte nie eine Möglichkeit zur Realität zu werden und das wussten sie Beide.

Schließlich spürte Hedwig, dass die nächtlichen Treffen mit dem alten Herrn nicht ohne Folgen geblieben waren. Sollte sie es irgendjemanden erzählen? Vermutlich würde es ja nicht mehr lange dauern, bis es sowieso jeder sehen konnte und was würde dann aus ihr? Würde man sie mit Schimpf und Schande aus dem Hause jagen? Wohin sollte sie sich denn dann wenden? Sollte sie zurück in ihr Dorf gehen? Oder in der Stadt bleiben? Aber darüber konnte sie sich ja später noch Gedanken machen, vorerst ging sie weiter ihrer Arbeit nach.

Als dann die Rundungen nicht mehr zu verbergen und auch mit dem besseren Essen nicht zu erklären waren, wendete sie sich dann doch verzweifelt an ihre Herrin, doch die schüttelte nur den Kopf und sagte „Wärest du eher zu mir gekommen, so hätte ich dir helfen können." Dabei zeigte sie eine kleine Dose mit einem Pulver. Danach schickte sie Hedwig zum Grafen, der über Hedwigs Zustand nicht wirklich begeistert war. Der alte Herr nahm einen Beutel mit Münzen aus einem Schränkchen und drückte ihn der jungen Frau in die Hand. Dann sagte er zu ihr „Ich wünsche dir viel Glück." und schon war sie mit ihrer schnell gepackten Tasche auf dem Weg zur Tür des Schlosses. Dort wurde sie von ihrer Herrin eingeholt, die ihr auch noch einen Beutel mit Münzen in die Hand drückte und sie dann aus dem Schloss begleitete. Hedwig sah, dass sich die Gräfin um sie sorgte, obwohl sie das sicher nicht gemusst hätte. „Kannst du nähen?" fragte die Gräfin Anna sie und Hedwig nickte. Nach einem kurzen Weg standen sie in einem Geschäft am Markt, wo die Gräfin mit einer Frau etwas beredet und danach wechselte noch ein Beutel mit Münzen von Frau zu Frau.

Ab diesem Moment arbeitete sie in der Schneiderei und es gefiel ihr sehr. Eine andere Frau zeigte ihr, wie sie die modischen Kleider nähen sollte. Am Abend dieses Tages lernte Hedwig auch den Herrn des Hauses kennen. Doch so richtig wollte sie ihn eigentlich nicht kennen lernen. Es ging etwas Bedrohliches von ihm aus. Woher sie das wusste, konnte sie sich nicht erklären, es war so ein bedrückendes Gefühl in ihrer Magengegend, solange der Mann in dem Raum war. Aber er verschwand schnell wieder und sie würde ja, zusammen mit der anderen Schneiderin, im hinteren Teil des Geschäftes wohnen. Also würde sie den Mann nur selten sehen.

Es war Herbst geworden und die kleine Kugel ihres Bauches zeigte sich nun immer deutlicher unter dem Kleid. Auf den Gürtel und das Mieder verzichtete sie nun. Das schnürte sie nur ein. Immer wieder dachte sie daran, wie es wohl im nächsten Jahr weiter gehen sollte, wenn das Kind erst einmal da sein würde. Mit der anderen Frau verstand sie sich ganz gut und auch die Herrin war anständig zu ihr. Nur der Herr blieb für sie eine Bedrohung. Von der anderen Frau hatte sie erfahren, was er ihr angetan hatte und so vermied es Hedwig, mit ihm alleine in einem Raum zu sein. Bei der Arbeit half ihr der alte Schlafrhythmus sehr. Meist mussten die Kleider über Nacht genäht werden und so konnte sie auch in der Nacht ihre Arbeiten verrichten, ohne dass sie groß Müde dabei wurde. Meist saß sie bis zum Morgengrauen an ihrem Tisch und nähte im Scheine einer Kerze an dem Kleid einer wohlhabenden Frau. Danach rollte sie sich in einer Ecke zusammen und schlief. Sie war sehr geschickt bei ihrer Näherei und wurde daher auch oft von der Herrin gelobt. Das war etwas, was sie sonst noch nie gekannt hatte.

Sie konnte es sich gut vorstellen, hier ihr Kind zu bekommen. Sie dachte an ihr Dorf zurück. Dort ledig mit Kind zu sein, das wäre sicher ein schlimmer Zustand. Die Bauern hätten sie sicher aus dem Dorf geprügelt, wenn sie es überhaupt überlebt hätte. Hier in der Stadt war das anders. Die Schneiderin hatte ihr von Frauen erzählt, die hier alleine mit Kind lebten und denen es gut ging.

Die Meisten davon waren Mägde wie Hedwig gewesen und dann bei ihrer Herrschaft geschwängert worden. Meist wurden sie später mit einer kleinen Apanage ausgestattet und wenn sie Söhne geboren hatten, waren sie sogar später unter besonderen Schutz gestellt worden, denn Söhne konnten die Grafen nie genug haben, selbst wenn es uneheliche waren. Daher hatte Hedwig auch nun nicht mehr so viel Angst vor der Zukunft.

30. Kapitel

Am Rande des Wahnsinns

Immer wieder war Anna in den letzten Wochen beim Kurfürsten gewesen und immer hatte er das kleine leinene Säckchen benutzt, daher brauchte sich auch Anna nicht vorsehen beim Zusammensein mit dem Manne. Immer wenn er Zeit hatte ließ er nach ihr schicken und sie ließ sich immer wieder gern auf seine Zärtlichkeiten und Gunstbezeugungen ein. Schließlich hatte sie ihm ja auch den Brief zu verdanken, mit dem sie in Dresden bleiben durfte.

Anna sah den Wiederspruch in vielem, was der Mann machte. Auf der einen Seite benutzte er diesen Schutz und praktizierte den Beischlaf aus Lust. All das war eher evangelisch. Auf der anderen Seite war er ja Katholik, und da war Beides verboten und verpönt. Da wurde nur im Dunkeln der eheliche Beischlaf vollzogen. Angekleidet und nur zur Zeugung von Nachwuchs. Ihr gefielen die Treffen. Heimlich am Nachmittag liebten sie sich im Licht und meist sogar nackt. Liebte sie diesen Mann? Nein! Harald liebte sie. Beim Kurfürsten war es mehr Lust und Genugtuung, dass dieser mächtige Mann sich für sie interessierte.

Obwohl der Mann verheiratet und im Moment auch noch mit Gräfin Anna Constantia von Brockdorff liiert war, hatte er dennoch immer auch noch Zeit für Anna. Eines Tages ließ er aber den Schutz weg. Für Anna war das eine Art von Vertrauensbeweis und sie fühlte sich dadurch geehrt. Gleichzeitig hatte sie aber auch Angst. Ein Kind vom Kurfürsten wäre zwar nicht schlecht gewesen, aber sie wollte keine offizielle Mätresse werden und lieber ihre Treffen für sich behalten. Und wenn sie mal ein Kind haben würde, dann nur entweder mit Harald oder ihren zukünftigen

Mann, wer auch immer das sein würde. Doch sie konnte ja auch den Kurfürst nicht vor den Kopf stoßen und darauf bestehen, dass er weiter für den Schutz zu sorgen hätte. Auch wenn er sie vielleicht mochte, würde er ein solches Ansinnen sicher nicht tolerieren. Nun musste sie also selbst wieder vorsorgen. Sie dachte an das kleine Döschen mit dem Pulver und schloss den Mann in ihre Arme.

Auf dem Heimweg sehnte sie sich plötzlich danach wahrhaftig geliebt zu werden. Sie dachte an die wunderschönen Nächte mit Harald zurück. Eine Träne zog eine Spur durch den Puder, mit dem sie ihr Gesicht eingestäubt hatte, nachdem einer der Diener ihr wieder in das Kleid geholfen hatte. Vor dem Schloss stoppte die Kutsche und sie ging die Treppe hinauf, ihre Schwester stand in der Vorhalle und Anna nickte ihr nur kurz zu, dann war sie zurück in ihrem Zimmer. Dort mischte sie sich, nach langer Zeit, in der sie ihn nicht gebraucht hatte, wieder ihren Trunk zurecht und setzte sich damit an das Fenster. Draußen wurde es langsam Dunkel und sie trank den Becher in einem Zuge aus.

Kurze Zeit passierte nichts, dann setzte ein Rausch ein, wie sie ihn noch nie gekannt hatte. Sie war auf einmal freudig gestimmt und hätte tanzen können, doch sie blieb wie festgeklebt auf ihrem Stuhl sitzen. Etwas schien nicht zu stimmen. Plötzlich dachte sie an die Warnung der alten Frau, bei der sie dieses Mittel gekauft hatte. „Nimm nicht zu viel, sonst bringt dich der Petersiliensamen unter die Erde!" Hatte sie sich verschätzt in der Dosierung? Doch nun war es zu spät! Wenig später zog sich ihr Bauch in Krämpfen zusammen und der Becher fiel scheppernd zu Boden. Anna fiel vom Stuhl und krümmte sich vor Schmerzen. Sie konnte noch nicht einmal jemanden rufen.

Ewigkeiten später kam ihre Zofe in das Zimmer und fand sie. Schnell waren andere Diener da und legten sie auf das Bett. Alles nahm Anna nur noch hinter einem Schleier wahr. Alles verschwamm vor ihren Augen und ein Mann flößte ihr ein scheußlich schmeckendes Gebräu ein. Sie war mehr tot als lebendig. All die bizarren Gestalten der Unterwelt stürzten sich auf sie. War das die Rache des Teufels für ihre Liebe zum Kurfürsten? Die Rache Gottes, dafür dass der Mann sich nicht an sein katholisches Bekenntnis hielt? Anna hatte keine Zeit mehr irgendetwas zu denken. Sie verfiel zunehmend dem Wahn. Engel und Teufel, Riesen und Zwerge lösten sich vor ihr ab. Sie sah den dampfenden Kessel wieder vor sich und der Riesen, der mit seiner Hand nach ihr griff. Sie hätte schreien können, doch kein Ton verließ ihren Mund. Alles drehte sich vor ihr und sie war dem Wahnsinn nah. Fieberschübe durchschüttelten sie. Dann wurde es dunkel um sie herum.

Wie von fern hörte sie nur die Schwester für sie beten. Diese Worte und ein kleines weißes Licht zogen sie zurück in die Kammer. Schweißgebadet wachte sie auf und sah in das sorgenvolle Gesicht der Schwester, die immer noch vor ihrem Bett kniete und betete. „Danke dir." sagte Anna mit kratziger Stimme und die Schwester umarmte sie. Anna dachte an all die Gestalten, die sie gerade eben verfolgt hatten und sie fragte sich, ob sie wieder zum Kurfürsten zurückgehen sollte, wenn dieser sie das nächste Mal rufen würde? Konnte sie sich ihm verweigern? Auf die Schwester gestützt ging sie zum Bad, wo die Zofe ihr eine Wanne eingelassen hatte. Langsam glitt sie in das warme Wasser, das den Rest des Mittels aus ihrem Körper wusch. Sofie erzählte ihr, dass ein Medicus da gewesen war, der ihr ein Mittel gegen die Vergiftung eingeflößt hatte, da er aber nicht wusste, was sie genommen hatte, konnte er auch nicht wirklich sagen, ob es helfen würde, doch offensichtlich hatte es das getan. Auch Sofie gegenüber sagte Anna lieber nicht, was es gewesen war, sonst wären die geheim gehaltenen Schäferstündchen mit dem Kurfürsten ja aufgeflogen.

Immer noch schlapp stemmte sie sich aus der Wanne und ließ sich von der Zofe abtrocknen, bevor sie in ihr Bett ging. Für einen Augenblick sah sie, bevor sie einschlief, Harald an ihrem Bett stehen. Er wollte sich vermutlich auch ein Bild davon machen, wie es ihr ging. Mit einem Lächeln glitt sie in den Schlaf. Die Gestalten waren für das Erste gebannt und ließen sich nicht mehr sehen, doch tief in ihrer Seele lauerten sie sicher auf die nächste Möglichkeit, um hervorzubrechen und sie wieder in Todesangst zu versetzen. .

31. Kapitel

In anderen Umständen

Endlich hatte es geklappt und Sofie war schwanger geworden. Ein riesiger Stein war ihr schon jetzt vom Herzen gefallen und nun war sie praktisch frei. Endlich konnte sie wieder abends das Haus verlassen, zumindest an ein paar Tagen in der Woche. Harald zog sich erst mal von ihr zurück, sie schliefen zwar im selben Bett, aber so, als ob zwischen ihnen Welten lagen. Keine Berührung, kaum mal ein Kuss und eine seelische Distanz, über die es keine Brücke gab. Die kleinen Treffen am Nachmittag fanden weiter statt und manchmal war auch Anna dabei. Abends gingen die beiden Schwestern gemeinsam auf die verschiedensten Bälle, aber Anna war nun überall der Mittelpunkt des Festes, Sofie stand im Moment noch unbeachtet am Rand, ihre Schwester hatte ja ein paar Monate Vorsprung beim Tanzen auf den Bällen.

Das Kind, das langsam in ihr heran wuchs, gab ihr eine Art von innerlichen Leuchten. Sie war auch vorher nicht hässlich gewesen, eher unscheinbar, doch nun wurde sie zu einer strahlenden Schönheit, die auf den Bällen sofort jedem der Anwesenden auffiel. Nur ihrem eigenen Manne fiel sie nicht mehr auf. Er nahm es wie selbstverständlich hin, dass sie einfach da war. So wie ein Stuhl auf den man sich setzten wollte. Und sie musste damit leben, dass es so war. Zumindest konnte sie nun den Käfig, den das Schloss um sie gebildet hatte, jeden Tag wieder verlassen. Für die nächsten Monate hatte sie erst einmal freie Hand bei ihren Entscheidungen, danach würde sicher wieder alles von vorn beginnen, so lange, bis sie den zweiten Sohn auf die Welt gebracht haben würde. Doch daran wollte sie nun erst einmal nicht mehr denken, sie wollte Spaß habe und ihr Leben in der großen Stadt genießen.

Die Übelkeit am Morgen nahm sie da einfach nur hin, das gehörte eben dazu und die Mutter hatte ihr dazu ein paar Tipps gegeben. Sie schrieben sich fast jeden Tag und der Bote war damit fast unablässig unterwegs von ihr zur Mutter und wieder zurück. Ab und zu brachte er auch einen Brief für Anna mit, den diese immer ganz vorsichtig öffnete. Zwar hatte sie durch das Schreiben des Kurfürsten, von dem Sofie gar nicht wissen wollte, wie sie dieses erhalten hatte, etwas Zeit bei dem Vater gewonnen, doch trotzdem konnte jeden Tag ein Brief ankommen, in dem stand: Du wirst heiraten, den oder den. Das hatte immer noch der Vater in der Hand und konnte es, so wie bei Sofie auch, ohne die Zustimmung der Schwester festlegen. Jetzt erst konnte Sofie begreifen, dass die Hochzeit mit Harald ihr eigentlich eine Art von Freiheit gebracht hatte. Oder etwa nicht? Sie stützte die Hände auf und lehnte sich in dem Sessel zurück.

Hier im Saal hingen all die Bilder der Familie von Harald. All die Vorfahren und jede dieser Frauen war nicht gefragt worden, ob sie das wirklich wollte. Seit Jahrhunderten wechselten die Frauen von der Vormundschaft des Vaters in die Vormundschaft des Ehemannes. Eigentlich durfte sie fast nichts selbst entscheiden. Nur innerhalb des Hauses ließ er ihr den Raum, den sie brauchte, aber außerhalb? Über jede Münze die sie ausgab musste sie ihm Rechenschaft ablegen. Bis vor ein paar Augenblicken war ihr das gar nicht bewusst gewesen, sie hatte es einfach als Gottgegeben hingenommen. Und nun? Sie hatte gar keine andere Wahl, als sich in ihr Schicksal zu fügen. Sie dachte an die Frauen auf dem Ball. Nur die ganz alten Frauen und die Witwen hatten eine gewisse Art von Selbstständigkeit erreicht. Sie hatten ihr eigenes Geld und konnten darüber verfügen, ohne jemanden zu fragen. Aber arbeiten oder Geld dazu verdienen? Das durften noch nicht mal die bürgerlichen Frauen ohne die Zustimmung des Mannes. Es war ein Zeitalter der Männer. Nur auf dem Ball waren die Frauen frei, da sie unter sich waren.

Anna kam die Treppe herunter und Sofie sah zu ihr auf. Vielleicht hatte es die Schwester richtig gemacht, in dem sie sich so einen mächtigen Verbündeten an ihre Seite geholt hatte. Der Kurfürst hatte die Macht über alles und jeden hier in Sachsen. Er konnte jeden in den Adelsstand erheben oder auch in den Kerker werfen lassen. Sofie erhob sich aus dem Sessel und ging zu Anna hinüber. In ein paar Augenblicken würden die Freundinnen zum Kaffee zu ihr kommen und da gab es noch so einiges zu erledigen. Sie klatschte in die Hände und die Magd, die sicher schon hinter der Tür gewartet hatte erschien fast sofort. Sofie zeigte nur auf den Tisch und die Magd verbeugte sich und verschwand. Sie bauchte schon gar nichts mehr sagen, die Diener wussten mittlerweile genau, was sie meinte. Dann begaben sich die beiden Schwestern zur Tür und warteten dahinter, dass die ersten Frauen erscheinen würden. Als das Geräusch der ersten Kutsche zu hören war, traten sie nach draußen.

In Kutschen und Sänften trafen nach und nach die fünfzehn Frauen bei ihr ein. Jede wurde mit einer Umarmung begrüßt. Nachdem alle am Tisch saßen klatschte Sofie wieder und die Dienerschaft brachte die Kekse und den Kaffee zu ihnen herein. Es wurde geschwatzt und gelacht und zwischendurch wurde immer wieder das schwarze Gebräu nachgeschenkt. Sollte sie es wagen und dabei fragen, wie die anderen Frauen mit ihren Männern klar kamen?

Sie wagte es einfach und es begann eine Gesprächsrunde, wie sie so noch nie hier geführt wurde. Und vielleicht auch zum ersten Mal überhaupt in Sachsen. Die Frauen erzählten einfach und plötzlich bemerkte jede, dass es ihnen allen so ging. Nicht nur Sofie. Die Einzige, die dazu nichts sagen konnte, war Anna, die aber aufmerksam zuhörte, wie Sofie bei einem Seitenblick feststellen konnte.

Offenbar hatte Sofie mit ihrer Frage aber einen wunden Punkt bei den Frauen berührt, denn das Gespräch wurde immer intensiver und auch lauter geführt. Schließlich musste sie sogar beschwichtigend eingreifen und alle wieder zur Ruhe rufen, denn schließlich hätte sie ja auch jemand hören können.

Erst jetzt begriffen die Frauen, wie hitzig diese Debatte geführt worden war und wie tief doch dieser innere Konflikt bei ihnen allen zu sitzen schien. Betreten schauten sie sich gegenseitig an.

32. Kapitel

Dämonen der Seele

Bis zum Anfang des Winters konnte sie den Kurfürsten hinhalten, dann wurden seine Briefe immer dringender und bevor er dann irgendwann die Garde nach ihr schicken würde, machte sich Anna dann doch wieder auf den Weg zum Palais. Aber die ungezwungene Leichtigkeit des früheren Stelldicheins war verschwunden. Sie wusste, dass die Dämonen tief in ihr lauerten und nur darauf warteten, nach draußen zu gelangen. Diese Wesen der Dunkelheit warteten nur auf einen Fehler von ihr, um sie in das dunkle Reich der Schatten zu ziehen, wo sie Gewalt über Anna hatten. Die Frau begab sich zum Kurfürsten und dort gab sie sich dem Manne hin, aber es machte ihr nicht mehr den Spaß, den sie im Herbst noch mit ihm gehabt hatte.

Sicherlich merkte auch er dies, fragte sie aber nicht. Vermutlich kannte er die Antwort schon und er konnte sich ja auch jederzeit eine andere Geliebte suchen. Vielleicht war ihre Zeit der Zweisamkeit nun vorbei und Anna musste sich an jemanden anderes wenden. Aber sollte sie ihn fragen, ob sie die Liaison beenden sollten? Würde dieser mächtige Mann nicht etwas verschnupft reagieren, wenn sie ihn für jemanden anders ablegte? Sie war ja schließlich nur eine kleine Gräfin und wollte nicht auf irgendeiner Festung ihre Tage beenden, nur weil sie ihn verstoßen hatte. Also schwieg sie und nahm alles hin. Das war vielleicht von Anfang an die Gefahr in der Beziehung gewesen, sie standen nicht auf derselben Ebene. Er war so mächtig und sie so unbedeutend. Hatte sie gehofft, sich selbst etwas aufzuwerten, indem sie mit ihm in das Bett ging? Das war dann wohl gründlich schief gegangen!

Der Altersunterschied machte ihr da noch die wenigsten Sorgen. Sie war gerade achtzehn geworden und er war jetzt vierzig Jahre alt. Das war in dieser Zeit fast normal, dass die Männer wesentlich älter waren, als ihre Frauen und das sie ihn mit sicherlich noch vielen anderen Frauen teilen musste, störte sie auch nicht. Er war eben ein mächtiger Mann und je mächtiger, umso größer die Potenz. Sie hatte sich in dem viertel Jahr daran gewöhnt, und dass sie die anderen Frauen bei den Bällen traf, machte ihr auch nichts aus. Den anderen sicher auch nicht, denn oft lachten oder erzählten sie, zwar nicht über ihn, sondern alltägliche Ereignisse, doch das wäre mit Zorn im Bauch oder Eifersucht im Herzen sicher nicht möglich gewesen. Vielleicht sahen es die anderen Frauen ähnlich wie Anna. Die wenigsten wollten von ihm geheiratet werden. Geliebt ja, gebunden nein!

Mit dem Pulver war sie aber nun sehr viel vorsichtiger, das eine Mal hatte ihr vollkommen genügt und würde sich hoffentlich auch nicht mehr wiederholen. Immer noch lauerten diese dunklen Wesen tief in ihr und machten ihr Angst. Sie hatte gehofft, dass der Riese tot und vergessen war, der sie im Wald missbraucht hatte, doch tief in ihrer Seele schlummerte er nun solange sie leben würde. Bis jetzt hatte sie versucht die ganze Angelegenheit von damals zu verdrängen, doch er hatte sich mit Macht wieder in ihr Bewusstsein zurück gebracht. Und da blieb er nun präsent und lauerte auf den Moment, in dem er wieder zu voller Kraft erwachen konnte. Aber sie konnte auch mit niemanden darüber sprechen. Gewalt gegen Frauen war normal. Keiner würde es verstehen, wenn sie darüber redete. Der Riese steckte im dunklen Teil ihrer Seele. Sie hatte vor diesem Teil ihrer Seele eine furchtbare Angst und wusste nicht, wie sie diese loswerden sollte. Dazu kamen nun auch noch die eher erzwungenen Zärtlichkeiten dem Kurfürsten gegenüber. War das nicht eigentlich dasselbe, was der Riese mit ihr gemacht hatte? Irgendwie schon! Und sie schämte sich dafür.

Schließlich überlegte sich Anna, dass der Mann an ihr die Lust verlieren müsse, dann würde er sie wohl kaum dafür bestrafen können. In den nächsten drei Treffen lag sie einfach nur da und ließ ihn machen. Es schien zu funktionieren, denn die Einladungen blieben aus und Mitte Januar des Jahres 1711 konnte sie dann endlich tun und lassen was sie wollte. Sie unterhielten sich noch, wenn sie sich auf einem der Bälle trafen, aber das Knistern zwischen ihnen hatte sich gelegt und war einer tiefen Freundschaft gewichen. So tief, wie eine Freundschaft zwischen Mann und Frau, Herrscher und Untergebener eben gehen konnte.

Damit verschwanden auch die Dämonen noch weiter in der Dunkelheit. Nur im Übergang von Nacht zu Tag oder Tag zu Nacht zeigten sie kurz ihre blitzenden Zähne in Annas Träumen. Da Anna den Petersiliensamen nun aber nicht mehr brauchte, blieben sie als Schatten zurück, harmlos und ohne Macht. Doch trotzdem immer da! Jetzt konzentrierte sie sich wieder auf die prachtvollen Bälle der adligen Frauen. Eines Abends, als sie auf einen der Bälle gehen wollte, tauchte einer der Dämonen aus der Vergangenheit leibhaftig vor ihr auf. Der Mann war direkt an ihr vorbei gegangen und ein Schauer war über ihren Rücken gelaufen. Es war der Räuber von damals. Kein Zweifel! Sie folgte ihm und er hatte sie weder erkannt noch bemerkt.

Auf dem Markt sah sie kurz das Aufblitzen eines Messers. Der Mann trat an eine andere Frau heran und schob sich so in deren Rücken, dass er so stand, dass man nicht sehen konnte, was er machte. Anna hielt einen Mann an, der auf der Straße an ihr vorbei gehen wollte, und flüsterte ihm ihre Beobachtungen ins Ohr. Dann zeigte sie auf den Mann, der gerade das Messer hob, um den Geldbeutel der Frau von deren Gürtel zu trennen. Der Fremde bei Anna stürzte nach vorn, schlug dem Anderen das Messer aus der Hand und fesselte ihn. Kurz darauf wurde der Räuber von einer Patrouille der Garde abgeführt. Der andere Mann putzte sich den Staub von der Kleidung, verbeugte sich vor Anna und verschwand in der Menschenmenge. War es wirklich der Räuber gewesen, der beinahe ihre Schwester getötet hatte? Oder nur ein Mann der ihm ähnelte? Sie hatte ihn ja damals auch nur kurz gesehen und war sich daher nicht sicher gewesen. Darum machte sie dazu auch keine Aussage.

Diesen einen Dämonen hatte Anna bezwungen. Doch was war mit den inneren Dämonen? Konnte sie diese auch so bezwingen? Gab es dafür auch eine Garde?

33. Kapitel

Im Kerker

Das Licht der Fackel spiegelte sich in der feuchten Wand. Hans rüttelte an der Kette, mit der er am Fuß an der Wand angekettet war. Es musste eigentlich Tag sein, doch hier unten war es immer dunkel, die Fackel mal nicht gerechnet. Kein Tageslicht verirrte sich hier herunter in die Kasematten der Festung. Er saß zwar erst ein paar Stunden hier unten, aber selbst diese Zeit reichte ihm schon. Die Luftfeuchtigkeit war so hoch, dass die Kette rostete und braune Spuren an seiner Hand hinterließ. Aber bevor diese dicke Kette durchgerostet, und er damit befreit, sein würde, würde es sicher noch Jahre dauern. Er dachte zurück. Am Vortag hatte er wieder mal versucht eine reiche Frau um ein paar Münzen zu erleichtern, obwohl er das eigentlich gar nicht mehr nötig hatte. Sozusagen um in Übung zu bleiben. Er hatte den Mann nicht mal gesehen, der ihn zu Boden warf und das Messer abnahm.

Wenig später war er hier unten gewesen, ohne einen Richter gesehen zu haben. Er sah nach oben, wo über diesem Gewölbe die Menschen an der Elbe entlang spazierten. Vielleicht stand da auch die Bank, auf der er damals Karola beobachtet hatte. Nun war alles aus. Oder etwa nicht? Was konnten sie ihm eigentlich vorwerfen? Einen versuchten Diebstahl? Da würde er gegen eine Strafe von ein paar Münzen schnell wieder draußen sein. Konnte ihn noch jemand seine alten Verbrechen vorwerfen? Und wenn ja, was hatte er zu befürchten? Keiner seiner Kumpane lebte noch und es wäre ihm ein Leichtes, den Mord an den beiden Kutschern einem seiner toten Kameraden in die Schuhe zu schieben. Der Raub der Mitgift vielleicht, aber wer wusste davon? Und die Frau? Entführung vielleicht. Die Frau hatte ihn erkannt, aber sicher aus Scham geschwiegen. Außerdem war Gewalt gegen Frauen nicht strafbar.

Hans lehnte sich zurück und dabei traf er mit dem Rücken die Wand. Schnell drang die Nässe zu seiner Haut durch. Er sah sich in der Zelle nach einem trocknen Platz um, fand aber keinen. So legte er sich mitten in den Raum auf den Boden. Er sah zur Decke und beobachtete das zuckende Licht der Fackel, das auf den nassen Steinen tanzte. Wie lange musste er hier unten bleiben? Auf der einen Seite war ein Gitter bis zur Decke und über die ganze Zellenbreite. Dort davor liefen immer wieder Soldaten mit Fackeln vorbei und sahen zu ihm herein. Aber holen kam ihn keiner. Er musste warten, bis ein Richter Zeit hatte und dann wäre er wieder frei.

Das Wichtigste, was er hatte, war aber sein guter Ruf und der litt gerade. Draußen hatte er gerade angefangen in die höheren Kreise des Bürgertums aufzusteigen und dann so ein dummer Fehler. Er hätte sich Ohrfeigen können für seine Blödheit. Vor einer Woche hatte er sogar den Kurfürst getroffen und nun saß er hier! Das war zu dumm! Nun kroch auch noch die Kälte an ihn heran. Hier war es vermutlich das ganze Jahr gleichkalt und er hatte nichts zum Wärmen. Nur die Fackel oben an der Wand, aber von der war er durch das Gitter getrennt. Mit dem nassen Stroh konnte er sich auch nicht zudecken, nur das in der Mitte war trocken und das brauchte er unter sich. „Verdammt!" sagte er laut und wusste, dass er selbst verdammt war! Verdammt hier zu warten.

Er stand auf und ging die drei Schritte bis zum Gitter. Dann rief er „Wachen!" Eine Weile passierte nichts, dann hörte er die Schritte. „Was willst du?" fragte einer der beiden Soldaten „Mit einem Richter verhandeln!" sagte Hans „Da hast du Pech, du Galgenvogel. Du hättest dich nicht an einem Donnerstag fangen lassen dürfen. Der Richter ist erst Montag wieder da." sagte der Posten und die beiden gingen lachend wieder den Flur zurück zu ihrer Wachstube am anderen Ende des Ganges.

„Wochenende!" murmelte Hans. Also musste er mindestens drei Tage hier drin bleiben! Er ließ sich am Gitter auf den Boden sinken und setzte sich mit dem Rücken an die Abtrennung zum Gang. Nun musste er nur gesund bleiben. Hier unten konnte man sich leicht den Tod holen. Auch wenn man nicht dazu verurteilt worden war. Eine Ratte lief durch die Zelle. Vermutlich hatte sie ein Loch in der Wand gefunden, dass aber für ihn zu klein war, sonst hätte er sich da hindurch in die Freiheit gezwängt. Doch er musste einfach warten.

Jemand brachte ihm einen Napf mit trockenem Brot und etwas Wasser, das ihm durch die Stäbe geschoben wurde. Das Brot war sicher sogar der Ratte zu hart, aber in dem Wasser aufgeweicht ging es irgendwie. Wieder musste er Stunden warten. Ohne das Tageslicht dehnte sich die Zeit hier ins unendliche. Man wusste nicht, ob eine Stunde oder ein paar Minuten vergangen waren. Wenn die Posten alle halbe Stunde ihre Runde machten, so waren nach dem Essen drei Stunden vergangen.

Kurz nach dem nächsten Rundgang hörte er wieder hinter sich Schritte und das Klappern von Schlüsseln. „Du hast Glück! Der Sekretär des Richters nimmt sich deines Falles an." sagte einer der Posten, dann schlossen sie die Zelle auf, lösten die Kette und brachten Hans durch viele verwinkelte Gänge nach oben. Als er auf den Hof trat, blendete ihn die Sonne, die ihm direkt in das Gesicht schien. Für einen Moment musste er die Augen zukneifen, doch die Posten zogen ihn weiter mit. Sie überquerten den Hof und betraten ein Haus, was vermutlich die Kaserne der Wache war. Wieder folgten einige Gänge und Treppen, bevor die beiden Wachen ihn durch eine Tür in einen Raum schoben, wo der Sekretär auf ihn wartete. Es war ein ziemlich schmuckloser Raum, vermutlich eine Wachstube der Garde. Es standen nur ein Tisch und zwei Stühle darin. Der Mann saß auf der einen Seite und zeigte auf den anderen Stuhl. Die Posten standen noch hinter ihm, aber der Sekretär winkte ihnen zu, dass sie den Raum verlassen konnten.

Hans schaute zum Fenster, aber es war der dritte Stock, da hinaus zu springen wäre ziemlich nutzlos gewesen, vermutlich wusste das auch der andere Mann, denn er las in einem Blatt und schaute nicht einmal auf. Das war sicher Absicht, um ihn zu zermürben, aber was sollte schon passieren? Hans lehnte sich zurück und wartete ab.

34. Kapitel

Gesucht und Gefunden

Er hatte schon nicht mehr damit gerechnet, dass der Gesuchte doch noch gefunden würde, doch dann erhielt der Sekretär des Richters eine Nachricht. Auf dem Markt war ein Mann bei einem Diebstahl ergriffen und danach in den Kerker geworfen worden, auf den die Beschreibung des Räubers passen würde. War es wirklich der Gesuchte? Den Zettel mit der Nachricht der Verhaftung konnte er für den Richter bis zum nächsten Montag liegen lassen, einen Raub konnte er aber auch selbst untersuchen und bestrafen. Also ließ er sich die Akte kommen und studierte die Aussagen. Alles war ziemlich eindeutig und da konnte er selbst die Strafe verhängen. Daher machte er sich auf den Weg zur Festung und ließ den Gefangenen zu sich bringen. Es dauerte eine ganze Weile, bis die Posten wieder mit dem Manne zurück waren. Er schickte sie weg und las noch einmal die Beschreibung der Gräfin durch. Gleichzeitig ließ er den Mann warten, obwohl er viel zu aufgeregt war, aber in seiner derzeitigen Verfassung hätte er nicht das nötige Verhandlungsgeschick. Zuerst musste er sich eine Verhandlungstaktik überlegen.

Er legte das Blatt auf den Tisch. Die Beschreibung passte, aber war er es auch? Die beiden Männer schauten sich an, keiner sagte etwas und keiner der Beiden wusste, welcher anfangen sollte, aber es war dann der Sekretär, der mit seiner Verhandlung begann und zuerst den Diebstahl, für den der Räuber aktuell im Gefängnis saß, behandelte. Den Rest konnte er ja noch im Laufe des Gespräches auf den Tisch bringen und damit vielleicht den Gefangenen überraschen, sowie damit vielleicht zu einer überstürzten Reaktion bringen. Das hatte schon oft funktioniert und warum sollte das diesmal anders sein? Der Täter gestand ohne weiteres den versuchten Raub und wurde dafür zu einer Strafe in derselben Höhe der Münzen verurteilt, die er versucht hatte zu rauben. Gerade als der Mann sich erheben und gehen wollte, fragte der Sekretär „Was haben sie eigentlich mit der Mitgift der Gräfin von Hohenfeld gemacht?" das Zucken im Gesicht des Räubers, auch wenn es nur ganz kurz war, gab ihm die Gewissheit, die er gebraucht hatte. Er hatte den Richtigen!

Der Mann ließ sich wieder in den Stuhl fallen und überlegte kurz, was er zugeben und was er verschweigen sollte. Noch bevor der Mann begann zu erzählen winkte der Sekretär ab. „Eigentlich interessiert mich das nicht wirklich." begann er und machte eine längere Pause, um diese Worte erst mal richtig bei seinem Gegenüber zur Wirkung kommen lassen. Der ertappte Räuber schaute ihn gespannt an und schließlich machte er weiter „Ich will alles Wissen, selbst die kleinste Kleinigkeit. Ich verspreche ihnen, nichts davon gegen sie zu verwenden. Ich brauche es gegen die Gräfin!" Der Mann zögerte noch, ob er wirklich alles erzählen sollte, dann begann er über alles zu berichten. Den Tag, an dem er die Gräfin in der Schänke gesehen hatte, den Plan für den Überfall, den Tod der beiden Kutscher, den er seinen Kumpanen in die Schuhe schob, das merkte der Sekretär deutlich, aber es war ihm egal. Dann erzählte er weiter von der Entführung, dem Raub der Mitgift und der Forderung an den Grafen. Zum Schluss erzählte er von der Vergewaltigung der Gräfin auf der Lichtung. Der Sekretär nickte und erinnerte an die Strafzahlung, dann entließ er den Mann aus der Gefangenschaft.

Als sich die Tür hinter dem Räuber schloss, wäre der Sekretär am liebsten aufgesprungen und hätte vor Freude um den Tisch getanzt. Er hatte sie! Die Gräfin hatte gelogen und betrogen! Es wäre nicht so schlimm gewesen, wenn sie die Vergewaltigung zugegeben hätte, niemand hätte ihr da etwas vorwerfen können, schließlich hatte sie sich in der Hand von bewaffneten Räubern befunden, den eigenen Tod schon vor Augen, aber dann hätte sie wohl kaum noch in die Familie des alten Grafen einheiraten dürfen. Die Tradition verlangte eine jungfräuliche Braut. Stattdessen hatte sie weiter die Jungfrau gespielt und sogar das Bettlaken mit Blut beschmiert, er hatte es selbst am Tage nach der Hochzeit gesehen. Wenn das alles heraus kam, würde der alte Graf sie aus dem Haus werfen. Schwiegertochter hin oder her. Die Tradition war dem alten Herrn viel wichtiger.

„Habe ich dich!" murmelte der Sekretär und faltete das Blatt mit der Aussage der Gräfin fein säuberlich zusammen. Nun konnte er sie nach Belieben erpressen. Ihr blieb gar keine Wahl, als alles zu machen, was er sagte. Damit war dem Aufstieg des Bruders kein Halt mehr gesetzt und seinem eigenen auch nicht. Im Gedanken rieb er sich die Hände. Er sah zum Fenster und überlegte weiter. Dieser Mann, der gerade den Raum verlassen hatte, wollte in der Stadt aufsteigen, das hatte er an der feinen Kleidung gesehen. Mit dieser Geschichte hatte er auch ihn in der Hand. Er hatte ihm zwar gesagt, dass er es nicht gegen ihn verwenden wolle, aber ein paar gezielt gestreute Gerüchte konnten den Mann schneller zurück in sein Dorf zu seinen Kühen bringen, als jedes offizielle Urteil. „Zwei mit einem Schlag erwischt." dachte er und stand auf.

Was machte er nun damit? Die Gräfin war ein schönes Geschöpf und der Mann ein zu allem entschlossener Räuber und Mörder. Da ließ sich doch sicher was damit anfangen. Vielleicht konnte er die Fähigkeiten des Mannes nutzen, um ohne den Bruder aufzusteigen. Er brauchte nur noch eine Idee dazu! Und die Gräfin? Da hatte er schon eine Idee. Still lächelte er in sich hinein, während er die Festung durch das Tor verließ. Das Blatt mit der Aussage der Gräfin verwahrte er sicher unter seiner Jacke in der Innentasche. Wenig später saß er wieder an dem Tisch mit der restlichen Post, doch viel zu viele Gedanken sausten durch seinen Kopf.

Eine Idee jagte die nächste.

Heute konnte er nicht mehr arbeiten, deshalb verließ er den Raum und schloss ab. Er versicherte sich noch einmal, dass er den Zettel und die Akte noch hatte und ging dann nach Hause. Er achtete nicht auf den Weg, denn viel zu viele Ideen kamen immer wieder in ihm hoch, und wenn er die Strecke bis zu seinem Haus nicht schon so oft gegangen wäre, hätte er sich sicher dabei verlaufen. Beinahe hätte er eine Kutsche übersehen, die kurz vor seiner Haustür direkt vor ihm zum Stehen kam.

Erschrocken wich er vor den scheuenden Pferden zurück. Das war knapp gewesen. Oder eine passende Idee?

35. Kapitel

Falsche Pläne

Warum hatte er alles erzählt? Wenn er es nicht zugegeben hätte, so hätte es ihm auch sicher niemand nachweisen können. Doch irgendetwas hatte ihn dazu veranlasst, alles zu erzählen. Auf dem Heimweg dachte er daran, was das wohl für ihn bedeuten würde. Noch seltsamer erschien es ihm, dass dieser Mann offensichtlich alles zu vertuschen versuchte. Für jemanden, der als Sekretär eines Richters eigentlich der Wahrheit verpflichtet war, ein ziemlich ungewöhnliches Verhalten. Er hatte gesagt, dass er es gegen die Gräfin brauchen würde. Da hatte er also ein persönliches Problem mit der Frau und wollte deshalb diese Informationen. Was Hans gar nicht gefiel, war, dass der andere Mann ihn nun praktisch in der Hand hatte. Allerdings beruhte das auf Gegenseitigkeit. Auch er hatte den Sekretär in der Hand. Für das Vertuschen der Straftat konnte er ihn genauso vor Gericht bringen, wie der Sekretär ihn.

Als er endlich zu Hause angekommen war, war seine Angst vollkommen verflogen. Er war wieder der selbstbewusste Mann, der zum höheren Bürgertum aufsteigen wollte. Vielleicht schaffte er es irgendwann auch mal in den Rat der Stadt und in das Rathaus hinein zu kommen, aber das waren alles Gedanken, die noch eine Weile in der Zukunft lagen. Er musste ab sofort nur etwas vorsichtiger sein und die Überfälle und Raubzüge beenden. Dies alles schadete nur seinem Ruf, wie er ja nun selbst leidlich festgestellt hatte. Noch einmal wollte er nicht in den Kerker hinein kommen, denn beim nächsten Mal hatte er sicher nicht mehr so viel Glück. Als er die Tür schloss sah ihn seine Frau verwundert an, sie hatte zwar bemerkt, dass er am Abend zuvor nicht dagewesen war, aber sich nicht viel dabei gedacht. Doch nun sah sie deutlich die Spuren der Nacht im Kerker an seiner Kleidung.

Hans winkte ab, ohne dass sie etwas fragen konnte und daher widmete sie sich sofort wieder der Zubereitung des Essens. Nur Karola hatte erkannt, wo er gewesen war. Vermutlich hatte sie da auch schon mal eine Nacht verbracht. Sie nickte ihm verstehend zu und setzte sich an den Tisch. Hans ging nach hinten, wusch sich und zog sich um, dann war das Essen fertig und er setzte sich an den Tisch. Wortlos begann die Mahlzeit mit einem stummen Gebet und genauso wortlos wurde die Suppe gegessen. Erst beim Hauptgang fragte er nach dem Stand der Dinge im Laden, so als wäre er nur ein paar Minuten nicht dort gewesen. Nachdem die Frau ihren Bericht abgegeben hatte, erhob er sich und ging zu seinem Bett. Nach der letzten Nacht war er nun todmüde und schlief fast sofort ein, als er im Bett lag. Nicht einmal die Sachen hatte er ausgezogen.

Als er am nächsten Morgen erwachte, war er alleine in dem Haus. Seine Frau und Karola waren sicher schon lange unterwegs zum Laden und würden dort auch bis zum Abend bleiben. Wie jeden Tag setzte er sich an den Tisch und verzehrte die von seiner Frau dort abgestellte Mahlzeit, dann ließ er alles stehen und stand auf. Als er sich umdrehte klopfte es hinter ihm an der Haustür. Er ging hin und öffnete. Der Sekretär des Richters stand vor der Tür und sah ihn an. Hans bat ihn herein und sie setzten sich. Nun waren sie nicht mehr Gefangener und Richter, sondern zwei Männer auf fast derselben Ebene. Auch der Sekretär war ein Bürgerlicher, dass hatte er sofort bemerkt und nun schauten sie sich gegenseitig an. Jeder wusste über den anderen etwas, was niemand außerhalb dieses Raumes erfahren durfte und das machte sie irgendwie zu Verschworenen. Schließlich fragte er den Sekretär „Was wollen sie?" und der erwiderte „Ich habe eine Idee für einen Plan, der uns beiden nutzen kann." Nun hörte Hans viel aufmerksamer zu.

„Als mich gestern eine Kutsche fast umgefahren hätte, habe ich eine Idee bekommen." erzählte der Sekretär und beugte sich vor, so dass er nun etwas leiser sprechen konnte. Auch Hans beugte sich vor, um besser zu hören. Da war etwas zwischen ihnen, das nach Flüstern und Verschwiegenheit verlangte. „Dann lassen sie mal hören." sagte Hans und der andere begann einen Plan zu entwickeln, der ihnen wirklich beiden nutzen konnte. „Wenn ich Richter wäre, so könnte ich ihnen bei ihrem Aufstieg in das höhere Bürgertum sicher helfen. Als Richter habe ich da einen gewissen Einfluss, wie ich bei meinem Richter schon öfters gesehen habe. Dort könnte ich sie beim Rat der Stadt unterbringen und ich bin sicher, dass ihnen das bestimmt gefallen würde." Hans nickte „Und wo ist der Haken?" fragte er den Sekretär „Das geht nur wenn ich Richter bin!" erklärte dieser. „Aha!" ließ Hans vernehmen und lehnte sich zurück. Seine Gedanken drehten sich gerade im Kreis. Natürlich wollte er gern in den Rat. Das hatte er selbst am Tage zuvor sich überlegt, vermutlich zum selben Zeitpunkt, zu dem der Sekretär seinen Plan entwickelt hatte, doch was sollte er dafür tun?

„Was verlangen sie von mir?" fragte Hans und wusste doch schon die Antwort, denn das konnte er in den Augen des anderen Mannes lesen. „Es gibt nur ein Problem. Ich bin noch nicht Richter!" sagte der Sekretär und Hans nickte „Sie könnten es aber werden?" fragte er und der Sekretär lächelte ihn an, sie hatten sich beide schon verstanden. Sein Nicken war nur noch eine Formsache. Wieder beugten sie sich beide nach vorn und nun redeten sie noch leiser. „Wenn es da einen kleinen Zusammenstoß geben würde, zwischen einem Mann und einer Kutsche, dann würde das sicher tragisch ausgehen. Nicht so sehr für die Kutsche, aber ..." der

Sekretär ließ das Ende offen, aber Hans hatte ihn schon verstanden. „Es könnte ja rutschig sein am Straßenrand ..." erklärte nun Hans und der Sekretär lächelte ihn an. Beide nickten sich zu. „Zum Beispiel, wenn ich in einer Verhandlung bin und der Richter sich beeilen müsste, um dazu zu kommen, dann könnte er schon etwas unvorsichtig sein." erklärte der Sekretär und Hans fragte nur „Wann?" „Am Montagvormittag wäre ein guter Zeitpunkt." erwiderte der Sekretär und Hans nickte. Beide verabschiedeten sich mit einem Handschlag.

War hier gerade ein Mord vereinbart worden?

36. Kapitel

Erpresst und Ausgenutzt

ofie saß im Sessel in der großen Halle des Schlosses und las ein Buch. Eine Magd trat zu ihr und erklärte, nach einem tiefen Knicks, dass ein Mann vom Gericht da war und sie sprechen wollte. Sofie klappte das Buch zu und sagte „Schicken sie ihn herein." dann legte sie das Buch zur Seite und sah der Magd hinterher, die den Raum verließ und kurze Zeit später mit dem Sekretär des Gerichtes wieder zurückkam, dem sie damals alles zu dem Überfall zu Protokoll gegeben hatte. Fragend schaute sie den Mann an, der vor ihrem Stuhl eine Verbeugung machte und sich dann, nach einem Handzeichen von ihr, in den anderen Sessel setzte. „Möchten sie eine Kaffee?" fragte Sofie und der Mann nickte. „Zwei Kaffee." sagte sie zu der Magd und diese entfernte sich schnell. Mit Keksen und zwei Tassen Kaffee auf einem Tablett erschien die Frau kurze Zeit später wieder und erst nachdem sie wieder verschwunden war begann das Gespräch.

Der Mann zog das Protokoll hervor und zeigte es Sofie „Das haben sie doch bei der letzten Befragung zu Papier gegeben und hier unten bestätigt." begann er und Sofie schaute sich das Blatt an sie erkannte die Unterschrift und nickte, dann gab sie das Blatt zurück „Haben sie da noch etwas hinzuzusetzen?" fragte der Mann, während er das Blatt sorgfältig zusammen faltete und einsteckte. Irgendetwas Drohendes lag in seiner Stimme, doch sie versuchte es zu überhören und sagte einfach „Nein. Es war so, wie es da steht." „So so." begann der Mann und nahm langsam ein Blatt Papier aus seiner anderen Tasche. „Ich habe da eine Aussage eines Mannes, die dieser mir gegenüber gemacht hatte, kurz bevor er bei einem Fluchtversuch aus dem Kerker in den Tod gestürzt ist." Der Mann faltete das Blatt auseinander und schaute kurz darauf, dann steckte er es weg, ohne dass Sofie sehen konnte, was darauf stand. „Die Aussage deckt sich in weiten Teilen mit der ihrigen …" er legte eine kleine Pause ein und setzte dann fort „Bis auf eine kleine Kleinigkeit am Ende." und Sofie wusste sofort, was er meinte. Das Blut schoss ihr in den Kopf und die Wangen fingen an zu glühen.

„Wie ich sehe, erinnern sie sich ja doch noch daran!" begann der Mann und beschrieb die Situation auf der Lichtung bis in das kleinste Detail, so als ob er dabei gewesen war. Es begann in So- fies Kopf zu drehen und wenn sie nicht gesessen hätte, so hätte es ihr nun sicher den Boden unter ihren Füßen weggezogen. Sie konnte nichts sagen, darum setzte der Mann fort „Das Wichtigste daran aber ist, dass sie ihren Mann belogen und den alten Grafen betrogen haben!" fasste der Sekretär kurz zusammen. Sie schaute ihn fragend an und er erklärte weiter „Ich habe das Zeichen an ihrem Fenster nach der Hochzeitsnacht gesehen. Sie konnten da schon keine Jungfrau mehr gewesen sein. Also haben sie alle zum Narren gehalten und betrogen." Der Mann stand auf und sagte von oben herab „Auf Betrug steht Kerkerhaft und der alte Graf wirft sie sicher sofort aus dem Hause, wenn er jetzt gleich von mir dar- über informiert wird. Das ist meine Pflicht ihrem Familienvorge- setzten gegenüber." Der Mann wendete sich zur Tür und nun hatte sich Sofie wieder gefangen.

„Warten sie bitte." begann die Frau fast weinerlich „Müssen sie ihm das wirklich erzählen?" fragte sie mit tränenreicher Stim- me, der Mann drehte sich wieder um und kam zum Tisch zurück. Er setzte sich wieder in den Sessel und beugte sich vor „Wollten sie mich wirklich gerade dazu überreden, dass ich ihren Vormund belügen und betrügen soll? Das wird ja immer schlimmer mit ihnen." Doch irgendwie war das Bedrohliche in der Stimme weg. Sofie schluckte, der Mann hatte sie in der Hand! Fast von selbst

aber es sollte so schnell wie möglich sein. Vielleicht schon am übernächsten Abend, da würde er bestimmt etwas zum Feiern haben. Er stand auf und legte sich auf das Bett. Das Laken hatte noch den Duft der Gräfin und mit diesem Wohlduft in der Nase schlief er ein.

Am Montagmorgen war er besonders früh im Gerichtssaal. Die ersten Fälle würde er selbst entscheiden können, erst später würde der Richter dazu kommen. Nach ein paar Entscheidungen warteten alle und schauten auf die Tür. Aber der Richter kam nicht. Ein Bote brachte die Nachricht, dass der Richter bei einem Unfall ums Leben gekommen war. Die Bestürzung im Saal war groß und Matthias sagte alle Verhandlungen ab. Während alle Menschen den Raum verließen, drehte sich der Sekretär zum Stuhl des Richters um. Ein Lächeln spielte um seinen Mund, dass aber verschwand, bevor er sich wieder umdrehte. Niemand sollte es sehen. Aber in seinem Inneren hätte er vor Freude hüpfen können. Er schickte einen Boten mit einer Nachricht zur Gräfin und ging in seine Wohnung. Dort wartete er auf den Abend.

Das Klopfen an der Tür riss ihn aus seinen Gedanken. Er stand auf und ging zur Tür. Wieder trat die Gräfin in seinen Raum, doch dieses Mal begrüßte er sie mit einem Kuss. Er bemerkte, dass ihr dies offensichtlich gefiel, auch wenn sie überrascht zurück zuckte. Er setzte nach und nahm ihr Gesicht in beide Hände, so konnte sie ihm nicht entgehen und schließlich erwiderte sie den Kuss. Wie nicht anders zu erwarten landeten sie beide wieder im Bett, aber wie er es erhofft hatte, war sie heute schon viel weniger abweisend. „Wie lange kannst du bleiben?" fragte er und sie antwortete „Bis zum Morgen." wieder küsste er sie und sie drückte sich seinen Zärtlichkeiten entgegen.

Als die Sonne aufging und die ersten Strahlen durch das Fenster fielen, stand die Gräfin auf und suchte ihre Sachen, die sie schnell wieder anzog. Sie kam zurück zum Bett und gab ihm einen Kuss. Dann sagte sie „Bis heute Abend." und verschwand. Er hörte die Tür zuschlagen und stützte sich im Bett auf.

Das war schneller gegangen, als er erwartet hatte. Dann stand er auf und machte sich für das Gericht fertig. Wer würde wohl heute den Richter vertreten? Er musste sich beeilen, denn er wollte ja keinen schlechten Eindruck machen auf den, der sein Leben und seinen Aufstieg nun in der Hand haben würde.

38. Kapitel

Seelengefährten

Sofie dachte nach „War es richtig, was sie hier tat?" Sie stand auf der Treppe und drehte sich noch einmal zu der Tür um, die sie gerade hinter sich zugezogen hatte. Die ganze Nacht war sie bei dem Mann geblieben. Es war ein komisches Gefühl. Am Sonnabend war sie noch gezwungen zu ihm gekommen. Sie hatte sich gedemütigt und benutzt gefühlt, heute war sie auf seine Nachricht hin zu ihm gefahren und nun konnte sie es kaum erwarten, dass es wieder Abend wurde und sie zu ihm kommen konnte. Vorgestern noch von ihm gedemütigt, fühlte sie sich heute von dem Manne geliebt. Es war seltsam, der Mann hatte nichts dergleichen gesagt, aber mit seinen Küssen hatte er es ihr gezeigt. Er hatte ihr Herz berührt, all das, was sie sich von ihrem Mann gewünscht hatte, hatte dieser Mann hier ihr gerade gegeben. Zärtlichkeit, Nähe und Liebe!

Da sich Harald immer mehr von ihr zurückzog, kam es ihr ganz gelegen, dass dieser Mann da oben sie wollte. Sie drehte sich um und stieg die Treppe hinunter. Unten wartete die Kutsche und Sofie stieg ein. Der Hufschlag der beiden Simmel drang durch die noch schlafende Stadt, aber niemand nahm daran Anstoß, es war die Zeit, in der die letzten Gäste der Bälle nach Hause fuhren. Sofie zog die Vorhänge an der Kutsche zu und dachte an die vergangene Nacht. Wenig später war sie wieder in ihrem Schloss zurück. Unmittelbar hinter ihr traf Anna vom Ball ein. Beide stiegen schweigend nebeneinander die Treppe hinauf. Oben trennten sich ihre Wege und später schliefen sie in den beiden Zimmern praktisch Kopf an Kopf, nur durch die Wand getrennt. Harald war schon weg, als sie in das Bett gegangen war und würde sicher erst nach Hause kommen, wenn sie am Abend das Haus schon verlassen haben würde. Nun sahen sie sich überhaupt nicht mehr. War das ihre Ehe? Hatte sie sich das so vorgestellt? Mit Tränen in den Augen schlief sie ein, mit dem Gedanken an den anderen Mann zog ein Lächeln über ihr Gesicht und trocknete die Tränen wieder. Sie hatte einen Seelengefährten gefunden.

Spät am Tage stand sie auf, gerade noch rechtzeitig für das Treffen mit den Freundinnen zum Kaffee. Aber nun konnte sie es kaum erwarten, bis die Frauen wieder gingen. Da sie ja sowieso schon schwanger war, musste sie sich keine Gedanken mehr machen. Sie konnte alle die Dinge tun, an die sie als junges Mädchen gedacht hatte. Sie konnte ihrer Lust freien Lauf lassen. Sie schaute zu dem Bücherregal, wo auch ein paar Liebesgeschichten standen. Vermutlich hatten sie der Frau des Grafen gehört. Einige hatten auch ein paar frivole Geschichten, die sie bisher mit roten Ohren verstohlen gelesen hatte. Nun konnte sie dies selbst ausprobieren, wenn Matthias es zuließ. Aber der Mann war ziemlich offen und nicht so verklemmt wie Harald es offenbar war.

Endlich hatte sie alle Freundinnen verabschiedet und eilte nach oben. Sie zog sich schnell, aber sorgfältig gewählt an. Die Sänfte war auch schnell gerufen und dann war sie unterwegs. Sie fieberte dem nächsten Treffen entgegen. Schnell stieg sie die Treppe hinauf und klopfte. Dann wartete sie. Unendlich dehnte sich die Zeit vor der Tür, bis er endlich öffnete. Sofie fiel ihm in die Arme und schloss die Tür mit einem Fuß. Sie brauchte seine Zärtlichkeiten wie die Luft zum Leben. Im Moment war ihr egal, was wohl die anderen sagen würden. Darüber würde sie sich Gedanken machen, wenn es soweit war. Schließlich schliefen sie nebeneinander ein. Als sie erwachte, war es schon heller Tag. Sie lag auf der Seite und er hinter ihr. Sein Arm lag über ihrer Hüfte und die Hand auf ihrem Bauch. Genau dort, wo das Kind eines anderen in ihr heran wuchs. Sofie versuchte aufzustehen ohne ihn zu wecken, doch das gelang ihr nicht. Als sie seinen Arm zur Seite schieben wollte, hielt er sie im Bett fest.

Mathias spielte mit ihren Haaren und streichelte sie. Es war eine unglaubliche Vertrautheit in jeder seiner Berührungen und sie fühlte sich bei ihm geborgen. Da war nicht mehr dieses Gefühl, ausgenutzt und benutzt zu werden, dass sie noch vor ein paar Tagen gehabt hatte. Auf der Seite liegend vereinigten sie sich. Zärtlich und liebevoll schob er sich in sie. Das war nicht die rein mechanische Liebe, die Harald ihr gegenüber gezeigt hatte, sondern gelebte Zärtlichkeit, die sie dem Manne nicht zugetraut hatte.

Später saß sie wieder in der Kutsche und dachte daran, dass sie mit Matthias auch über alles reden konnte. Er war aufmerksam und hörte ihr zu. Bald würde sie wieder im Schloss sein, wo ihr Mann kaum ein Wort an sie richtete und auch scheinbar gar kein Interesse an ihr hatte. Würde sie morgen tot im Bett neben ihm liegen, würde er es vermutlich nicht einmal merken. Die erste Träne rollte über ihre Wange. Sie war so unglücklich in dieser Ehe. Das konnte so nicht weiter gehen, aber was sollte sie tun, dass sich etwas änderte? Was konnte sie tun? Nichts! Sie war gefangen und genoss die nächtlichen Freigänge bei Matthias. Diese Liebe fehlte ihr und sie erhielt sie nicht von ihrem Manne, sondern von einem eigentlich fremden, der ihrem Herz aber viel näher stand.

Sofie wischte sich die Tränen weg, legte eine Schicht Puder als Schutzschild auf, damit niemand an sie heran kam, und stieg aus der Kutsche aus. Es war fast Mittag, als sie das Schloss wieder betreten hatte. Anna kam auf der anderen Seite gerade herunter, offensichtlich war sie gerade eben erst aufgestanden. Zusammen setzten sie sich schweigend an den Tisch und sahen sich an. Sofie dachte daran, dass Anna den Brief vom Kurfürst erhalten hatte. Sie hatte ihn auch gelesen, bevor die Schwester ihn an den Vater abgeschickt hatte. Was sie dafür machen musste, konnte sich Sofie vorstellen. Auch sie hatte die Gerüchte gehört. Aber machte sie den etwas anderes?

Lange sagte keine etwas, irgendetwas stand zwischen den Schwestern, die sich früher immer alles erzählt hatten. Doch wie sollte man so etwas jemanden anderen erzählen? Anna schien es genauso zu gehen. Schließlich begann Anna vom Ball am Abend zu erzählen und endete mit der Frage „Wann machen wir hier mal wieder einen Ball?"

39. Kapitel

Gehen oder Bleiben

Hedwig dachte oft an ihr Dorf zurück, doch niemals wäre sie dahin zurückgekehrt. Schon alleine nicht, weil sie mit ihrem dicken Bauch und ohne Mann sofort wieder hinaus gejagt worden wäre. Mittlerweile war sie im sechsten Monat und der Bauch wölbte sich schon ganz schön nach vorn. Wenn sie daran dachte, dass es noch drei weitere Monate so gehen sollte wurde ihr oft Angst und Bange, doch es half eben nichts. Sie hatte sich nun auch damit abgefunden, dass der alte Graf sie so schnell des Hauses verwiesen hatte. Am Anfang hatte sie da oft noch geweint, wenn sie daran gedacht hatte, doch nun fand sie ihr neues Leben auch nicht so schlecht.

Aber hatte sie wirklich erwartet, dass er sie in seinem Haus lassen würde? Als Zielscheibe für den Spott der anderen Diener und für die Gesellschaft des Grafen? Sie hätte weder bei den einen noch den anderen Gnade erwarten können. Da war das hier schon etwas anderes. Sie kam mit der Schneiderin, mit der sie sich das kleine Zimmer hinter dem Laden teilte, gut aus und auch Gräfin Anna brachte ihr von Zeit zu Zeit ein paar Münzen vorbei. Allerdings gab es da auch einen Punkt, der sie schier verzweifeln ließ. Der Herr des Hauses war offensichtlich sehr brutal und nur auf seinen eigenen Gewinn bedacht. Schon oft hatte er ihr unter Androhung von Schlägen die Münzen der Gräfin wieder abgenommen. Als „Miete" wie er es nannte und als Dank dafür, dass er sie beherbergte. Aber dafür arbeitete sie ja eigentlich.

Das Geld zu verstecken hatte auch keinen Sinn. Die Unterkunft war ziemlich überschaubar. Da gab es nichts, wo man auch nur eine einzige Münze hätte unterbringen können. Sie hatte nur ein

Bett, eine kleine Kiste und ein kleines Schränkchen, das gleichzeitig als Nachttisch diente. Genauso sah auch die andere Seite des Zimmers aus, auf der Rita, die andere Schneiderin, wohnte und lebte. Ein kleiner Raum von fünf mal fünf Schritten Größe. Gerade groß genug für zwei Menschen, die bald zu dritt sein werden. Manchmal hatte sie daran gedacht, aus diesem Raum zu fliehen, um dem Herrn zu entgehen, aber wohin? Rita hatte ihr einmal erklärt, dass alle Herren so mit den Frauen umgingen, da war wohl kein Stand ausgenommen. Im Allgemeinen schienen Frauen nicht viel Wert zu sein, darum war sie geblieben, denn es konnte sie ja überall so treffen. Es gefiel ihr ja sonst auch sehr gut. Die Arbeit mit dem Stoff und den daraus entstandenen Kleidern machte ihr wirklich Spaß und sie war sehr geschickt geworden. Die Kleider waren nicht mehr die, welche sie früher in ihrem Dorf für die Nachbarinnen genäht hatte. Das war damals viel gröberer Stoff und ein ganz anderer Schnitt gewesen. Das hier richtete sich nach der neuesten Pariser Mode. Farbenfroh und Pompös, wie es am Hof des französischen Sonnenkönigs Ludwig des XIV. nicht anders gewesen wäre.

Einzig, dass sie dieses Haus nicht mehr verließ, machte ihr zu schaffen. Früher hatte sie fast den ganzen Tag unter dem blauen Himmel an der frischen Luft gearbeitet. Doch nun saß sie die ganze Zeit in diesem Raum, oder in dem Raum daneben, wo sie an einem großen Tisch die kostbaren Stoffe zusammen nähte. Manchmal lächelte sie innerlich, wenn sie die furchtsamen Augen der Herrin sah, jeder Fehler dabei konnte kostspielige Folgen haben und der Herr würde einen solchen Mehraufwand sicher nicht tolerieren. Trotzdem belustigte sie das fehlende Vertrauen der Herrin manchmal. Doch die Augen des Herrn machten ihr trotzdem Angst.

Oft hatte sie das Gefühl, dass sich darin das pure Böse zeigte. Wie ein Teufel ohne Hörner, in einer vornehmen Kleidung. Von Rita hatte sie einmal erfahren, dass der Herr sie missbraucht hatte, darüber hatte sie zu allen geschwiegen und es ihr auch nur unter dem Siegel der Verschwiegenheit anvertraut. Seit dem hatte Hedwig noch mehr Respekt vor dem Manne und versuchte niemals mit ihm alleine in einem Raum zu sein. Auch wenn der dicke Bauch sie vielleicht vor seinen Nachstellungen schützte. Vielleicht! Aber eben nicht gewiss.

Sie mochte es auch, wenn Gräfin Anna zu ihr kam. Nicht nur, weil sie da oft ein paar Münzen zusätzlich erhielt, sondern weil sie da auch Dinge aus dem Hause des Grafen erfuhr. Zwar war der Standesunterschied zwischen ihr als einfacher Frau und der Gräfin immer zwischen ihnen, aber sie konnte sich trotzdem mit ihr gut unterhalten. Schließlich war sie ja mal die Kammerzofe der Gräfin gewesen und kannte auch deren Gepflogenheiten und Vorlieben. Daher konnten sie sich auch gut austauschen, während Hedwig die Maße der Frau abnahm und auf den Stoff übertrug. Doch immer abends zog sich die dunkle Bedrohung über ihr zusammen. Immer dann, wenn der Herr die Einnahmen des Tages kassieren wollte und dabei auch die Münzen der Gräfin von Hedwig beschlagnahmte. Zu wehren wagte sie sich dabei nicht, zu riskant kam ihr das vor.

Eines Abends war sie dann Zeugin, wie der Herr, im betrunkenen Zustand, Rita schlug, weil diese ihre Münzen nicht schnell genug an ihn übergab. Hedwig presste sich vor Angst in den hintersten Winkel des Raumes, was aber natürlich kein Schutz vor dem gewalttätigen Manne war. Sie konnte sich nur schnell hinknien und die Münzen ihm mit beiden Händen hinstrecken. Zum Glück für sie erhielt sie dann nur eine Ohrfeige und kümmerte sich danach, nachdem er gegangen war, um ihre verletzte Freundin.

Später hörte sie, wie Rita sich in den Schlaf weinte und sie überlegte wieder, ob sie bleiben oder gehen sollte. Doch wieder wusste sie nicht, wohin sie sich wenden sollte. Vielleicht konnte sie mit Gräfin Anna sprechen. Sie verdankte ihr ja diese Arbeit und vielleicht hatte die Gräfin auch Verbindungen zu anderen Geschäften, wo sie unterkommen konnte. Aber darüber durfte sie mit niemanden reden, der Herr würde sie sicher nicht einfach so ziehen lassen.

Sie würde warten müssen, bis sie einmal mit der Gräfin alleine in einem Raum war. Meist war ja die Herrin anwesend und die würde es vielleicht dem Herrn sagen. Hedwigs Leben, oder das Leben ihres ungeborenen Kindes, wäre dann sicher verwirkt. Der Herr würde sie sicher nicht schonen. Mit Tränen in den Augen schlief sie endlich ein und träumte von einer Wiese voller bunter Blumen. Etwas, was sie schon ewig nicht mehr gesehen hatte.

40. Kapitel

Falsche oder richtige Liebe

Seit Sofie die Nächte unterwegs war, blieb Anna immer öfters zu Hause. Sie hatte nun sozusagen freie Bahn bei Harald, hielt sich aber vorerst zurück. Es war falsch, was sie da dachte. Mittlerweile war sie auch wieder öfters beim Kurfürsten. Sie kam irgendwie nicht von beiden Männern frei. Bisher blieb es aber nur bei Treffen im „angezogenen" Zustand. Sie führte Gespräche mit dem Fürsten und redete auch nur mit Harald. Alles noch ganz normal, aber der Grat zur anderen Seite war schmal und Anna balancierte dort oben entlang. Immer in Gefahr den Boden unter den Füßen zu verlieren, oder ihr Herz, oder ihren Kopf.

Eines Abends nahm ihr dann jemand anderes die Entscheidung ab. Harald stand in ihrem Zimmer, während sie sich gerade das Kleid für den abendlichen Ball aus dem Schrank holte. Sie hatte die Tür gar nicht gehört. In Unterwäsche hatte sie mit dem Kopf im Schrank gesteckt, als sie dann die Tür des Schrankes schloss stand der Mann neben ihr im Zimmer. Zuerst war sie erschrocken, dann flog sie in seine Arme, ohne etwas zu denken. Viel zu lange hatte sie sich danach gesehnt und nun war er hier! „Und Sofie?" fragte sie „Die ist auf einen Ball." sagte er nur und nahm sie auf seine Arme.

Mitten in der Nacht wachte Anna wieder auf. Harald lag noch neben ihr und schnarchte leise. Sie betrachtete sein Gesicht, das der Mond beleuchtete. Dann schaute sie wieder zum Schrank hinüber, wo die kleine Dose mit dem Pulver stand. Ab jetzt würde sie es wieder brauchen, aber sie hörte schon wieder die Dämonen lachen. Vielleicht gab es ja dazu eine Alternative. Sie drehte sich auf den Rücken und starrte zur Decke. Am nächsten Tag würde sie zu dem kleinen Laden gehen, um sich dort Rat zu holen, sie drehte sich zu Harald zurück und weckte ihn mit einem Kuss, damit er wieder in sein Zimmer ging, wo Sofie ihn erwarten würde. Nachdem er das Zimmer verlassen hatte, schlief sie glücklich wieder ein.

Nach dem Aufstehen machte sie sich auf den Weg. In der Sänfte ließ sie sich in die Straße tragen, wo sie den kleinen Laden wusste. Sie öffnete die Tür und ein starker Duft nach Kräutern schlug ihr entgegen. Es waren noch die Kräuter aus dem letzten Jahr, in diesem wuchsen ja noch keine. Auf einem klapprigen Hocker saß eine alte Frau, gebeugt über einen Tisch. Sie zerrieb mit einem Stößel irgendetwas in einem großen steinernen Mörser. Die Frau blickte auf und lächelte Anna an. Dann zeigte sie auf einen zweiten Hocker und setzte ihr Arbeit fort.

Anna saß ein paar Minuten, bis die alte Frau das Ergebnis ihrer mühseligen Arbeit in ein Säckchen füllte und neben sich legte. „Was kann ich für dich tun, Kindchen?" fragte die Frau, die sicherlich die siebzig schon lange überschritten hatte. Anna druckste etwas herum, aber die Frau hatte verstanden. Sie legte die Hand auf Annas Arm und sagte „Ich bin Gertrut. Und du?" „Anna." die Alte nickte, griff in das Regal und holte eine der Dosen heraus, die Anna schon kannte. „Gibt es da noch etwas anderes?" fragte Anna und schilderte ihren „Unfall" mit dem Pulver. Die Alte wiegte den Kopf hin und her, dabei überlegte sie.

„Da gibt es so einige Pflanzen." begann sie „Ich kenne da Rosmarin, Wacholder, Basilikum, Thymian, Lorbeer, Wermut und Salbei. Die sollen verhindern, dass das Ei befruchtet wird. Es gibt aber auch Methoden, dass der Samen nicht das Ei erreicht." Anna nickte. Eine davon hatte ja der Kurfürst benutzt, es konnten aber auch, wie Gertrut erzählte, bestimmte Kräuter eingeführt werden, die den Weg verstopften. Zum Schluss nahm die Alte aber wieder die Dose. „Das Sicherste ist aber geriebener Petersiliensamen. Wenn man nicht zu viel davon nimmt. Du kennst den Spruch?" Wieder nickte Anna und sagte „Petersilie bringt den Mann auf das Pferd und die Frau unter die Erd." diesmal nickte Gertrud. „Ja. Es ist ein Potenzmittel für Männer und ein Abtreibemittel für Frauen. Viele, die eine zu hohe Dosierung wählten, um ein ungewolltes Kind zu verlieren, verloren dadurch ihr Leben." dann erklärte Gertrut ihr die genaue Dosis und gab ein kleines Löffelchen mit, das genau so viel wie nötig aufnehmen konnte.

Anna dankte für das Gespräch, zahlte ein paar Münzen und ging. In der Sänfte holte sie die kleine rote Dose hervor und betrachtete den winzigen Löffel, den ihr die alte Frau gegeben hatte. Sie hatte vermutlich schon oft zu viel davon genommen, aber nun war sie vorsichtiger. Die Frau dachte an das Gespräch mit Gertrut. Die alte Frau wusste so viel über diese Kräuter, aber die wenigsten Frauen kannten diese Wirkungen. Vermutlich hatte die Kirche in den letzten fünfhundert Jahren da erfolgreich versucht, diese Kenntnisse zu unterdrücken. Sie fuhr mit dem Finger durch das fein gemahlene Puder, das sicher auch aus dem Mörser von Gertrut kam. Jeden Tag würde sie nun nach dem Aufstehen einen Löffel von dem Pulver zu sich nehmen. Zu Hause angekommen nahm sie gleich die erste Dosis. Es stellte sich eine Euphorie ein, aber die Krämpfe blieben aus. Sie tanzte durch ihr Zimmer und schrieb anschließend aus lauter Übermut einen Brief an den Kurfürsten, den der Bote wenig später mitnahm.

Die Antwort kam auch sofort. Der Kurfürst lud sie für den nächsten Tag in sein Schloss ein. Es kam, wie es kommen musste. Nach nur ein paar Tagen fand sie sich im Bett des Kurfürsten wieder. Aber es machte ihr nichts aus. Sie lebte wie in einem Rausch.

Am Tag der Kurfürst, abends Harald und manchmal ein Ball bei einer anderen Gräfin.

Es war ein Rausch, ein Rausch aus Petersilie. Aber sie wollte es so und es gefiel ihr, von zwei Männern umworben zu werden. Einer für das Herz und einer für den Körper. Nur wer war wer? Konnte das lange gut gehen? Manchmal schob sich ein Zweifel nach vorn, wo er aber dann sofort von Anna wieder weggewischt wurde.

Ihr Leben war heute, warum sich über morgen schon heute Gedanken machen? Nur manchmal hörte sie noch das dunkle Lachen der Dämonen, tief in ihrer Seele.

41. Kapitel

Belohnung der Dienste

Nun war es auch schon wieder Mitte Februar. Die ersten Blumen blühten zwischen dem geschmolzenen Schnee in den Parks der Schlösser. An einem dieser ersten warmen Tage ging Anna mit dem Kurfürsten durch den Park seines Schlosses. Wie immer, wenn sie in der Öffentlichkeit spazieren gingen, wahrten sie die nötige Distanz. Schließlich begann August sie zu fragen, ob sie denn nicht heiraten wolle. Alle seine Mätressen hatte er verheiratet, damit, wenn sie doch schwanger wurden, sie nicht von allen verlassen waren. Doch Anna winkte ab, sie hatte den Samen in der Dose, auch wenn sie ihm dies nicht sagte. Sie konnte nicht schwanger werden, und heiraten wollte sie auch noch nicht.

August nickte „Aber versorgt zu sein, das wäre für dich auch nicht schlecht. Oder?" setzte er hinzu und Anna überlegte. Im Moment lebte sie eigentlich auf Kosten ihrer Schwester. Sie lebte in Sofies Haus und nutzte deren Diener. Von ihrem Vater bekam sie nichts, und wenn Sofie ihr nichts mehr geben würde, was Anna natürlich nicht hoffte, blieb nur die Rückkehr zum elterlichen Haus nördlich von Leipzig. Sie dachte wieder an den Vater dort und sagte schließlich „Majestät, gebt meinem Vater ein paar Ländereien. Dann bin auch ich versorgt." „So sei es!" sagte der Kurfürst und winkte einen der Schreiber zu sich, die immer in Sichtweite hinter ihnen her liefen.

Schnell war das Schriftstück aufgesetzt und gesiegelt. Dann drückte er es Anna in die Hand und diktierte ein zweites, in dem er Anna eine fürstliche Apanage zugestand. Auch dieses Schriftstück wechselte den Besitzer und Anna machte einen tiefen Knicks. Sie steckte die Briefe in ihren Ausschnitt und verwahrte sie so. „Fürwahr ein trefflicher Platz für meine unbedeutenden Zeilen." sagte August, als der Schreiber sich wieder entfernt hatte. Zusammen gingen sie weiter und trafen auf andere Frauen, die auch durch den Park spazierten. Nun waren sie alle auf demselben Weg und lauschten den Jagderzählungen des Kurfürsten.

Sie kamen an einem kleinen Gebäude vorbei, an dem gerade ein Pferd des Kurfürsten beschlagen werden sollte. August nahm eines der Hufeisen und zeigte es den Frauen. Er ließ sie zu zweit daran ziehen, das Hufeisen blieb ganz, wie zu erwarten war. Dann nahm er es selbst in beide Hände, hielt es vor die Brust. Zog und spannte seine Muskeln an. Mit einer kleinen Anstrengung zerriss er das Eisen in zwei Hälften und reichte die beiden Hälften an die Frauen, dann setzte er seinen Weg fort, als sei nichts passiert. Doch die Bewunderung der Frauen machte ihn schon stolz. Am Abend war die Geschichte von dem Hufeisen das Gesprächsthema auf allen Bällen in Dresden.

Anna wusste ja schon, dass er kräftig war, aber solch eine Leistung hätte nicht einmal sie ihm zugetraut. Einen Tag in der Woche lud August sie in eines seiner Schlösser ein. Er hatte viele davon in Dresden. Da sie aber nicht wusste, wo er sie empfangen würde, wartete sie immer auf die Kutsche des Kurfürsten, die sie dann an ihr Ziel brachte. Diese Kutsche trug kein Wappen. Es war einfach nur eine schwarze Kutsche gezogen von vier schwarzen Pferden. Einer der Diener half ihr hinein und dann fuhren sie los. Die Vorhänge hatte Anna meist geschlossen. Niemand sollte wissen, wer in der Kutsche zum Kurfürsten fuhr.

Eines Tages nun lud sie der Kurfürst dazu ein, über das kommende Wochenende mit ihm und einer Gesellschaft auf sein Jagdschloss nach Moritzburg zu kommen. Sie nahm die Einladung gern an. Schon lange war sie nicht mehr geritten und nun wusste sie auch, wozu sie den ersten Teil der Apanage verwenden konnte. Sie kaufte sich ein teures Reitpferd und vom Rest des Geldes, das eigentlich einen Monat hatte reichen sollen, leistete sie sich ein Reitkleid.

Dieses ließ sie sich von Hedwig in dem kleinen Laden auf den Leib schneidern. Sie dachte wieder daran, wie sie in ihrem Dorf wie die Bauersfrauen auf dem Pferd geritten war. Breitbeinig, den Rock vorn hochgezogen. Hier in der Stadt war das alles ganz anders. Frau saß im Seitsitz und hatte dabei wunderschöne Reitkleider an. Das mit dem Seitsitz musste sie noch üben. Da hatte sie zwar auch schon ein bisschen Erfahrung darin, aber eigentlich hatte sie bisher immer nur auf einem Männersattel gesessen. Selbst als sie ihre Schwester gesucht hatten. Da war es ja der Sattel eines Soldaten gewesen. Sie hoffte, dass sie nicht vom Pferd fiel und sich dort vor allen lächerlich machte. Daher hieß es: Vorher üben! Bis das Kleid fertig sein würde, ritt sie, in einem der alten Kleider vom Dorf, in dem kleinen Park hinter dem Schloss. Immer um den Teich herum. So erhielt sie erst mal auch ein Gespür für ihr eigenes Pferd. Es war eine wunderschöne und grazile Schimmelstute.

Als dann Anna die neue Kleidung abholte staunte sie, was Hedwig da genäht hatte. Es war eher ein schlichtes Kleid, aber genau nach den Vorstellungen der feinen Gesellschaft. Es sah aus wie die Kleidung eines Mannes, mit einer kurzen und auf Taille gearbeiteten Jacke in schönen purpurnen Farbtönen, die Anna über dem geschnürten Mieder tragen konnte. Dazu ein Knöchellanger weißer Rock aus etwas derberem Material, da er ja sonst durch den Sattel Schaden nehmen würde. Es war nur an den Ärmeln etwas Spitze angebracht und eine kleine Haube gab es auch dazu. Eigentlich war Anna ja nicht so der Haubentyp, aber diese hier gefiel ihr

wirklich gut und zwei schwere Stulpenhandschuhe, die reich be-
stickt waren, gehörten noch dazu. Diese hatte Hedwig aber sicher
nicht gemacht, sondern bestimmt gekauft. Anna bezahlte den ge-
forderten Preis gern und gab der Schneiderin auch noch ein paar
Münzen extra für die schöne Arbeit. So ausgestattet konnte es also
losgehen.

Im Unterschied zu den anderen Damen, die in der Kutsche mit-
fuhren, ritt Anna zusammen mit den Männern voraus. Offensichtlich machten sich die Männer einen Spaß daraus, zu versuchen die
einzige Frau unter ihnen abzuhängen. Sie ritten im schärfsten Ga-
lopp, den die Pferde hergaben.

Doch zum Glück hatte Anna geübt!

Sie blieb an den Männern dran und erreichte zusammen mit
ihnen das Schloss. Der Seitsitz war zwar unbequemer als die Sät-
tel, die sie von früher gewohnt war, aber wenn man zu sitzen vermochte und die Balance wahrte, so ging es doch recht gut. Sie hatten fast eine Stunde Vorsprung vor den Kutschen mit den Damen
und so konnte Anna mit anhören, welche Pläne August zur Umgestaltung diese kleinen Schlosses hatte. Es würde sicher mal sehr
schön werden, wenn sie sich da in die Gedanken des Kurfürsten
hineinversetzte. Er schilderte alles so plastisch und anschaulich.
Sie konnte spüren, wie er für diese Umgestaltung brannte.

42. Kapitel

Am Ziel aller Wünsche?

Bisher waren die beiden Teile seines Planes perfekt aufgegangen. Die Gräfin war ihm mittlerweile hörig und auch die Ernennung zum Richter hatte Matthias an diesem Tage in seiner Schreibstube erhalten. War er nun am Ziel seiner Wünsche? Noch nicht ganz, er hatte noch etwas zu tun. Er musste Hans noch die versprochene Stelle im Rat versorgen, sonst würde dieser sein Wissen vielleicht gegen ihn verwenden. Und das würde dann seine Existenz zerstören. Hatte er sich das richtig überlegt, sich in die Hände dieses skrupellosen Mannes zu begeben? Eines vermeintlichen Mörders und Räubers? Solange er für Hans wichtig war, solange würde ihm nichts passieren. Was wäre aber, wenn Hans ihn eines Tages nicht mehr brauchte? War er dann genauso dran, wie sein Vorgänger auf dem Richterstuhl? Sie hatten sich zwar beide gengenseitig in der Hand, aber Hans war um Welten skrupelloser als er.

Manchmal dachte er, er habe seine Seele an den Teufel verkauft. Anstatt zu warten, bis der alte Richter sein Amt sowieso abgeben würde, in fünf oder sechs Jahren, hatte er mit Hilfe von Hans da etwas nachgeholfen. Nun hatte er zwar den gewünschten Posten, musste sich aber immer umdrehen, ob nicht gerade dieser Mörder irgendwo hinter ihm stand. Die Angst kroch in ihn hinein. War es möglich diese Angst auf legalem Weg wieder loszuwerden? Vermutlich nicht. Und auf Illegalem? Konnte er sich mit dem Manne messen? Wem würde man glauben, wenn er ihn fangen und verurteilen würde? Einem Räuber, oder einem Richter? Gab es einen Beweis für die Absprachen zwischen den Beiden? Zum Glück nicht! Hans hatte dafür gesorgt, dass sie niemand belauschen konnte. Also gab es auch keine Zeugen. Aber er wollte seinen Teil der Abmachung trotzdem einhalten. Nun musste er sich nur überlegen wie.

Ein Vorteil seines neuen Richteramtes war es, das er auch auf die Bälle des Adels gehen durfte und dort konnte man, wie ihm die Gräfin berichtet hatte, Beziehungen und Verbindungen knüpfen. Zuerst brauchte er aber angemessene Kleidung und die ließ er sich im Geschäft von Hans anfertigen. Die Schneiderin schien sehr geschickt zu sein und ihre Arbeit war jede Münze wert. Frisch herausgeputzt machte er sich an dem Abend auf den Weg zu einem dieser Bälle. Dort traf er auch auf Gräfin Sofie, aber sie versuchten sich an diesem Abend aus dem Wege zu gehen. Niemand sollte ihre Liaison bemerken, dass hatte die Gräfin sich von ihm erbeten und dem war er gern nachgekommen. Zuerst wurde er von den Männern nur ungläubig beäugt, er war eben ein bürgerlicher und das sahen die hohen Herren vermutlich auf hundert Schritte Entfernung, aber dann begann der Erste mit ihm zu reden und damit war für Matthias das Eis gebrochen. Es stimmte! Man konnte hier gute Verbindungen aufbauen. Es ging hier nicht um den Tanz, sondern darum, jemanden zu kennen.

Es dauerte eine Weile, bis er den richtigen Mann gefunden hatte und bei ihm ein gutes Wort für Hans einlegen konnte. Nun war alles, was er machen konnte, auch schon in die Wege geleitet. Der Rest musste sich von selbst entwickeln. Jetzt widmete er sich auch dem Tanz. Dabei vermied er es aber mit der Gräfin zu tanzen, weil die es ja so gewollt hatte. Doch das war ihr nun auch wieder nicht recht und so tanzten sie am Ende fast jeden Tanz miteinander. Da es an diesen Abend aber schon spät war, sorgte sich da niemand darum und den beiden Tänzern war es sowieso egal. Sie verließen den Ball getrennt, um in seiner Wohnung wenig später wieder aufeinander zu treffen und den Abend gemeinsam ausklingen zu lassen. Anfänglich hatte er sich das so schön gedacht, dass er mit der

Gräfin jemanden hatte, der ihm und seinem Bruder beim Aufstieg helfen konnte. Doch nun war er eher befangen, das Wissen, dass sie ihm sehr vertrauensselig gab, zu benutzen. Es kam ihm falsch vor, diese Frau auszunutzen. Doch irgendwie stand er ja auch noch bei seinem Bruder im Wort. Sorgsam wählte er aus, was von den Dingen, die ihm Sofie erzählte, er weitergeben konnte.

Offensichtlich hatte er sich in diese Frau verliebt. Und das, wo sie ja verheiratet war und schon bald das Kind eines anderen zur Welt bringen würde. Konnte diese Beziehung wirklich gut gehen? Mit jeder gemeinsam verbrachten Nacht wurde es für ihn schwerer, von der Gräfin zu lassen. Wie dachte und fühlte sie? Konnte er das überhaupt fragen? Oder würde er sie damit nur in einen Zwang für eine Entscheidung drängen? Eine Entscheidung, die nur gegen ihn fallen konnte. Das wollte er nicht! Alles war im Moment gut so, wie es war. Warum dann etwas ändern?

Am folgenden Tag suchte er Hans auf und besprach mit ihm die nächsten Schritte. Nun musste der Mann sich von allen Auffälligkeiten zurückziehen. Er musste Leben wie ein Lämmchen, bis er den Posten im Rat innehatte. Würde Hans sich dort ändern? Oder würde alles nur noch schlimmer? Gab er einem Mörder auch noch die Macht, über andere zu herrschen? Was konnte da passieren? Die anderen Männer im Rat würden sicher auf ihn aufpassen. Zumindest hoffte das Matthias. Und wenn es nicht so war? Konnte man ihn dann noch stoppen? Konnte er dies? Er hoffte, dass er es nicht brauchte! Konnte er vielleicht auch im Gegenzug von der Position von Hans im Rat profitieren? Im Moment wusste er zwar noch nicht wie, aber vielleicht war auch dies möglich.

Auf dem Rückweg machte er einen Besuch bei seinem Bruder. Zu zweit gingen sie durch einen kleinen Park und Matthias berichtete einiges, was ihm Sofie erzählt hatte. Was sein Bruder daraus machen würde, lag nun in dessen Hand. Es waren nur kleine Bruchstücke aus dem Leben des Grafen, nichts wirklich bemerkenswertes, aber vielleicht würde Sofie ja noch irgendetwas anderes davon erzählen.

Für einen Moment war Matthias zwischen der Liebe zu Sofie und der Liebe zu seinem Bruder hin und her gerissen, dann entschied er sich für die Familie. Er hatte aber ein komisches Gefühl dabei. Etwas, worüber er sich früher keinerlei Gedanken gemacht hätte. Hatte Gräfin Sofie etwas in ihm verändert? Die Liebe sicherlich!

43. Kapitel

Verrat!

Ein halbes Jahr war er nun schon verheiratet, nur eben mit der falschen Frau. Seiner Meinung nach war Anna die Richtige und nicht Sofie, mit der er nun sein Leben teilte. Seit seine Frau nun wieder auf diese vornehmen Bälle ging, trat Anna wieder in sein Leben. Oder er in ihres? Egal, er fühlte sich wohl bei ihr. Tief in seinem Inneren fühlte er, dass es falsch war, doch es tat ihm gut. Manchmal hätte er mit dem Kopf gegen die Wand schlagen können. Diese ganze Verbindung war so etwas von Falsch! Er wusste es, Anna wusste es auch und sicher wusste es sogar Sofie. Er konnte in ihren Augen sehen, dass da keine Liebe war. Er hatte ja den Vergleich zu Anna, und dort sah er diesen Funken, dieses Leuchten. Aber es blieben eben nur die Nächte, weil Anna ein Jahr jünger war als ihre Schwester. Traditionen! Wie er dieses Wort schon alleine hasste. Früher hatte er sich da gern hineingefügt. Der Vater hatte es ihm von klein auf beige-bracht.

„Mach das so! Tue das nicht! Tue jenes!" alles Befehle und Anweisungen, die dem Leben Halt gaben. Aber war das wirklich so? Oder waren das nur Dinge, die den Menschen vor Jahrhunderten Halt gegeben hatten? Der Vater lebte noch auf der alten Ritterburg mit allen den Dingen, die einen Ritter nach seiner Vorstellung ausmachten. Aber das hier war eine andere Zeit. Er hatte in einer Zeitung aus Berlin gelesen, dass in England Dampfmaschinen für den Bergbau betrieben wurden. Vor ein paar Jahren war ein Dampfboot auf der Fulda unterwegs gewesen. Es würde sicher nicht mehr lange dauern, bis auch eines davon hier in Dresden auf der Elbe fuhr und dieser alte Mann dachte noch an Ross, Reiter und Lanze! Besonders schlimm hatte er sich da in der Hochzeits-

nacht gefühlt und er konnte sich da gut in seine Frau hineinverset-
zen, die ja das Ganze vollkommen unvorbereitet getroffen hatte.
Traditionen?

Am Tage stürzte er sich da lieber in die Arbeit auf seinem
Amt. Da musste er nicht nachdenken! Da wusste er, was zu tun
war. Auch da war der Vater ganz anders. Aber auch er machte seine Arbeit. Vielleicht konnte er, Harald, die Position des Vaters
einmal übernehmen und danach frischen Wind in diese verstaubten
Räume bringen. Oder sollte er etwas ganz anderes machen? Auch
das war wieder etwas, was der Vater ganz nach seiner Tradition
entschieden hatte. Die vorherigen Generationen waren dort in diesem Haus gewesen und wenn es nach ihm gehen würde, dann wären seinen Ur-Ur-Urenkel noch dort in diesem Raum eingesperrt.
Vielleicht sollte er ausbrechen und mit Anna einfach verschwinden? Ein Schiff nehmen und weg? Nach Amerika vielleicht? Aber
wäre das nicht eine Flucht vor sich selbst? Er musste sich dem
stellen, was da auf ihn zukam.

Eines Tages kam der Vater zurück in das Schloss und berichtete, dass er von seinem Vorgesetzten frei gestellt worden war. Das
war so ziemlich das Schlimmste, was dem alten Mann passieren
konnte. Er war diese Arbeit! Irgendjemand hatte eine Bemerkung
über seinen Vorgesetzten an diesen weiter gegeben und daraufhin
hatte dieser den Vater zu sich bestellt und ihm die Tür verwiesen.
Natürlich würden sie nun nicht am Hungertuch nagen müssen. Die
Gelder, die sie aus ihrem Gut erhielten, waren mehr als genug,
doch nun hatte der Mann auf einmal, nach so vielen Jahren, keine
Betätigung mehr. Und was noch schlimmer war, irgendjemand
musste ihn ja verraten haben! Er hatte nur mit ihm darüber gesprochen und Harald hatte nichts verraten. War es einer der Diener
gewesen, der sie heimlich belauscht hatte und es dann gegen klin-
gende Münze weiter gegeben hatte? Harald konnte sich das eigent-

lich nicht vorstellen, aber wenn der Zweifel einmal gegriffen hatte, so war er nicht wieder mit guten Worten zu besiegen.

Dazu kam ja auch noch, dass der Vater jeden Tag zu Hause war und nun auch die Zeit hatte, jeden zu verdächtigen und alle Bediensteten in den Wahnsinn zu treiben. Als er dann sogar die Küchenhilfe, die vollkommen Taub war, verdächtigte, war es auch für Harald zu viel. Aber konnte er es dem alten Mann verdenken, dass dieser wissen wollte, wer ihn verraten hatte? Vielleicht hätte er in dieser Situation selber so reagiert. Schließlich erhielt ein anderer Mann die Position des Vaters und dieser wurde damit für immer in den Ruhestand versetzt. Damit hatte aber auch Harald nicht mehr die Möglichkeit, die Position des Vaters zu erhalten. Für diesen brach eine Welt zusammen, Harald hingegen freute sich fast, dass er nun die Möglichkeit bekommen konnte, vielleicht, etwas ganz anderes zu machen.

Er hatte sich immer sehr für den Bau von Häusern interessiert, das aber niemanden bisher erzählt. Wenn er durch die Straßen lief, so sah er nicht die Menschen, sondern die Häuser. Die Säulen, die prachtvollen Tore und Fenster. Aber er sah auch die Häuser, in denen die Ärmsten der Stadt hausten. Manchmal stieß ihn das ab. Auf der einen Straße diese Pracht, und nur ein paar Straßen weiter weg, das Elend der zerlumpten Kinder. Konnte es sein, das vielleicht dies sein Weg war? Dann hatte ihn der Verräter nur zu einer Möglichkeit verholfen, diesen Plan auszuführen. Zuerst musste er aber erst mal auf der bisherigen Stelle weiter arbeiten. Allerdings war er nun immer unter der Kontrolle des neuen Vorgesetzten. Nun musste er alles besonders akkurat machen, weil der Neue sicher nur darauf wartete, dass Harald einen Fehler machen würde.

Doch wer war es nun gewesen? Alle hatte der Vater schon befragt, alle außer Sofie und Anna, aber die waren über jeden Verdacht erhaben. Erstens hatten sie sicher nichts davon gehört und zweitens waren sie nur mit ihren Bällen und schönen Kleidern beschäftigt, als damit, irgendetwas zu verraten.

Aber vielleicht hatte eine der beiden sich bei einem Ball verplappert? Und jemand anders hatte es dort gehört und weiter getragen? Wenn man ein Gerücht streuen wollte, musste man es nur auf einem der Bälle erzählen. Mit dem Zusatz, dass man es niemanden weiter erzählen sollte. Konnte es also vielleicht doch eine der beiden Frauen gewesen sein?

44. Kapitel

Zweifel und Ängste

Alles schien perfekt zu sein. Sofie war nun im vierten Monat und seit fast sechs Wochen mit Matthias zusammen. Der Bauch störte nun langsam, aber es war wirklich schön zu sehen, wie der Mann sich um sie bemühte und auch auf Sofies Bauch aufpasste, wo doch darin nicht sein Kind, sondern das eines anderen Mannes heranwuchs. Jeden Tag sehnte sie sich danach, wieder in seinen Armen zu liegen und die Zärtlichkeiten zu empfangen, die sie von ihrem Mann nicht erhielt. Warum eigentlich nicht? Sie hatte sich oft selber Vorwürfe gemacht, dass es wohl an ihr lag, aber seit sie Matthias kannte, wusste sie, dass es vermutlich an Harald liegen musste, bei einem anderen Mann ging es ja auch. Trotzdem nagten die Zweifel weiter an ihrer Seele. Matthias war ein wirklich aufmerksamer Zuhörer, der sie auch ausreden ließ und Dinge hinterfragte, wie sie etwas meinte oder dachte. Das war ihr noch nie zuvor begegnet und sie wusste auch von keiner anderen Frau, die so von einem Mann reden konnte. Und sie hatte schon ziemlich viele Frauen auf den verschiedenen Bällen kennen gelernt.

Was würde aber sein, wenn das Kind erst einmal auf der Welt war? Würde es dann so weiter gehen? Konnte es das überhaupt? Natürlich würde eine Amme das Kind übernehmen und genauso natürlich würde Sofie nach der Geburt wieder auf die Bälle gehen. Aber was würde aus Matthias und ihr? Da würde doch erst mal wieder ihr Mann, streng nach der Tradition, versuchen den nächsten Sohn zu zeugen! Das würde dann sicher wieder genauso schlimm werden, wie beim letzten Versuch. Sie dachte jetzt noch mit Grausen daran zurück. Alles streng nach Anleitung und der Uhr. Bei Einbruch der Dunkelheit in das Bett, Unterkleid hochziehen und los. Fünf Minuten und dann schlafen! Wenn sie nur daran dachte, stiegen ihr jetzt schon die Tränen in die Augen. War das eine glückliche Ehe? Hatte sie sich da in etwas verrannt? Aber diese Ehe war nun mal vor Gott in der Kirche geschlossen worden. Die konnte nicht einfach so wieder rückgängig gemacht werden. Erst wenn einer der beiden Eheleute das zeitliche Segnen würde, so konnte der jeweils Andere eine neue Ehe eingehen.

Das Schlimme daran war, dass sich Sofie manchmal wünschte, das Harald sie freigeben würde, oder, was Gott verhüten möge, vor ihr sterben würde, damit sie für Matthias frei sein konnte. Doch da gab es dann auch schon wieder das nächste Problem: Matthias war ein Bürgerlicher und sie eine Gräfin. Da würde es auch rein standesmäßig unmöglich sein, zu heiraten, selbst wenn man frei und ungebunden wäre. Alles was ihr blieb, waren diese heimlichen Treffen und die Tänze auf den Bällen. Gleichzeitig wühlte sich aber auch noch der Zweifel durch ihr Innerstes. Zwar wussten nun nur noch sie und Matthias von dem Betrug, aber ihre ganze Beziehung basierte darauf und die Ehe mit Harald gründete sich ebenfalls auf diese Lüge! Was würde wohl passieren, wenn sie Harald und dessen Vater von dieser Lüge in Kenntnis setzte? Die Ehe würde sicher sofort aufgelöst, aber konnte ihr das irgendwie nutzen? Sie sprach mit Matthias darüber und er lehnte ihr Ansinnen sofort ab.

Nach seiner Auffassung war sie danach in der Gesellschaft nicht mehr geduldet und er als Richter dürfte sich nicht mit einer Betrügerin abgeben. Das würde seinen guten Ruf zerstören und er müsste dann sein Amt niederlegen. Das sah Sofie natürlich sofort ein und so blieb ihr nur, gute Miene zu dieser verdammten Ehe zu machen. Matthias hatte ihr gesagt, das der Räuber in dem Graben der Festung ertrunken war, als er zu fliehen versuchte, aber in ihren Träumen war er immer noch so präsent, wie an jenem Tag auf

184

dieser Lichtung. Der Schmerz hatte sein Gesicht für immer in ihr Gedächtnis gebrannt und dort würde sie dieses Gesicht wohl auch nie wieder heraus bekommen. Manchmal schreckte sie schreiend aus dem Schlaf und war froh, dass Matthias sie trösten konnte. Doch war diese Angst noch real? Hätte diese nicht eigentlich mit dem Tode des Räubers enden müssen? Obwohl sie ja der Schlinge entkommen war, spürte sie in mancher Nacht immer noch diesen Strick, der ihr die Kehle zuschnürte. Dieses Gefühl der Ohnmacht, das sie auf jeder Lichtung gehabt hatte.

Das ungute Gefühl verstärkte sich, wenn Sofie im Morgengrauen aus dem Hause schlich und zu der Kutsche ging, die sie in einer Seitenstraße erwartete. Auf diesen paar Schritten, meist nicht mehr wie zwanzig, fühlte sie sich oft beobachtet und die Schatten in den Straßen schienen nach ihr zu greifen. Trotzdem musste sie zurück in das Schloss. Lieber wäre sie bei Matthias geblieben, aber das ging ja nicht. Er musste auf sein Amt und sie würde dann später, nachdem sie geschlafen hatte, die Freundinnen zum Kaffee erwarten.

Vielleicht hatte alles so kommen müssen. Eines hatte immer zum anderen geführt, so als ob es immer eine Fügung gegeben hätte, die ihren Weg geleitet hatte. Der Aufbruch im Schloss ihres Vaters, die Nacht in dem Gasthof, der Überfall im Wald und jener schreckliche Tag auf der Lichtung. Der Betrug in der Hochzeitsnach und ihre vorherige Aussage bei Gericht. Alles hatte dazu geführt, dass sie Matthias kennen gelernt hatte. Wäre nur eines davon so nicht eingetreten, zum Beispiel, dass sie einen Tag später aufgebrochen oder durchgefahren wären, so hätte sich alles in ihrem Leben anders gefügt. Aber es war nun mal genau „So" gekommen! Eigentlich brauchte sie ja keine Angst haben, alles in ihrem Leben hatte dazu geführt, dass sie nun bei dem geliebten Manne sein konnte. Sie war beschützt! Aber war sie das wirklich? Dieser nagende Zweifel in ihr, diese Angst, waren diese vollkommen gegenstandslos? Nur ein dunkler Schatten der Erinnerung? Oder doch real? Was würde passieren, wenn ihr Mann hinter die Affäre kommen würde?

Harald würde sie aus dem Haus werfen, da war sich Sofie sicher. Und dann? Würde sie sich dann immer noch mit Matthias treffen können? Und würde dieser sie dann noch haben wollen? Manchmal dachte sie kurz daran, dass dieser Mann sie nur ausnutzen würde, aber schnell verwarf sie die Zweifel, wenn sie in seine Augen schaute, in seinen Armen lag.

45. Kapitel

Ein frommes Lamm?!

Ein paar Wochen sollte er ruhig bleiben und sich benehmen, hatte der Sekretär gesagt, der jetzt schon ein paar Tage lang Richter war. Konnte Hans das? In Anbetracht des Lohnes, der danach auf ihn warten würde, vielleicht. Aber es würde sicher schwer werden. Der Richter wollte in dieser Zeit ein paar Kontakte knüpfen und dafür sorgen, dass im Rat bald einer der Plätze mit ihm besetzt werden würde. Bald schon würde die Wahl der neuen Mitglieder stattfinden und je mehr Stimmen Hans bekommen würde, desto besser waren seine Aussichten. Also spielte er das Lamm. Das Schaf oder auch nur den Wolf im Schafspelz. Er zog durch die Straßen und verteilte seine sauer ergaunerten Münzen an bedürftige Menschen oder an kleine Händler. Jede Stimme zählte!

Aus dem Rat konnte dann sogar der Bürgermeister vorgeschlagen werden, der dann vom Kurfürsten ernannt wurde und dann allen Bürgern vorstand. Aber so weit war er noch nicht. Erst einmal musste er in den Rat hinein. Jeder Tag half ihm dabei. Er machte bei den Bürgern gute Miene und der Richter bei den höher geborenen Ständen. Irgendwann würde er dann auf den Bällen sein und auch dort würde ihm jede Stimme helfen, vielleicht schon im nächsten Jahr zum Bürgermeister gewählt zu werden. Wenn er so zurück dachte, so war das ein ganz schöner Aufstieg. Alles hatte mit dem Zusammentreffen mit der Gräfin begonnen und das war kein Jahr her. Davor war er eher ein Gelegenheitsstrolch gewesen. Durch das Geld der Mitgift hatte er eine Position erreicht, von der er früher nicht mal zu träumen gewagt hätte.

Und nun fehlten nur ein paar Wochen an einem Ziel, dass vor ein paar Monaten noch nicht mal in seinem Kopf gewesen war. Geld machte einen Mann einflussreich! Nicht die hohe Geburt, nur die schöne Münze. Er hatte Grafen in der Stadt gesehen, gegen die er extrem reich war. Und das, wo er doch nur einen kleinen Laden hatte. Aber einen mit Einfluss! Die reichen Damen kamen da hin und seine Frau sorgte mit der guten Arbeit, dass sie wieder kamen. Und das sie über ihn redeten. Über den Laden zumindest. Und der Weg zu den Männern ging über die Herzen der Frauen. Keiner der Männer würde das jemals zugeben, aber es war so!

In dieser Zeit wollte er sich auch den beiden Schneiderinnen gegenüber etwas besser verhalten. Zum Glück hatte er sie Beide in der letzten Zeit soweit eingeschüchtert, dass er nur die Hand aufhalten musste und die Beiden legten freiwillig die von den Kundinnen erschlichenen Münzen hinein. Es reichte noch dazu etwas finsterer zu blicken, sowie die Stimme zu erheben und damit jeden Wiederstand zu brechen. Allerdings war da noch eine Sache: Mit der Gräfin hatte alles begonnen und mit ihr konnte alles zu Ende sein! Wenn er dann später auf einen der Bälle gehen würde, so konnte es ja durchaus sein, dass er dort auf diese Frau traf, die seine brutale Vergangenheit kannte. Dann wäre es mit ihn sicher vorbei. Also musste er sie dann verschwinden lassen. Nur wie? Aber das würde ihm noch zur rechten Zeit einfallen! Nur keine Zeugen zurück lassen! Das war schon immer sein Lebensmotto gewesen und daher würde sicher dem Richter auch etwas passieren, wenn er ihm nichts mehr nutzen würde.

Nur noch wenige Wochen! Aber konnte er das schaffen? Tief in seinem Inneren wusste er, dass es schwer werden würde. Vielleicht reichte es aber auch, sich nur nicht bei irgendetwas erwischen zu lassen. Er konnte aber auch nicht so einfach für eine gewisse Zeit aus der Stadt verschwinden. Er musste ja dafür sorgen, dass die Bürger ihn wählten und wenn er außerhalb war, so würden sie ihn vergessen. Irgendwie steckte er da fest und kam zu dem Gedanken zurück, die Gräfin zu suchen. Aber schon einen Augenblick später begriff er, dass das im Moment keine so gute Idee war. Was würde passieren, wenn er sie finden würde? Er müsste sie dann sofort aus dem Weg schaffen und hätte da keine Zeit für einen guten Plan. Das war ihm schon beim letzten Mal fast zu Verhängnis geworden und nur der Strick, den er holen wollte, hatte ihm das Leben gerettet. Also musste er sich im Moment noch vor ihr verstecken und wo hätte er sie suchen sollen? Im Augenblick lebten sie noch in zwei verschiedenen Welten. Nur in dem Laden konnten sich ihre Wege überkreuzen und daher versuchte er ab diesem Moment nicht mehr in den Laden zu gehen. Es war da gerade zu gefährlich für ihn.

Ein unbedachtes Treffen würde genügen und alles war aus! Daher machte er sich daran, eine Armenspeisung zu organisieren. Da war er beschäftigt und abgelenkt. Nicht, dass ihm die Armen etwas bedeutet hätten, aber Wohltätigkeit war immer ein wichtiger Punkt, um in der Gunst der Damen aufzusteigen und damit auch in der der Bürger. Mit Karola zusammen organisierte er das Essen und es wurde ein voller Erfolg. Der Richter wurde darüber informiert und dieser konnte ja dann auch Gerüchte in der feinen Gesellschaft streuen. So war allen geholfen, den Armen und natürlich auch Hans. Doch es blieb noch so viel Zeit und manchmal konnte er sich nur mit Mühe beherrschen, wenn eine reiche Damen mit einem prall gefüllten Münzsack an ihm vorbei ging. Da zuckten ihm schon mal die Finger. Doch was war so ein kleiner Beutel, im Vergleich zu der ganzen Stadt, die er ausnehmen konnte? Wenn er nur noch etwas warten würde, so würden sich ihm ungeahnte Möglichkeiten eröffnen.

Der Kurfürst plante Bauten an allen Ecken der Stadt und da konnte man die eine oder andere schnelle Münze verdienen. Oder sich erschleichen. Reiche Bürger wollten einen Platz in der Nähe eines Schlosses? Bitteschön! Kein Problem! Da steht ein altes Haus da, an dem Platz? Kein Problem! Alles lässt sich mit Geld regeln.

Schnell hatte Hans gelernt, wie die Dinge in dieser Stadt liefen und hatte auch schon so manche Münze damit verdient. Um wieviel mehr Münzen konnte er verdienen, wenn er nicht mehr der Handlanger eines Ratsherren war, sondern selber dort im Rat saß? Im Stillen rieb er sich schon voller Vorfreude die Hände.

46. Kapitel

Gedankenspiele

D a saß er nun in seinem Schloss. Er hatte viel Zeit zum Nachdenken und das tat er auch. Nachdem er die hoffnungslose Suche nach dem Verräter eingestellt hatte, überlegte er sich, wie es in seinem Leben weitergehen sollte. Was konnte er mit den letzten zwanzig, dreißig Jahren seines Lebens noch anstellen? Die Idee von der Hochzeit kam in ihm wieder hoch. Vielleicht sollte er noch einmal mit Sofie reden, ob diese nun auch die Bälle in ihrem Hause wieder aufnehmen würde. So wären seine Möglichkeiten eine Frau kennenzulernen wesentlich höher. Gleichzeitig dachte er aber auch an die Magd, die im Moment sein Kind austrug. Es war nicht unüblich, dass sich die hohen Herrschaften mit dem Personal vergnügten und genauso war es auch üblich, dass diese, wie in seinem Fall, das Haus anschließend zu verlassen hatten, falls es zu einer ungewollten Schwangerschaft kommen würde. Was aus den jungen Frauen wurde, war dabei aber egal. Manchmal erhielten sie nur ein paar Münzen, manchmal ein kleines Haus.

Was hatte er für sie getan? Einen Beutel mit Münzen in die Hand gedrückt und fertig. Machte er sich um sie nun Sorgen? Eigentlich nicht, aber er fragte sich, wie es ihr wohl ging und vor allem dem in ihr heranwachsenden Kind. Seinem Kind! Eine Hochzeit war aber vollkommen ausgeschlossen. Mit einer Magd? Niemals! Er würde sein Schloss nicht mehr verlassen können, alle würden mit Fingern auf ihn zeigen und über ihn Lachen. Das Kind dann später wieder aufzunehmen, das war nicht ganz so abwegig. Wenn es ein Sohn war, so wurde das sogar sehr oft gemacht. Wenn es keinen anderen Erben geben würde. Doch schnell kam er wieder auf den Gedanken zurück, eine standesgemäße Frau zu ehelichen, die noch jung genug war, ihm ein oder zwei Söhne zu schenken. Erben konnte man schließlich nicht genug haben. Er dachte da an eine Frau, so um die dreißig. Die wäre zwar nur halb so alt wie er selbst, aber noch jung genug für ein paar Kinder. Schließlich war er ja noch eine gute Partie.

Er saß im seinem Sessel im Salon und schaute aus dem Fenster, als er Sofie im Park davor entlang gehen sah. Er nahm sich vor, sie anzusprechen, wenn sie in ein paar Minuten das Schloss betreten würde. So ein Ball war doch sicher auch für sie eine gute Gelegenheit, den Freundinnen mal das Schloss zu zeigen und nicht nur den Kaffeetisch. Er stand auf und ging durch den Saal zur Vorhalle, die er erreichte, als Sofie von der anderen Seite die Halle betrat. Er ging auf sie zu und erklärte ihr seine Vorstellungen, dabei hielt er sich natürlich mit der eigentlichen Absicht zurück. Aber das würde sich ja automatisch ergeben, die meisten von Sofies Freundinnen waren genau in dem gesuchten Alter und darunter waren sicher ein oder zwei ledige oder schon verwitwete Frauen. Sofie stimmte ihm gern zu, anscheinend hatte sie sich schon selber darüber Gedanken gemacht und der Ball wurde schon für den nächsten Abend vorbereitet.

Fast sofort ließ Sofie die Dienerschaft durch das Schloss schwärmen, um die Vorbereitungen zu treffen und am Abend würde sie die Einladungen an ihre Freundinnen mündlich bei einem Ball, den sie besuchen wollte, überbringen. Der alte Herr freute sich im Stillen, dass sein Plan offensichtlich funktionieren würde, blieb nur noch zu hoffen, dass die eine Frau zusagte, die auch ihm zusagen würde. Nun freute er sich schon auf den nächsten Abend und konnte es gar nicht erwarten, dass der Tag sich seinem Ende zuneigte.

Aber auch in der Nacht kam er vor lauter Aufregung nicht in den Schlaf. Er fühlte sich wie ein junger Mann, der auf seine Braut wartete. So wie früher, oder sogar noch besser. Als junger Mann hatte sein Vater ihm die Braut ausgesucht, mit der er dann lange Jahre verheiratet war, nun konnte er selbst wählen, welche Frau ihn die nächsten Jahre an seiner Seite begleiten würde.

Beim Ball hielt er sich dann am nächsten Abend zuerst im Hintergrund, bevor er sich dann unter die anwesenden Damen mischte und die Gespräche suchte. Schnell wurde er auf eine jüngere Frau aufmerksam, die sich schweigend an der Seite hielt. Von Anna erhielt er die Antwort, dass dies Johanna war. Eine Gräfin, deren Mann im Krieg vor wenigen Monaten gefallen war. Wenn er es geschickt anstellen würde, so war das genau die richtige Frau für ihn. Jung, hübsch aussehend, eine Gräfin und auch noch Witwe. Langsam ging er auf sie zu und stellte sich vor. Es dauerte eine Weile, bis ein Gespräch in Gange kam, aber danach wurde es ein reger Erfahrungsaustausch zwischen den beiden Menschen. Sie redeten über Pferde und deren Aufzucht und gingen schon wenig später durch den Gang des Schlosses. Sie waren so in ihr Gespräch vertieft, dass sie gar nicht merkten, dass der Ball schon bald zu Ende war. Als schon alle gegangen waren, und die Diener aufräumten, kamen sie zurück in den großen Saal. Sofie war die Erste, die die Beiden ansprach. Johanna hatte noch nicht daran gedacht, aber sie war dem Gedanken einer Neuvermählung nicht abgeneigt. Schließlich wollte sie ja auch versorgt sein und bisher hatte sie noch keine Kinder.

Zu dritt führten sie noch ein längeres Gespräch und weil es dann schon so spät war, blieb Johanna einfach im Schloss. Da sie dabei im Zimmer des Grafen übernachtete, war die Ehe damit de facto schon geschlossen. Da er das Familienoberhaupt war, blieb dabei auch die Prüfung des Vollzuges der Ehe per „Auge und Hand" aus.

Es hatte eben auch seine guten Seiten, wenn man das Oberhaupt der Familie war. Nun musste die Ehe nur noch am folgenden Sonntag im Gottesdienst den Segen des Pfarrers erhalten, aber das war nun reine Formsache. „So schnell konnte es gehen!" freute sich der alte Herr und auch Johanna schien von dieser schnellen Entwicklung nicht abgetan. Ab sofort war es nun eine Frau mehr im Schloss, und da sie auch noch die Freundin von Sofie und Anna war, war es auch für die beiden anderen Frauen sicherlich in Ordnung. Aber darüber brauchte er sich ja keine Gedanken zu machen.

47. Kapitel

Ein Wunder?

Es schien ihr fast wie ein Wunder zu sein. Seit vier Wochen hatte Hedwig den Herren schon nicht mehr im Laden gesehen und damit natürlich auch eine ganze Menge an Münzen zurücklegen können. Die würde sie aber sicher wieder verlieren, wenn der Mann sie wieder in dem Geschäft „Aufsuchen" würde. Sie hatte in den Gesprächen zwischen ihm und seiner Frau gehört gehabt, dass er sich um ein Amt im Rat der Stadt bemühte. Daher kam sicher auch seine Zurückhaltung ihr gegenüber. Aber sie wusste auch, dass dies irgendwann enden würde. Spätestens wenn er den Posten erhalten hatte. Ab diesem Moment wären die Münzen dann nicht mehr sicher. Aber wohin sollte sie diese tun? Der Raum im Geschäft war ziemlich überschaubar. Da gab es kein Versteck. Sie hatte in den vergangenen Monaten schon alles untersucht. Selbst unter den Dielen hatte sie geschaut, aber da würde der Mann sicher zuerst suchen, wenn sie ihm nichts übergeben konnte.

Vielleicht half ja da auch eine List. Wenn sie die Hälfte der Münzen dort versteckte und den Rest übergab, wäre er vielleicht damit zufrieden und suchte nicht nach den anderen. Dann würde sie wenigstens einen Teil behalten können. Die Gefahr dabei war aber, dass der Mann es sicher als Betrug werten würde und dann würde er sie bestimmt dafür bestrafen. Das konnte dann nicht nur für sie gefährlich werden, sondern auch für ihr ungeborenes Kind. Sie hatte nun die Not abzuwägen, wie sie sich entscheiden sollte. Alles was sie tun würde wäre sicher falsch. Übergab sie die Münzen, so hatte sie nichts mehr, behielt sie sie, würde sie vielleicht mit ihrem Leben dafür bezahlen. Der Mann war ja ziemlich skrupellos. Was würde wohl passieren, wenn er erst einmal dieses Amt hatte und dann die Stadt mit verwalten würde? Sie wagte gar nicht, sich das vorzustellen. Aber irgendetwas gegen ihn zu sagen, war genauso gefährlich. Also hielt sie den Mund und machte ihre Arbeit so gut, wie sie nur konnte.

Noch immer kam Gräfin Anna zu ihr. Neulich hatte sie ihr erzählt, dass der Graf nun wieder neu geheiratet hatte. Nicht dass sie sich irgendwelche Hoffnungen gemacht hatte, aber trotzdem traf es sie wie ein Stich. Sicher würde die neue Frau, Gräfin Johanna, auch bald zu ihr kommen, um sich ein Kleid angefertigt zu lassen. Das würde dann sicherlich ein komisches Gefühl sein, wenn sie der Frau gegenüberstehen würde, oder gegenübersitzen, denn stehen konnte sie nur noch kurz. Der Bauch war schon viel zu dick, um sich damit lange stehend zu bewegen. Sie dachte da immer an ihre Mutter, wie diese das geschafft hatte. Die Frau hatte im Dorf, schwanger mit Hedwigs kleiner Schwester, noch bis zum Tage der Geburt im Stall schwer gearbeitet. Auf dem Lande war das eben einfach so. Da wurde das Kind während der Arbeit auf dem Feld geboren und anschließend wurde einfach weiter gearbeitet.

Es war eigentlich nur diese alte Vertrautheit zwischen Herrin und Kammerzofe, die zwischen ihnen beiden stand. Die anderen Herrschaften, die sich von ihr die Maße abnehmen ließen, schauten oft einfach durch sie hindurch, so als ob sie gar nicht da war und im eigentlichen Sinne war sie das auch nicht. Zumindest für die hohen Herrschaften. Die sahen die Dienerschaft in ihren Schlössern auch gar nicht. Manchmal hatte sie das im Schloss so erlebt. Bei ihr war das nun auch etwas anderes gewesen, aber der alte Graf hatte tagsüber, wenn sie sich auch einmal über den Weg gelaufen waren, ebenfalls durch sie einfach hindurch gesehen. Sie war eben eine Dienerin! Erst am Abend war es dann etwas anderes gewesen, aber da war sie ja auch nicht mehr im Dienst. Zumindest irgendwie. Sie hatte es trotzdem im Schloss sehr schön gefunden.

Es war alles so edel dort und kein Vergleich zu ihre Hütte im Dorf, bei den Eltern, oder dem kleinen Zimmer in der Gastwirtschaft, wo sie gelebt hatte, nachdem ihre Eltern gestorben waren. Es war eine Art von Freundschaft zu Gräfin Anna geworden, die aber immer noch auf der Basis von Herr und Knecht, oder eben Herrin und Magd, stand.

Von Rita hatte sie erfahren, dass es auch noch Menschen hier in Dresden gab, denen es noch schlechter ging als ihr. Sie hatte diese ja noch nie gesehen, da sie diese paar Räume nie verlassen durfte, oder konnte. Aber am Rande der Stadt wohnten die Tagelöhner, die sich in der Stadt mühsam ihr Brot verdienten. Von Tag zu Tag zogen sie an die wohlbekannten Plätze und warteten dort, dass sie für einen Tag oder zwei etwas bekamen, womit sie ihr Brot verdienen konnten. Wenn es einen Wagen oder ein Schiff auszuladen galt, oder in einem Lager etwas einzustapeln, so waren diese Menschen für ein paar Münzen zur Stelle. Wenn es nichts gab, so hungerten sie oft. Von ihrem Dorf war Hedwig das nicht bekannt, das es da so etwas auch gab. Dort waren nur die, die auch Arbeit hatten. Die Bauern mit ihren Familien, die freien Knechte und Mägde. Aber sie hatte auch erfahren, dass einige aus den Dörfern, so wie sie ja auch, ihr Glück in der Stadt suchten. Die meisten scheiterten und lebten dann am Rande der prunkvollen Stadt. Einigen gelang es hier Fuß zu fassen und einige gingen wieder in ihre Dörfer zurück. Aber das waren die Wenigsten.

Zu welcher der drei Gruppen zählte sie sich? Sie strich sich über den Bauch und hoffte, dass sie noch lange eine gute Arbeit haben würde. Aber war es diese hier in dem Geschäft? Wenn der Herr nicht gewesen wäre, so hätte sie sicher sofort ja gesagt. Aber so? Im Moment hatte sie zwar ihre Ruhe, aber die Angst war trotzdem immer da. Und hatte sie überhaupt eine Wahl? Mit einem Kind konnte sie ja schlecht wieder in das Dorf zurück. Dort würde sie nur sich selbst durchbringen können und als Tagelöhnerin? Da wäre es sicher genauso! Sie saß auf dem Stuhl und nähte. Dabei konnten ihre Gedanken kreisen, aber sie brachten kein Ergebnis.

Sie sah auf ihre Finger. Das hier war das Einzige, was sie im Moment machen konnte. Und wenn in ein paar Wochen das Kind zur Welt kommen würde, was wäre dann? Gehen oder bleiben?

Gehen! Aber wohin?

48. Kapitel

Eine griechische Göttin

An allen Ecken und Enden der Stadt wurde gebaut. Jedes Mal, wenn Anna durch die kleinen Straßen ging, von der Kutsche zu einem Palais oder durch einen Park, konnte sie eine neue Baustelle sehen. Der Kurfürst, oder August, wie sie ihn jetzt schon im Vertrauen nennen konnte, hatte vor, diese Stadt nach seinem Bilde zu formen und zum Glück war Sachsen ein sehr reiches Land. Auf den Baustellen waren auch Baumeister aus Italien oder Frankreich beschäftigt. Manche so hoch angesehen, dass sie sogar am Abend auf die Bälle der feinen Gesellschaft eingeladen wurden. Maler aus Venedig wurden dort gesehen, bei denen August Bilder für seine Schlösser in Auftrag gab. Jede Dame der feinen Gesellschaft wollte dort sicher sofort gern als Model genommen werden, aber die meisten blieben bei dem Gedanken. Bei einem der Bälle sprach August sie an, ob sie nicht für eines der Bilder als griechische Göttin posieren wolle. Dabei spielte er auf ihr erstes Treffen auf dem Maskenball an und Anna stimmte gern zu. Sie hatte sogar noch das Kleid und Zeit dafür hatte sie ja auch.

So brachte August sie am nächsten Tag mit dem Künstler zusammen und dieser begann sofort mit ein paar Skizzen. Es wurden sehr schöne Zeichnungen. Kohle auf Papier als Vorlage für den Kurfürsten, der sich danach für eine der Zeichnungen entschied. Auch Anna hatte diese Pose besonders gut gefallen und auch der Künstler war mit der Wahl seines Herrn zufrieden. Schließlich wollte er die Arbeit ja auch bezahlt haben. Da der Künstler kein sächsisch und sie kein italienisch sprach, verständigten sie sich beide in Französisch, das sie beide sprachen und verabredeten sich für den nächsten Morgen im schnell eingerichtete Atelier des Künstlers, dass er in einem der kleinen Schlösser des Kurfürsten, am Rande der Stadt, beziehen durfte. Das Bild würde sicher eine Woche dauern, aber das war Anna egal, sie hatte ja sowieso Zeit. Die paar Bälle, die sie verpassen würde, waren nicht so schlimm. Sie würde dann als Bild für die nächsten Jahre irgendwo an der Wand eines der Schlösser von August hängen. Das gefiel ihr schon ganz gut, da würden sie viele Leute sehen können.

Am nächsten Morgen brachte eine Kutsche des Kurfürsten Anna zu dem kleinen Schloss, das genau am anderen Ende der Stadt, etwas außerhalb an der Elbe lag. Es war etwas kleiner, als das Schloss in dem Anna nun schon einige Monate wohnte, aber sehr schön eingerichtet. Im Eingangssaal hatte der Künstler schon eine Art von Grotte hergerichtet, in die er dann wohl sein Model setzen wollte, um sie dort drin zu zeichnen. Anna sah sich alles an, aber der Künstler war noch nicht da, er würde sicher mit der nächsten Kutsche geholt werden. So bezog sie erst einmal ein Zimmer, wo sie von einer Dienerin auch schon erwartet wurde. Es dauerte etwa eine Stunde, bis auch der Maler eingetroffen war und sie nach unten bat. Anna hatte schon das luftige, weiße Kleid angezogen, mit dem sie damals auf dem Maskenball dem Kurfürsten aufgefallen war und stieg so die Treppe hinab. So als ob eine Göttin hinab in das Reich der Lebenden schweben würde.

„Meine Göttin." sagte der Maler und holte sie unten an der Treppe ab, dann brachte er sie zu der gewünschten Position, die sie im Bild einnehmen sollte. Er begab sich wieder an seinen Platz zurück und stellte sich neben die Staffelei. Kurz darauf schüttelte er den Kopf. „So geht das nicht." Dann überlegte er eine Weile, was nicht stimmte. Schließlich kam er zu ihr herüber und zupfte eine Weile an dem Kleid. Dann ging er wieder zurück und schaute von der noch leeren Leinwand zu ihr herüber. Das machte er ein paar Mal, bis er zu ihr sagte „Das geht so nicht. Das Kleid muss weg!" Für einen Moment war Anna schockiert. Er wollte sie nackt malen? Aber nicht nur dass, alle würden sie dann so sehen! Nicht nur August und der Maler, sondern alle Besucher, die dann später mal an dem Bild vorbei gehen würden.

Offensichtlich bemerkte auch der Maler ihr Zögern, darum setzte er dazu „Ich werde es so zeichnen, dass man nicht wirklich etwas sieht." Schließlich nickte sie und streifte das Kleid ab. Der Künstler schob sie so in die Grotte, dass in der hockenden Position, die sie einnehmen musste, ein Bein und ein Arm alles soweit abdeckten, dass wirklich nicht viel zu sehen war, dann ging er zu der Staffelei zurück und nun nickte er. Er mischte seine Farben und begann. Nun musste sie nur noch diese Position halten. Durch die seltsame Haltung war es eher ermüdend, so zu hocken, aber sie musste einfach so bleiben. Immer wieder ermahnte sie der Künstler, den Arm so zu halten. Aber es war ganz schön schwer. Nach ein paar Stunden konnte sie endlich aufstehen und, nachdem sie sich das Kleid wieder übergeworfen hatte, auch das Bild schon einmal betrachten. Die ersten Umrisse waren schon zu sehen und es war jetzt schon sehr schön. Auch sah man wirklich nicht viel von ihrer Nacktheit.

Nach dem anstrengenden Tag setzten sie sich am Abend zu zweit in den großen Saal. Dort aßen sie und unterhielten sich. Es wurde sehr spät an diesem Abend, bevor Anna auf ihr Zimmer gehen konnte. Dieser Maler, der nur ein paar Jahre älter war als sie, gefiel ihr ganz gut. Natürlich war es ihr unangenehm gewesen, so nackt vor ihm zu posieren und am nächsten Morgen würde es sicher weiter gehen, doch sie hatte Vertrauen zu ihm und seiner Kunst.

Er hatte ihr erzählt, dass er in Italien einen ähnlichen Rang hatte, wie sie hier in Sachsen. Also auch ein hochgeborener Herr war, allerdings der dritte Sohn seines Vaters und damit natürlich nicht berechtigt war, das Schloss des Vater irgendwann einmal zu übernehmen. Darum hatte er sich für die Künste interessiert und hatte dann zusammen mit Rosalba Carriera in der römischen Accademia di San Lucca bei Lazzaro studiert. Von ihr und seinem Studium hatte er einiges erzählt, aber Anna interessierte sich mehr für ihn.

Als sie gerade in ihr Bett gehen wollte öffnete sich hinter ihr die Tür und der Mann betrat das Zimmer. Mit einer Handbewegung winkte sie ihn zu sich und sie versanken in einem langen Kuss.

49. Kapitel

Die richtige Entscheidung?

Endlich hatte er es geschafft. Es hatte fast vier Wochen gedauert, bis er alle wichtigen Personen erreicht hatte, die
Hans zu seinem Posten im Rat verhelfen konnten. Nun lag
alles nur noch an ihm. Oft hatte Matthias mit sich gehaderte, ob er
das, was er da gerade tat, mit gutem Gewissen tun konnte. Eigentlich nicht! Er half einem Räuber und Mörder auf eine Position in
der Gesellschaft, die dieser niemals aus eigener Kraft erreichen
konnte. Aber er hoffte auch, dass diese Position Hans etwas ändern
konnte. Schon viele waren durch das Amt zu besseren Menschen
geworden, nachdem sie die Verantwortung gesehen hatten, die
dieser Stuhl im Rat mit sich brachte und er hoffte, dass dies auch
bei Hans so sein würde. Aber konnte er es wissen? Hoffen vielleicht. Aber nicht wirklich wissen!

Auf all den Bällen hatte er für den Mann seine Stimme einge-
setzt. Was würde wohl passieren, wenn Hans auf der Position etwas tat, was mit diesem hohen Amt nicht vereinbar war? Würde
dann nicht auch sein guter Ruf darunter leiden? Dann würde er
sicher als Richter untragbar werden und würde seine Position verlieren. Es war ein Tanz auf der Schneide eines Schwertes. Ein fal-
scher Schritt und man war tot, zumindest gesellschaftlich. Auf der
einen Seite musste er vertrauen, dass Hans nichts davon verriet,
wie er zum Amt des Richters gekommen war, und auf der anderen
Seite durfte sich Hans auch nicht so weit daneben benehmen, dass
er als Ratsperson untragbar werden würde. Er würde sonst
Matthias in beiden Fällen hinter sich her in den Abgrund reißen.

Eine andere Sache hatte sich auch gewandelt. Mit Gräfin Sofie
war er immer noch fast täglich zusammen. Was als Rache oder

zum Ausspähen des alten Grafen geplant gewesen war, das hatte sich in eine Richtung entwickelt, die er so nicht geplant hatte. Eine tiefe Zuneigung zu der Frau war entstanden, die auch von ihrer Seite aus erwidert wurde. Zwar hatte Matthias Gewissensbisse, dass er die eine oder andere Information an seinen Bruder weiter gegeben hatte und eine davon dazu geführt hatte, dass der alte Graf nun zu Hause saß, wie ihm Sofie erzählt hatte, aber es war eine Art von Liebe entstanden. Allerdings eine heimliche Liebe. Der Standesunterschied war zu groß. Auch er als Richter, der auf den Bällen gern gesehen war, durfte nicht mit einer Adligen ein Verhältnis eingehen. Das konnte ihn ebenfalls sein Amt kosten, daher war Sofie auch immer sehr vorsichtig, wenn sie das Haus verließ, wie sie ihm gesagt hatte.

Sie war nun im fünften Monat schwanger und trotzdem waren sie fast jede Nacht zusammen im Bett. Der Bauch störte zwar etwas, aber das Kind, das in ihr heran wuchs, gab Sofie ein inneres Strahlen, dem er nicht wiederstehen konnte. Doch es störte ihn auch etwas, dass sie sich nie in der Öffentlichkeit zusammen zeigen durften. Diese Heimlichkeit war nicht wirklich schön. Die Nebenwirkung der Beziehung zu der Gräfin hatte er nicht eingeplant, als er sich das Ganze ausgedacht hatte. Manchmal saß er in seiner Richterstube, sah aus dem Fenster zur Elbe hinunter und hing seinen Gedanken nach. Er sah die Familien, die in ihren feinen Sachen am Fluss entlang spazierten. Es war zwar erst der Beginn des Frühlings, aber das war etwas, was er wohl nie mit Sofie machen konnte. Selbst nach dem Ball mussten sie getrennt die Feier verlassen, nur um sich danach in seiner Wohnung wieder zu treffen.

Schließlich fiel ihm auch noch ein, dass er ja Hans und Sofie nie zusammenbringen konnte. Was würde die Frau wohl sagen, wenn sie erfahren würde, dass er mit dem Mann Geschäfte machte, der sich so an ihr vergangen hatte? Sicher würde sie sich sofort von ihm zurückziehen. Und was würde Hans sagen? Er würde an seiner Loyalität zweifeln und hätte vermutlich damit Recht. Alles in seinem Leben war so kompliziert geworden und das alles nur, weil er die paar Jahre nicht hatte warten wollen. Es war schier zum Verzweifeln. Tagsüber konnte er an nichts anders mehr denken als an die Frau und nachts hatte er Angst sie zu verlieren. Wie sollte das erst weiter gehen? Er kannte sie erst ein paar Wochen und konnte sich schon nicht mehr vorstellen, ohne sie zu sein. Was würde sein, wenn sie das Kind bekommen hatte und danach erst mal in ihrem Schloss bleiben würde? Alleine der Gedanke daran, sie ein paar Wochen nicht sehen zu können, schnürte ihm schon das Herz zusammen, aber er wollte dies der Frau gegenüber natürlich nicht zeigen.

Er war doch ein echter Mann und der zeigte nun mal keine Gefühle. Alles ganz einfach! Wirklich? Eher doch kompliziert. Im Strudel der Gefühle, die jeden Tag stärker wurden. Wenn es nicht so unmännlich gewesen wäre, so hätte er schreien können. So blieb ihm nur der stumme Schrei jeden Morgen, wenn sie die Tür hinter sich in das Schloss zog. Der Gedanke, sie am Abend nicht wieder zu sehen, war schlimm. Und doch konnte es ja jeden Tag passieren. Schon alleine ein Gerücht würde reichen, das ihr Mann sie nicht mehr aus dem Schloss ließ. Die Frau würde sich kaum dagegen wehren können. Also blieb nur Heimlichkeit und Vorsicht übrig.

Hatte er die richtige Entscheidung getroffen? Das blieb bei den Beiden die Frage. Zu Hans und Sofie? Zu Sofie auf alle Fälle, aber zu Hans? So kam er wieder zum Anfang seiner Überlegungen zurück. Er hätte ihn im Kerker lassen sollen, stattdessen hatte er ihn benutzt, um die Gräfin zu erpressen. Aber hätte er das nicht gemacht, so hätte er Sofie nie kennen gelernt. Seine Gedanken jagten so schnell in seinem Kopf umher, dass ihm fast schwindlig wurde. Es klopfte an der Tür und sein Sekretär trat ein. Er fragte, ob noch etwas zu erledigen war und Matthias schüttelte den Kopf. Der Mann verabschiedete sich.

Matthias blieb noch einen Augenblick sitzen und schaute auf die geschlossene Tür. Es war Zeit nach Hause zu gehen und Zeit für Sofie. Er streifte die lästigen Gedanken ab und brach auf. Nicht eine Minute wollte er verpassen, die er mit ihr verbringen konnte.

50. Kapitel

Das Ende aller Pläne

Jetzt hatte er endlich die Position erreicht, die ihm, seiner Meinung nach, schon immer zugestanden hatte. Hans hatte seinen Stuhl im Rat der Stadt erhalten. Er war einer von den zwei Neuen, die für andere, ausgeschiedene Mitglieder in den Rat gewählt worden waren. Die feierliche Übergabe der Ratskette am Vormittag hatte er genossen. Nun saß er hier an dem Tisch mit den anderen Männern zusammen und stimmte über wichtige Themen ab. Den einen oder anderen kannte er schon. Er hatte für sie bereits gearbeitet und Tätigkeiten gemacht, die diese feinen Herren nicht hatten machen wollen. Nun saßen sie nebeneinander und tranken Wein zusammen. Das hätte noch vor ein paar Wochen nicht passieren können. Die feinen Herren hatten nicht gewollt, dass sie in eine Verbindung mit ihm gebracht worden wären. Nun war alles anders.

Nun brauchte er aber auch nicht mehr so viel Rücksicht darauf nehmen, wie er von außen gesehen wurde. Natürlich musste er immer noch vorsichtig sein, um den neuen Stuhl nicht gleich wieder zu verlieren, aber im Großen und Ganzen konnte ihm eigentlich nicht viel passieren. Er war nun auch in einer Position, wo er sich Helfer leisten konnte, so wie er einst ein Helfer der Ratsherren gewesen war. So konnte er nicht mit dem in Verbindung gebracht werden, was diese Männer dann machten. Er hatte damals schnell alles durchschaut und wusste nun, worauf es ankam.

Schlau musste man sein, und sich nicht erwischen lassen! Aber eigentlich wollte er auch gern selbst tätig werden. Es steckte eben zu tief in seinen Knochen.

Schon als kleines Kind hatte er mit Räubereien die Familie mit ernähren müssen und nachdem der Vater geschnappt und hingerichtet worden war, hatte er alleine sein Glück versucht. Bisher hatte er soweit Glück gehabt und selbst die Nacht im Kerker hatte ihm geholfen in den Rat zu kommen, also war auch die Gefangennahme ein Erfolg gewesen. Er spielte an der Kette und ließ die Kettenglieder durch seine Finger gleiten. Dieses kleine Schmuckstück sorgte dafür, dass seine Taschen nie mehr leer sein würden. Natürlich hätte er es auch anders geschafft, aber so war es irgendwie besser. Nach der Versammlung brachen die Männer auf. Die meisten gingen zu ihren Familien, doch Hans wollte noch etwas feiern. Seine Frau und Karola waren sicher schon zu Hause und so schlug er den Weg in die nächste Schänke ein, die nicht weit entfernt war. Nach ein paar Gläsern Wein wollte er aufbrechen, doch nach dem Zuhause stand ihm noch nicht der Sinn. Ein Gedanke jagte durch seinen Kopf. Da gab es ja noch die Schneiderin! Zu lange war sie vor ihm unbehelligt geblieben und die Münzen, die die beiden Frauen in der Zwischenzeit sicher gehortet hatten, wollten auch abgeholt werden.

Mit einem Lächeln auf dem Gesicht machte er sich auf den Weg zu dem Geschäft. Eine Stunde später verließ er es wieder. Er hätte Lachen können. Die Angst der beiden Frauen hatte ihm gut getan. Und um ein paar Münzen reicher war er auch geworden. Die Schneiderin hatte jetzt erst mal ihre eigenen Kleider wieder zu reparieren und die Schwangere hatte sich fast nicht ein bekommen vor Angst um sich und das Kind. Während er sich mit der anderen vergnügt hatte, hatte sie neben dem Tisch gestanden und wäre sicher in der Wand verschwunden, wenn sie noch etwas mehr mit dem Rücken dagegen gedrückt hätte. So ging er fröhlich nach Hause, wo seine Frau auf ihn wartete. Sie hatte ein Festmahl gekocht zur Feier des Tages, aber er hatte ja schon gefeiert. Wortlos aß er das gute Essen und dachte nach. Nun blieben noch die Gräfin und der Richter, die beide seine Vergangenheit kannten.

Ein paar Tage später war er zu seinem ersten Ball eingeladen und ging auch in seinen besten Sachen dort hin. Er unterhielt sich mit ein paar der anwesenden Damen und Herren und fühlte sich richtig gut. Noch war er keiner von ihnen, aber er war nahe an ihnen. Hier gefiel es ihm ganz gut, doch schon bald sollte sich einer seiner Albträume bewahrheiten. Etwas, wovor er sich seit langen gefürchtet hatte, trat ein. Nach etwa einer Stunde bemerkte er, dass auch die Gräfin auf den Ball kam. Er drückte sich in den hinteren Bereich des Saales und beobachtete sie. Wenn er ihr hier irgendwie begegnen würde, so würde sie ihn vielleicht anschreien und dann wäre der Traum vorbei. Er musste hier sofort verschwinden und schob sich durch eine Tür in einen angrenzenden Raum. Da der Ball im Erdgeschoss stattfand, konnte er durch ein Fenster nach draußen in den Park springen. Es war ein schmähliches Ende für einen, der nach ganz oben wollte. Auf den Boden zurückgeholt von seiner Vergangenheit!

Was nun? Das konnte ihm ja immer wieder passieren. So lange die Gräfin hier in Dresden lebte, war die Möglichkeit, dass sie beide sich auf einem der Bälle trafen, sehr hoch. Er brauchte einen endgültigen Plan, wie er das Problem lösen konnte. Eigentlich gab es da nur zwei Möglichkeiten: entweder die Gräfin verschwand oder er selbst verschwand und für die zweite Alternative wollte er sich nur im äußersten Notfall entscheiden. Zu lang war der Weg bis hierher gewesen. Also musste die Gräfin weg!

Aber wie?

Auf dem ganzen Heimweg überlegte er hin und her. Was konnte er tun? Er beschloss zuerst die Gewohnheiten der Gräfin auszuspähen, oder ausspähen zu lassen. Er brauchte einen Helfer, den sie nicht kannte und der jeden ihrer Schritte überwachen konnte.

Er brauchte Karola! Ein kleines Mädchen war am unauffälligsten, wenn es darum ging, eine Frau zu überwachen.

Als er zu Hause ankam holte er das Mädchen aus dem Bett und ging, die großen, fragenden Augen seiner Frau nicht beachtend, mit dem Mädchen hinter das Haus. Sie setzten sich auf eine kleine Bank und er gab ihr den Auftrag, die Gräfin zu beobachten. Da die Kleine ja nicht wusste, wozu er das brauchte, stimmte sie gern zu. Die Welt der Reichen hatte sie schon immer interessiert. Zwar eigentlich nur aus der Sicht eines Mädchens, dass gern die Münzen der Reichen stahl, aber immerhin. Seit er ja nun ebenfalls dazu gehörte, wäre es nicht schlecht, mehr über diese Kreise zu wissen. So sah es Karola auch und sie wurden sich einig.

Der Plan reifte in Hans heran.

51. Kapitel

Am seidenen Faden

Sofie war traurig. Matthias war seit ein paar Tagen in Leipzig. Wie lange, das konnte er noch nicht sagen, aber seit dem ersten Abend fehlte er ihr so unermesslich, dass es fast ihr Herz zusammenzog. Um nicht ständig an ihn zu denken, ging sie in den Park hinter dem Haus, aber dort wurde es auch nicht viel besser. Überall sah sie sein Gesicht. Die Trennung tat ihr körperlich weh und sie konnte sich nicht vorstellen, wie das wohl dann nach der Geburt sein würde, wenn sie erst mal wieder jeden Abend mit Harald in das Bett musste. Traditionen! So lange sie dann nicht wieder schwanger sein würde, so lange würde sie dann auch das Haus nicht mehr verlassen dürfen. Schon jetzt rollten ihr die Tränen über die Wangen, wenn sie daran nur dachte. Dann würde sie wieder in ihrem goldenen Käfig eingesperrt sein und der geliebte Mann wäre für sie unerreichbar fern, obwohl es doch nur ein paar Minuten mit der Kutsche waren.

Sie beschloss mit Anna zusammen wieder mal auf einen Ball zu gehen, das machte sie eigentlich jeden Donnerstag, wie ihr jetzt gerade einfiel. Selbst wenn Matthias in Dresden war, versuchte sie wenigstens diesen Abend auf einen der Bälle zu gehen. Manchmal trafen sie sich dann dort. Heimlich, unter den Augen aller! Auch an diesem Donnerstagabend war wieder bei Gräfin von Dönhoff einer dieser Bälle, an denen in Dresden niemand vorbei kam, der hier etwas zu sagen haben wollte, oder im Gespräch bleiben wollte.

Dort gab es all die Neuigkeiten zu hören und das war genau der Ball, der Sofie von ihrem Kummer ablenken würde. Ein Ball voller Informationen und vor allem voller Klatsch. Wer mit Wem?

Und warum? Da wurde über jeden geredet und vor allem über die, die nicht anwesend waren. Als sie an diesem Abend wieder in das Schloss ging, traf sie auf Anna und fragte sie. Die Schwester stimmte gern zu und wenig später hatten sie beide ihre schönsten Kleider an. Die Kutsche brachte sie zu dem Ball und es schien so, als ob sie hier die Ablenkung erhalten würde, die sie gesucht hatte.

Nach etwa einer Stunde trat eine Magd auf sie zu und sagte ihr, dass ein Mann in einem der hinteren Zimmer auf sie warten würde. Dann machte die Magd einen tiefen Knicks und zeigte auf die Tür, hinter der es in den Gang ging. Das konnte nur Matthias sein! Sofie nickte ihrer Schwester zu und verließ eiligst den Raum durch die gezeigte Tür. In dem dahinter liegenden Gang folgte sie der Beschreibung der Magd. Die letzte Tür rechts hatte sie gesagt und so eilte Sofie dort hin. Freudig riss sie die Tür auf und erstarrte. Es war nicht Matthias, der dort auf sie wartete, sondern der Räuber, den sie bis gerade eben noch für Tod gehalten hatte. Wenig später saß sie, mit auf dem Rücken gefesselten Händen und mit zugebundenem Mund, auf einem der Stühle in dem Raum. Erschrocken blickte sie zu dem Manne auf, von dem sie gehofft hatte, ihn nie wieder zu sehen.

Auf dem Gang waren Schritte zu hören, der Räuber ging zur Tür und stellte sich daneben auf. Als sich die Tür öffnete, trat Anna in den Raum, die sie vermutlich gesucht hatte. Kurz darauf saß die Schwester ebenfalls gefesselt und geknebelt neben ihr. Angstvoll sahen sich die beiden Schwestern an. Was würde der Mann mit ihnen machen? Offensichtlich genoss er es, dass er sie beide so unter der Kontrolle hatte. Er ging zur Seite, wo er eine Tasche stehen hatte, kramte darin herum und kam wenig später die drei Schritte zurück. Er hielt ihr einen Strick vor ihr Gesicht und sagte „Diesmal habe ich ihn schon da. Erinnerst du dich an unseren Tag auf der Lichtung? Als ich dir deine Jungfernschaft geraubt habe und dir diesen Strick versprochen hatte? Heute ist es nun endlich so weit." Dabei wedelte er ihr mit der gerade geknüpften Schlinge vor dem Gesicht herum. Dann sah er sich um und fand an einer Stelle einen Haken an der Decke, wo sicher sonst ein Kronenleuchter hing. Der Mann zog sich einen Stuhl dort hin und befestigte den Strick an dem Haken, dann zog er sie zu dem Stuhl und zwang sie, mit dem Messer am Hals, dort hinauf zu steigen. Er legte ihr den Strick um den Hals und zog die Schlinge zu.

„Ich habe dir doch versprochen, dass du an einem Baum sterben wirst, aber hier hast du nur das Bild von einem Baum vor den Augen." sagte der Mann lachend und zeigte auf eine Malerei an der Wand, die einen Baum mit bunten Vögeln darauf zeigte. Wieder öffnete sich die Tür und Matthias trat in den Raum. Der Räuber und er begannen mit Faustschlägen zu kämpfen. Einmal quer durch den Raum und wieder zurück. Immer um sie herum, die auf dem Stuhl stand. Plötzlich zog der Räuber sein Messer und stach Matthias damit in die Brust. Getroffen brach Matthias direkt vor dem Stuhl zusammen und sie sah von oben auf ihn herab. Nicht einmal schreien konnte sie. Der Räuber baute sich wieder vor ihr auf und schien diesen Anblick zu genießen, wie sie so hilflos dort stand, mit Tränen in den Augen. Dann ging er zu Anna und warf sie sich einfach über die Schulter. Er trat an Sofie heran und sagte „Und nun Gräfin, sterben sie wohl." dann trat er mit dem Bein den Stuhl unter ihr weg.

Der Mann eilte aus dem Raum und sie fiel nach unten. Die Schlinge zog sich immer mehr zu und es war viel zu hoch, als dass ihre Füße den Boden erreichen konnten. Mehr als eine Handbreit trennte sie. Sofie bekam keine Luft mehr und sah auch noch den geliebten Mann vor sich regungslos am Boden liegen. Sie würgte und rang um Luft, aber es ging nicht.

213

Immer enger zog sich das Seil um ihren Hals. Mit jeder Bewegung schnürte der Strick mehr ein. Sie hatte versucht mit den Füssen den Stuhl zu sich zu ziehen, aber der lag zu weit weg. Es dauerte ein paar Augenblicke, dann wurde es schwarz vor ihren Augen.

„Alles aus!" dachte sie noch und dann verlor sie das Bewusstsein.

52. Kapitel

Bilder im Kopf

as Bild war wirklich sehr schön geworden und Anna freute es natürlich noch viel mehr, dass ihr der Kurfürst versprochen hatte, dieses besondere Kunstwerk in seinen privaten Gemächern aufzuhängen, damit es nur ganz besondere Gäste zu sehen bekommen würden. Der Platz war besonders gut gewählt und Anna freute sich, dass sie nun bei jedem Essen des Kurfürsten mit seinen Gästen mit an der Tafel sein würde. Zumindest über ihnen. Die kleine Liaison mit dem Maler hatte nur die Zeit des Malens angedauert und trotzdem hatte sie nun immer eine Erinnerung an diese Woche der Liebe in dem kleinen Schloss. Er hatte ihr eine der Skizzen geschenkt, die er mit Kohle vorgezeichnet hatte und diese lag nun bei Anna im Schrank. Ob sie diese irgendwann mal an die Wand ihres Raumes hängen wollte, wusste sie noch nicht, aber es war schön, immer mal wieder darauf zu sehen und an diese Tage zurück zu denken.

Nun begann sie wieder die Bälle zu besuchen, die sie diese eine Woche vernachlässigt hatte. Da gab es so viel zu erzählen und so viel zu erfahren. Für den Moment war Harald erst einmal in den Hintergrund getreten. Die eine Woche hatte ihr mehr als deutlich gezeigt, dass es eigentlich keine Chance für sie und den Mann ihrer Schwester geben würde. Anna schloss nun jeden Abend ihre Tür ab und hatte schon registriert, dass da jemand in der Nacht geklinkt hatte, zu deutlich hatte sie es gehört, aber es durfte nicht sein. Vielleicht war ein anderer Mann besser für sie, es würde weniger Herzschmerz für sie bedeuten. Nur wen konnte sie heiraten? Den Maler vielleicht? Er war ja nach seiner Aussage auf derselben standesmäßigen Ebene wie sie. Doch das würde sicher nicht gehen, sein Vater war ja in Italien und ihrer hier. Wie sollten sich die

Väter da absprechen? Sie verwarf also auch diesen Gedanken. Nun wurden es ein paar einsame Nächte für Anna. Manchmal weinte sie sich in den Schlaf, aber sie öffnete ihre Tür nicht.

Eines Abends kam Sofie auf sie zu und fragte sie, ob sie gemeinsam auf einen Ball gehen wollten. Zuerst war sie etwas verwundert, da die Schwester meist alleine weg ging, aber sie stimmte gern zu. Die Kutsche brachte sie dann zu dem Schloss und auch dort war ihr Bild in aller Munde. Anna wunderte sich, wer denn alles das Bild schon gesehen hatte, schließlich hing es doch erst seit ein paar Tagen, aber nach dem, was die meisten Frauen erzählten, hatte es vermutlich keine von ihnen wirklich gesehen, sondern sie berichteten nur von den Erzählungen anderer. Anna hatte da so ihre Mühe, die Ansichten der Damen der Gesellschaft wieder richtig zu stellen. Mitten in einer Unterhaltung sah sie, dass eine Dienerin zu Sofie ging und die Schwester danach den Ball schnell durch einen Seiteneingang nach hinten in das Schloss verließ. Ihre Neugier war geweckt. Was machte Sofie dort? Sie suchte die Dienerin und fragte diese und die Frau zeigte ihr den Weg.

Anna ging durch den langen Gang und näherte sich der hinteren Tür. Langsam schob sie diese auf und sah hinein. Im Schein von ein paar Kerzen sah sie Sofie auf einem Stuhl sitzen. Sie trat ein und bemerkte erst jetzt, dass sie gefesselt und der Mund mit einem Streifen ihres Kleides zugebunden war, doch da hatte Anna schon ein Messer am Hals und saß kurz darauf genauso gefesselt neben der Schwester. Jetzt erst erkannte sie den Mann. Es war der Räuber von damals! Vor Schreck erstarrt saß sie einfach da und konnte sich nicht mehr rühren. Wie von fern sah sie zu, was der Mann machte und hörte ihn auch nur wie durch eine dicke Schicht Watte. Die Angst hatte sie gelähmt. Sie sah, wie er Sofie auf den Stuhl zwang und wie die Schwester dort, nur ein paar Schritte von ihr entfernt stand, die Schlinge um den Hals. Die Tür flog auf und ein fremder Mann stürzte sich auf den Räuber. Sie kämpften und die Tür stand offen, nur vier Schritte waren es in die Freiheit und sie hätte so schnell dorthin laufen können, da ihre Füße ja nicht gefesselt waren. Aber sie konnte sich nicht bewegen.

Der Kampf war schnell zu Ende und der Räuber kam mit dem blutigen Messer auf sie zu. Sie starrte auf die Klinge, die er dann wieder weg steckte. Wie damals der Riese, so warf nun auch der Räuber sie sich einfach über die Schulter. Immer noch konnte sie keine Bewegung machen, obwohl nur die Hände auf dem Rücken an den Handgelenken zusammen gebunden waren. Als der Räuber mit ihr den Raum verließ sah sie die Schwester von der Decke hängen. Sie hätte schreien können, aber ihr Mund war ja zugebunden. Erst jetzt kam sie wieder zu vollem Bewusstsein zurück, doch der Mann hielt sie fest. Die strampelnde Schwester entfernte sich und dann durchschritt der Mann eine versteckte Tür, die den Bereich der Diener von dem der Herrschaft abtrennte. Ein paar Minuten später waren sie hinter dem Schloss, wo er ihr einen Hafersack über den Kopf stülpte und sie danach über ein Pferd warf, das sie dort hatte stehen sehen.

Sie spürte, wie sich das Pferd unter ihr bewegte und der Mann hielt sie an ihrer Hüfte fest, da wo das Mieder in das Kleid überging. So hatte es auch Sofie geschildert, als sie ihr von der Entführung durch den Mann erzählt hatte. Wohin würde der Mann sie bringen? Er würde sie sicher nicht am Leben lassen. Sie war ja eine Zeugin seines Verbrechens gewesen und da würde er sie sicher nicht frei umher gehen lassen. Zu groß war die Gefahr für ihn. Für einen Moment raste der Gedanke durch ihren Kopf, dass Harald ja nun frei für sie war, doch sofort schämte sie sich für den Gedanken.

Tränen schossen in ihre Augen. Das Dröhnen der Pferdehufe war überdeutlich zu hören. Der Mann jagte mit ihr durch die nächtlichen Straßen Dresdens.

Das Bild der hängenden Schwester fraß sich in ihr Gehirn.

53. Kapitel

Gewölbe der Angst

Besser hatte es doch gar nicht laufen können. Er war die Gräfin und den Richter mit einem Mal losgeworden und hatte auch noch eine schon lange gesuchte Beute mitnehmen können. Die kleine, schwarzhaarige Gräfin, die ihm beim ersten Mal entkommen war, lag nun gefesselt vor ihm über dem Pferd. Er hätte singen können, aber nun musste er erst einmal durch die Stadt eilen, um das Versteck mit der Frau zu erreichen, dass er sich vor Wochen einmal ausgesucht hatte. Es waren nicht mehr viele Menschen auf den Straßen. Die Meisten waren in der Innerstadt, doch hier draußen, wo die Wohnungen der Tagelöhner begannen, gab es nachts kaum Licht und darum waren auch nur wenige außerhalb ihrer Häuser. Er stoppte das Pferd direkt vor dem Eingang zu dem Keller, der mit einem großen Schloss gesichert war. Irgendwann war das mal ein Keller einer Brauerei gewesen und er hatte beim ersten Besuch über die riesige Halle gestaunt, die da unter der Stadt lag. Ein Teil des Gewölbes war eingestürzt und an dieses Gewölbe schlossen sich ein paar kleinere Räume an.

Schnell hatte er die Gräfin wieder über die Schulter geworfen, das Schloss geöffnet und war mit der strampelnden Frau auf der Schulter die ersten Stufen hinab gestiegen. Die Schritte hallten von den Wänden wieder. Neben der Treppe hatte er eine Fackel liegen, die er nun mit einem Steinschlossfeuerzeug anzündete. Das gestaltete sich etwas schwieriger, da er ja die Frau festhalten musste, sonst wäre sie zu Boden gestürzt. Mit der brennenden Fackel stieg er weiter die Treppe hinab, bis er das Gewölbe erreichte. Er bog ab und folgte dem Gang, der aus unbehauenen Steinen zusammengesetzt war. Was das mal für ein Gang gewesen war, und wem diese

Räume mal als Lager gedient hatten, war ihm im Moment egal. Er erreichte die Tür des Raumes und stellte die Frau auf die Füße. Mit seinem Messer durchtrennte er Mieder und Rock und schnitt die Sachen der Frau vom Leib, ohne ihre Hände zu befreien oder ihr den Sack vom Kopf zu nehmen. Dann schubste er sie in den Raum und verschloss die Tür hinter ihr.

Später würde er wieder zu ihr zurückkommen, nun musste er sich erst einmal um sein Pferd kümmern, dass draußen vor dem Keller viel zu auffällig stand. Sorgfältig verschloss er alle Türen hinter sich, damit seine wertvolle Beute nicht entkommen konnte. Das Pferd am Zügel hinter sich her ziehend, ging er die paar Straßen zurück zu seinem Hause. Immer noch konnte er es kaum fassen, dass er an einem Abend alle seine Probleme gelöst hatte. Der Richter war tot, die Gräfin auch und die Andere, deren Entkommen er einst so sehr bedauert hatte, war nun in seiner Gewalt. Auf dem ganzen Weg zurück stellte er sich vor, was er alles mit ihr anfangen konnte. Und da gab es so einiges, was ihm in den Sinn kam. Wenn ihn jemand jetzt gesehen hätte, er wäre sicher vor ihm zurück gezuckt. Ein höllisches Lächeln zog sich über sein Gesicht. Das spürte er selbst, aber es war ihm egal. Die Vorfreude tat schon einmal gut. Wie viel schöner wäre es dann, wenn er dann erst seine Vorstellungen in die Tat umsetzen würde?

Er brachte das Pferd in den Stall und rieb es trocken. Ohne in sein Haus zu gehen brach er sofort wieder auf. Jetzt konnte er es nicht erwarten, wieder in das Gewölbe zu gehen, wo die Frau nun sicher verängstigt auf ihn warten würde. Wenig später stieg er wieder die Treppe hinab. Die Fackel leuchtete nur einen kleinen Bereich der Halle aus, in der mal die Fässer gelegen hatten. Als er den Gang entlang schritt, zögerte er einen Moment und sah sich noch einmal um, aber es war ihm niemand gefolgt. Vermutlich wusste niemand mehr, dass hinter der Tür, die in einem verwilderten Strauch halb verborgen lag, noch ein so großer Raum war. Selbst wenn es einer gewusst hätte, er wäre sicher nicht mitten in der Nacht hier herunter gestiegen. Hans steckte den Schlüssel in das Schloss der Tür und öffnete den Raum. Der Lichtstrahl traf die Frau. Im Unterkleid, den Sack noch über dem Kopf, mit gefesselten Händen, saß sie an der Wand des kleinen Raumes. Er war sicher nicht mal fünf Schritte lang und drei breit. Winzig im Vergleich zu der großen Halle, die er gerade durchquerte hatte. Hier gab es kein Fenster und über dem Gewölbe war so viel Erde, dass Geräusche von hier nicht nach oben dringen würden. Ein perfekter Platz für seine Vorhaben.

Hans steckte die Fackel in eine Halterung, die an der Wand neben der Tür angebracht war. Dann zog er der Frau den Sack vom Kopf. Er stellte sich so, dass er ihr Gesicht im Schein der Fackel sehen konnte. Die Angst in ihren Augen war das, was er jetzt brauchte, doch da war keine Angst, nur Trotz und Verachtung zu finden. Er zog die Frau auf die Füße und schnitt ganz langsam mit dem Messer durch das Unterkleid. So hatte er es auch schon mit der anderen Gräfin gemacht und es schien für ihn eine ganz besondere Bedeutung zu haben, das so langsam wie nur irgend möglich zu tun. Welche wusste er selbst nicht, zumindest legte er nun damit ihren Körper frei, den er sich besonders gut ansah. Diese Frau war wesentlich üppiger als die andere Gräfin. Mit ihr würde es sicher noch mehr Spaß machen, auch wenn sie sicher keine Jungfrau mehr war, doch wer wusste das schon. Vielleicht hatte er heute Nacht noch einmal Glück? Dieses Mal blieb es ihm jedoch verwehrt, der Erste bei ihr zu sein.

Er hatte ihr auch den Knebel entfernt, da er sie schreien hören wollte, doch auch diesen Gefallen tat sie ihm nicht. Stumm nahm sie alles hin, was er mit ihr anstellte.

Fast enttäuscht ließ er nach ein paar Stunden von ihr ab und stieß sie in eine Ecke des Raumes. Danach verließ er den Raum, verschloss alles wieder sorgfältig auf dem Rückweg und stieg nach oben, wo gerade der erste helle Streifen des neuen Tages am Horizont zu sehen war. Für den nächsten Abend musste er sich etwas anderes für sie ausdenken.

54. Kapitel

Im Dunkel gefangen

nna lehnte an der Wand des Raumes. Es war so finster, dass sie nichts sehen konnte. Kein einziger Lichtstrahl drang von außen zu ihr durch, dabei musste es doch draußen schon langsam wieder Tag werden. Schnell hatte sie begriffen, dass es diesem Manne nur um die Gewalt ging und dass er davon lebte, anderen Schmerzen zuzufügen. Bewusst hatte sie geschwiegen, auch wenn es ihr bei all den Schmerzen schwer gefallen war. Aber sie wollte diesem Menschen nicht auch noch die Genugtuung geben, sie schreien zu hören. Jetzt erst, da er weg war, begann sie zu weinen. Was war das nur für eine Nacht gewesen? Erst hatte sie so schön mit dem Ball begonnen, doch dann war sie in ein grausames Detail nach dem anderen ausgeufert. Zuerst der Tod der Schwester und dann die Gewalt gegen sie. Wo war sie? Hatte es Sinn, um Hilfe zu rufen? Oder wäre er in der Nähe und würde sich daran ergötzen, wie sie hier um ihr Leben heulte?

Sie tastete die Wand hinter sich ab. Immer noch waren ihre Hände gefesselt und die Reste des Unterkleides hingen an ihren Armen. Er hatte es nur in der Mitte aufgeschnitten und dann war es nach hinten gerutscht. Sie versuchte mühsam das Stück Stoff wieder über die Schultern zu bekommen, damit es wenigstens ein bisschen wärmte. Es war hier drin so kalt, dass sie glaubte, ihren Atem gesehen zu haben, als er mit der Fackel in dem Raum gewesen war. Aber darüber hatte sich der Mann sicher keine Gedanken gemacht. Auch nicht darüber, ob sie etwas zu essen und zu trinken hatte. Zumindest waren der Knebel und der Sack jetzt weg, auch wenn das wegen der Finsternis nicht wirklich etwas brachte. Aber es fühlte sich besser an. Die Hände waren so fest zusammen geschnürt, dass sie auch mit Ziehen und Zerren nicht ein kleines

Stück auseinander zu bewegen waren. Vielleicht würde er sie ja am nächsten Abend lösen. Sie lehnte den Kopf zurück an die Wand. So viele Gedanken kreisten durch ihren Kopf und das lenkte sie etwas von ihrem geschundenen Körper ab. Sie sah wieder die Schwester und den Mann, der versucht hatte, sie zu befreien. Wer war er gewesen? Nur ein zufälliger Besucher, der in den Raum gekommen war? Oder jemand, der sie gesucht hatte? Sie wusste es nicht.

Mit dem Kopf an der Wand versuchte sie ein wenig zu ruhen oder zu schlafen, aber es gelang ihn nicht wirklich. Die Bilder der Nacht und die Schmerzen kamen zurück. Sie dachte wieder an die Minuten des Überfalles und hörte nun deutlicher die Worte des Mannes, die sich tief in ihr Gedächtnis gebrannt hatten, auch wenn sie sie nicht wirklich bewusst gehört hatte. Er hatte von der Entführung Sofies gesprochen und dem Tag auf der Lichtung. Plötzlich wusste sie, was er gemeint hatte. Sie zuckte zusammen, warum hatte die Schwester nicht mit ihr darüber gesprochen? Wenig später dachte sie daran, dass sie ja mit ihr über den Missbrauch durch den Riesen auch nicht geredet hatte. Irgendwie war sie da wohl befangen gewesen und hatte sich dafür geschämt. Vielleicht hatte es Sofie genauso gesehen.

Ein Zittern lief durch ihren Körper und sie wusste nicht, ob vor Angst oder vor Kälte. Doch durch das Unterkleid kroch langsam die Feuchte der Wand zu ihrer Haut hindurch. Sie hatte sich in dem Raum umgeschaut, als der Mann die Fackel aus der Halterung genommen hatte und die Tür wieder verschließen wollte. Dieser Raum war vollkommen leer gewesen. Eine kalte Wand aus Steinen und ein flacher Boden aus gestampfter Erde. Sie prüfte mit den Händen, wie kalt der Boden war und stellte fest, dass er um einiges wärmer war, als die Wand, gegen die sie sich gelehnt hatte. Sie kroch nach vorn und rollte sich seitlich in der Mitte des Raumes

224

auf dem Boden zusammen. So war es deutlich wärmer und sie konnte etwas ruhen.

Doch die Kälte ließ sie auch dort nicht lange liegen. Das konnte so nicht weiter gehen. Was konnte sie tun? Einfach so liegen und warten, dass sie erfroren war? Das würde vermutlich lange dauern, denn so kalt war es eben auch nicht. Vermutlich war in diesen Räumen die Temperatur das ganze Jahr über konstant. Also lag der Raum in einer Höhle unter der Erde, denn sonst hätte ja die wärmende Kraft der Sonne dafür gesorgt, dass es ein bisschen wärmer wurde. Da er sie auch nicht mehr wieder geknebelt hatte, war sie sicherlich auch weitab von Menschen, die ihr helfen konnten. Konnte sie hier entkommen? Wenn ja, wie? Da sie ja nun sowieso nicht schlafen konnte, setzte sie sich auf und dachte nach. Nichts fiel ihr ein. Es war schier zum Verzweifeln. Irgendwo hörte sie das Tropfen von Wasser, aber das war sicher irgendwo vor der Tür. Sie stand auf und tastete sich an der Wand einmal rund um die Zelle. Zeit hatte sie ja genug. Mit dem Rücken an der Wand entlang versuchte sie eine Stelle zu finden, wo ein Ausbruch sich lohnen würde, oder wo sie etwas fand, was ihr nutzen konnte.

Nachdem sie an der Tür vorbei war spürte sie eine scharfe Kante an einem der Steine. Sie strich mit den Fingern darüber und begann danach den Strick an den Händen an dieser Kante zu zerreiben. Es dauerte eine ganze Weile, bis sie endlich spürte, dass sich der Strick etwas lockerte. Immer wieder hörte sie auf, um zu lauschen, ob jemand sich der Tür näherte.

Es hatte sicher Stunden gedauert, bis sie die Hände endlich frei hatte. Doch was sollte sie nun damit? Sie rüttelte an der Tür, doch die bewegte sich nicht ein Stück. Auch der Rand der Tür schien fest und geschlossen zu sein. Nun musste sie auf den Mann warten, doch was würde passieren, wenn er feststellte, dass sie sich selbst befreit hatte?

Vielleicht konnte sie ihn damit überraschen und aus dem Raum flüchten? Wie lange hatte sie noch Zeit, um einen Plan zu machen? Die Tür war zu schmal, als dass sie an ihm vorbei huschen konnte. Sie musste ihn überwältigen, falls er diese Tür öffnete. Bloß wie?

Sie lauschte nach draußen und dachte nach.

55. Kapitel

Todesangst

Sofie lag am Boden und sah nach oben. Immer noch hatte sie den Strick um den Hals. Eine Dienerin hatte sich über sie gebeugt und war gerade dabei die Schlinge zu öffnen. Die Gräfin sah zur Decke und konnte nicht fassen, dass sie noch lebte. Die andere Frau hatte ihr die Hände schon wieder entfesselt und auch den Knebel aus dem Mund entfernt. Sofie nahm das Seil ab und hustete, dann sah sie sich den Strick an. Der Haken war noch dran. Offensichtlich hatte sie durch ihr größeres Gewicht diese Halterung aus der Decke gerissen. Alleine hätte er sie vermutlich gehalten, aber durch das Kind war sie viel schwerer gewesen und das hatte dieser kleine Haken nicht ausgehalten. Sie setzte sich auf und fasste sich an den Hals. Langsam bekam sie wieder Luft. Dann sah sie zu dem Manne, der immer noch neben ihr lag. Sie ließ das Seil fallen und beugte sich über ihn. Er lebte noch, aber er blutete stark. „Holen sie einen Medicus. Schnell!" sagte sie aufgeregt, aber seltsam ruhig, zu der Dienerin, aber ihre Stimme war so kratzig, dass sie es zwei Mal sagen musste, bevor die Magd sie verstanden hatte. Endlich lief die Dienerin los.

Sie zog den Oberkörper des Mannes auf ihren Schoß, stützte sich auf Matthias und versuchte die Blutung aus seiner Brust zu stoppen, aber sein Blut sickerte durch ihre Finger. Damit schlich sich auch das Leben aus ihm heraus und Sofie bettelte „Bleib am Leben! Bleib bei mir!" er bewegte sich leicht unter ihren Händen, die sie fest auf seine Brust drückte.

Wie lange dauerte das denn, bis der Medicus da sein würde?

Sie sah hinter sich zur Tür und der Mann kam, von der Dienerin gefolgt, in den Raum gelaufen. Er kniete neben Sofie und
schob die Hände der Frau zur Seite. Dann riss er das Hemd auf
und sah sich die Wunde an. Er kramte in der Tasche und begann
die Wunde zu nähen. Sofie kniete daneben und starrte auf die geübten Handgriffe. Schnell war die Blutung gestoppt.

Langsam stand sie auf. Der Mann fragte „Geht es ihnen gut?"
und zeigte auf ihren Hals. Sie nickte und schaute auf ihre Hände,
die von dem Blut ganz rot gefärbt waren. Der Medicus sah sie an.
„Er hat viel Blut verloren. Aber ich hoffe er schafft es. Die Klinge
hat das Herz nur knapp verfehlt." sagte er, dann packte er alles
wieder in seine Tasche. Sofie nickte und fragte die Dienerin „Können sie mir eine Kutsche und ein paar Träger holen?" die Dienerin
nickte und eilte davon. Der Medicus sah sich Sofies Hals an, nickte aber nur „Sie haben auch viel Glück gehabt." sagte er und sie
wischte sich die Hände an ihrem Kleid ab. Blutige Streifen blieben
auf dem pastellfarbenen Stoff zurück.

Die Diener kamen zur Tür herein. Nun hatte sich Sofie auch
wieder so weit gefangen, das sie ihnen Anweisungen erteilen
konnte. Die Diener trugen Matthias zur Kutsche und diese fuhr
zum Schloss. Erst unterwegs dachte Sofie an ihre Schwester. Der
Räuber hatte sie auf seiner Schulter gehabt. Das war das letzte, an
das sie sich erinnern konnte. Also hatte er sie entführt! Warum
lebte der Mann eigentlich noch? Hatte Matthias nicht gesagt, dass
er gestorben war? Hatte er sich getäuscht? Oder hatte ihm jemand
etwas falsches gesagt? Sie würde ihn fragen, aber zuvor musste
Matthias erst mal gesund werden. In ihrem Schloss trugen vier
Diener den Mann in ein Gästezimmer. Eine Magd erschrak, als sie
das Blut auf Sofies Kleid sah, doch sie winkte ab.

Auch Harald lief zu ihr und sie schilderte die Erlebnisse des Abends. Harald schickte einen Melder weg, der den Auftrag an die Garde übergab, nach Anna und dem geflohenen Räuber zu suchen. „Warum war mir das nicht eingefallen?" fragte sie sich erschrocken in Gedanken. Dann blieb ihr Mann mit Sofie am Bett des Mannes stehen. Sofie bangte um Matthias und um Anna. „Was war ihr geschehen? Lebte sie noch?" dachte sie. Sie dachte auch daran, wie sie selbst noch in der Gewalt des Mannes gewesen war. Die lange verdrängte Angst kam zurück. Ein Zittern durchlief ihren Körper und Harald nahm sie schützend in den Arm. Diese ungewohnte zärtliche Berührung tat ihr gut. Sie sah auf den Mann, der deutlich bleich in dem Bett vor ihr lag. Es würde sicher noch Tage dauern, bis es ihm wieder gut gehen würde. Die ersten Tränen liefen über ihr Gesicht und plötzlich brach es wie ein Sturzbach aus ihr heraus. Würden diese Tränen den Kummer aus ihrer Seele heraus waschen? Konnten sie das überhaupt? Natürlich lebte Matthias noch, aber die Situation war so was von unmöglich geworden. Sie saß hier am Bett des geliebten Mannes im Arm ihres eigenen Mannes. Endlich versiegten die Tränen, aber wohl mehr, weil sie keine mehr hatte.

Schließlich schlief sie vor Erschöpfung ein. Als sie wieder aufwachte, lag sie in ihrem Bett. Die Sonne schien in das Fenster und eine der Dienerin saß an ihrer Seite. „Braucht ihr etwas, Herrin?" fragte die Frau und Sofie schüttelte den Kopf. Der Hals tat noch weh und sie fasste sich dort hin, wo am Abend zuvor die Schlinge gesessen hatte. Sie stand auf und ging zu dem Spiegel an der Wand. Ein breiter blauer Streifen zog sich um ihren Hals. „Wie geht es ihm?" fragte sie und drehte sich zu der Dienerin um „Er schläft noch." sagte die Frau und machte einen Knicks. Sofie drehte sich zur Tür und verließ den Raum. Nach wenigen Schritten war sie in dem Gästezimmer. An dem Bett von Matthias saß ebenfalls eine Dienerin, die aufstand, als Sofie den Raum betrat.

Sie schob sich den Stuhl zurecht und setzte sich zu dem geliebten Mann. Kurz drehte sie sich zu der Dienerin „Hat man Anna schon gefunden?" fragte sie, aber die Dienerin schüttelte den Kopf. Sofie drehte sich wieder zu Matthias und begann leise zu beten. Zum Teil für die Schwester, zum Teil auch für Matthias. Die Tür öffnete sich wieder und Harald betrat den Raum. Sofie wunderte sich, dass er am Tag überhaupt da war. Der Mann setzte sich neben sie an das Bett. „Anna?" fragte sie nur und Harald antwortete „Die Garde sucht schon den ganzen Tag, hat aber noch keine Spur von ihr gefunden. So als ob die Erde sie verschluckt hätte." „Ich hoffe das sie noch lebt." sagte Sofie und sah wieder zu dem liegenden Mann hinunter. Eine Träne tropfte auf ihn.

56. Kapitel

Sternenlicht

Seit Stunden lauschte sie in die Dunkelheit. Es kam ihr alles viel lauter vor, als es ohnehin gewesen wäre. Die Tropfen fielen dröhnend zu Boden und Anna begann zu zählen. Wie viele davon mussten von der Decke fallen, bevor es Abend wurde? Sie setzte sich hin und schloss die Augen. Es war sowieso viel zu dunkel. Ihre Sinne zeigten ihr zuckende Lichter, aber sie wusste, dass es Truglichter waren. Welche Tageszeit mochte es sein? Kam der Mann erst am Abend? Oder würde er schon am Tag vorbei kommen? So viele Fragen und keine einzige Antwort.

Sie stützte die Ellenbogen auf die Knie und den Kopf in die Hände. Notdürftig hatte sie das zerrissene Unterkleid vorn zugezogen. Immer noch war es kühl hier drin. Das Warten machte sie wahnsinnig und noch immer hatte sie keine Idee gehabt, wie sie entkommen konnte. Vielleicht so, wie damals bei dem Riesen? Zutreten und fliehen? Vielleicht! Nur so würde sie hier heraus kommen. Die Tür war viel zu stabil. Sie musste also warten, bis diese von außen geöffnet werden würde. Dann musste sie reagieren. Nur dann hatte sie eine Chance. Sollte sie hinter der Tür warten? Sie verwarf den Gedanken und blieb sitzen. Anna begann vor sich hin zu dösen.

Ein neues Geräusch ließ sie zusammen zucken. Sie sperrte die Ohren auf. Ein paar leise Schritte waren deutlich zu hören. Sie näherten sich der Tür und dann hörte sie den Schlüssel, der sich kratzend im Schloss drehte. Sie nahm die Hände nach hinten, so dass es aussehen musste, als sei sie noch immer gefesselt. Der Mann schlug die Tür so schnell auf, dass sie sicher schlimm verletzt worden wäre, wenn sie hinter der Tür gestanden hätte. Mit einem Knall schlug die Türklinke an die Wand. Der Lichtschein fiel in ihr Gesicht und blendete sie. Vor Schmerz schloss sie die Augen zu schmalen Schlitzen und beobachtete trotzdem den Mann.

Als er in den Raum trat und die Fackel in die Halterung steckte, sprang Anna auf und lief auf ihn zu. Sie wollte ihn in den Unterleib treten, doch er fing den Tritt ab und schleuderte sie zurück. Die Frau prallte gegen die hintere Wand und er setzte ihr nach. „Fein, du hast dich befreit. Aber das nützt dir nichts." sagte er zynisch und drückte sie zu Boden. Der Mann öffnete seine Hose und warf sich auf Anna. Wieder begann er sich an ihr zu vergehen.

Sie sah einen Stein, nur wenig neben ihren Fingerspitzen. Anna streckte den Arm so weit aus, wie es nur ging und bekam ihn in die Hand. Mit aller Macht schlug sie den Stein an den Kopf des Räubers. Er schrie auf und rollte von Anna herunter. Aber es war die falsche Richtung. Der Weg zur Tür war frei! Der Mann hielt sich den Kopf. Nun sprang Anna auf und lief die fünf Schritte bis zur Freiheit. Dabei kam es ihr unendlich weit vor. Der Mann brüllte ihr hinterher, war aber, mit herunter gelassener Hose, langsamer als die Frau. Anna erreichte die Tür und zog sie hinter sich zu. Der Schlüssel fehlte, er hatte ihn sicher einstecken.

Hinter der Tür brüllte der Mann und schlug gegen das Holz. Warum öffnete er nicht und kam heraus? Sie stand im Dunkeln und tastete sich eine Wand entlang. Hinter ihr tobte der Mann und hämmerte gegen die Tür. Sie wusste nicht, warum er diese nicht einfach öffnete, aber vielleicht hatte das gegen die Wand schlagen die Tür beschädigt. Anna ging schneller, aber es war immer noch dunkel. Die Wand wich zurück und sie sah einen kleinen Strahl

Licht vor sich. Er kam von oben. Sie fand eine Treppe und begann hinauf zu steigen. Im Gang hinter sich hörte sie splitterndes Holz und das Toben des Mannes.

Als sie oben an der Tür war, fiel unten ein Licht in die Halle. „Bleib stehen, du Hure!" brüllte der Mann und die Halle verstärkte das Geräusch zu einem Dröhnen. Anna riss an der Tür, die zuerst wackelte und dann quietschend aufging. Sie lief nach draußen und stand auf einer schlechten Straße im Mondlicht. Der Mond hatte auch durch einen Spalt in der Tür in die Halle geleuchtet. Über sich sah sie die Sterne und hinter sich hörte Anna den Mann die Treppe herauf laufen, also rannte sie einfach los. Sie hielt sich den zerrissenen Unterrock vorn mit einer Hand zu. Sie lief und lief, ohne zu wissen wohin. Dunkle Straßen und alte Häuser nahm sie mehr aus dem Augenwinkel wahr.

Sie hatte schon lange die Orientierung verloren.

Die Frau rannte so, dass ihr jeder Atemzug wehtat. Irgendwann würde sie nicht mehr können. War er noch hinter ihr her? Sie wagte nicht, anzuhalten und sich umzudrehen. Das Echo ihrer Schritte trieb sie voran, oder waren es auch noch andere? Immer weiter lief sie, bis sie vor einer berittenen Wache der Garde stand. Einer der Soldaten musterte sie von oben bis unten. Eine Frau mit zerzausten Haaren, zerfetzten Unterkleid, blutend und fast nackt. Nur die Schuhe machten ihn offensichtlich stutzig. Es waren feine Pariser Lederstiefel, die mehr Wert waren, als er im Jahr verdienen würde. „Gräfin von Hohenfeld?" fragte er und Anna nickte. Sie konnte im Moment nicht reden. Noch immer rang sie um Luft, nach dem schnellen Lauf. Vorsichtig drehte sie sich um. Niemand war hinter ihr.

Der Soldat stieg vom Pferd und knöpfte seine Jacke auf, dann hängte er sie ihr um die Schulter und half Anna auf das Pferd. Sie setzte sich seitlich und legte den Oberschenkel um den Sattelknauf. So saß sie fest und die Schmerzen in ihrem Unterleib waren auszuhalten. Sie schloss die Knöpfe der Jacke und zog das Unterkleid so, dass es die nackten Schenkel bedeckte. Der Soldat sah zu ihr herauf und sie nickte. Er führte das Pferd durch die Gassen. Die anderen Soldaten folgten ihr und fragten sie, wo der Räuber war, aber sie wusste es nicht. Sie erzählte von der Höhle, aber keiner der Soldaten kannte diese Höhle. Wenig später trafen sie wieder am Schloss ein.

Als Anna die Halle betrat kam ihr Sofie entgegen. Die beiden Schwestern fielen sich in die Arme. „Ich habe gedacht, du bist Tod!" sagte Anna weinend und Sofie zog den Kragen zur Seite, der den blauen Ring verdeckte. „Ich hatte Glück." sagte Sofie. Anna nickte „Ich auch!" antwortete sie und nun begann auch Sofie zu weinen.

57. Kapitel

Entwischt?!

Hans stand mit der Fackel an der Tür und sah ihr hinterher. Sie war ihm entwischt und für einen Augenblick dachte er daran, ihr hinterher zu laufen und sie einzuholen, doch dann war sie schon verschwunden. So viel hatte er noch mit ihr vor gehabt. Er fasste sich an den Kopf, wo die Wunde immer noch blutete. Dann drehte er sich um und verschloss die Tür. Zum Glück wusste sie nicht, wo sie gewesen war und so wie er Frauen kannte, würde sie sich nicht mehr daran erinnern, wo dieser Platz gewesen war. Aber zur Sicherheit würde er die Halle erst mal für einige Zeit meiden. Die Gräfin wusste ja auch nicht, wo und wer er war, aber nun konnte er wieder auf einem Ball auf sie treffen. Die anderen Beiden hatte er beseitigt und nun hatte er ein weiteres Problem. Sie war eine Zeugin und noch am Leben!

Das musste er ändern, aber zuerst wollte er nach Hause, um die Wunde verbinden zu lassen. Nach ein paar Schritten war er bei seinem Haus und trat ein „Ich bin gestürzt." sagte er und setzte sich. Seine Frau säuberte die Wunde und verband sie. Dann ging er in sein Bett. Tausende Gedanken und Pläne jagten schon wieder durch seinen Kopf. Nun würde Karola die andere Gräfin überwachen müssen. Beim letzten Mal hatte es ja auch so gut geklappt. Morgen! Dabei schlief er ein und lächelte. Als er am Morgen erwachte, wollten seine Frau und Karola gerade gehen, doch er rief vom Bett aus „Karola bleibt hier!" also ging die Frau alleine und das Mädchen hängte den Mantel auf einen der Stühle und wartete.

Etwas später ging Hans zur Ratsversammlung und Karola hatte den Auftrag bekommen, die Gräfin zu finden und die Gegend des Schlosses zu erkunden. Am Abend sollte sie dann Bericht erstatten. Den ganzen Tag war er mit seinen Gedanken gar nicht bei der Versammlung, sondern weit weg. Sein Geist war immer noch in der Höhle. Er musste zu Ende bringen, was es begonnen hatte! An diesem Tag stimmte er sogar für etwas ab, dass er an jedem anderen Tag abgelehnt hätte. Als ihn sein Nachbar nach dem Grund fragte, zeigte er auf seinen Kopf und entschuldigte sich mit dem Sturz dafür.

Endlich wieder zu Haus, empfing ihn Karola und erzählte alles, was sie zu der Gräfin erfahren hatte. Dann führte sie ihn zu dem Schloss. Es war später Nachmittag und er konnte das Haus sehen. Er schickte Karola nach Hause und ging vorsichtig vor dem Schloss auf und ab. Immer wieder schaute er zu dem Gebäude. Prüfte Verstecke und schätzte die Abstände ein. Schließlich sah er die Gräfin am Fenster im ersten Sock stehen. Nun wusste er alles, was er wissen wollte. Er brauchte nur noch einen „Türöffner". Eine Person oder Idee, die ihn in das Haus bringen würde.

Schließlich sah er eine junge Dienerin, die mit einem Korb zu einer versteckt angebrachten Tür lief, die für das Personal vorgesehen war. Die Frau war hübsch und sicher noch keine achtzehn Jahre alt. Er trat ihr in den Weg, so dass sie stürzen musste. Er entschuldigte sich und half ihr den Korb wieder mit dem Gemüse zu befüllen, dass sie geholt hatte. Er lächelte sie an und sie lächelte zurück. Schnell lief sie zum Haus, sah sich aber noch zwei Mal um, bevor sie hinein ging. Er winkte ihr zu und wusste, dass sie ihm am nächsten Tag den Eintritt in das Haus ermöglichen würde. Freudig pfeifend ging er heim.

Am nächsten Tag ging er nicht zum Rat, sondern ließ sich mit Verweis auf die Kopfwunde entschuldigen. Stattdessen ging er zum Schloss und wartete in der Nähe, auf einer Bank sitzend, bis die Dienerin ihren täglichen Weg zum Markt einschlagen würde. Da musste sie zwangsläufig an ihm vorbei. Er hatte Zeit und dachte weiter über seinen Plan nach. Was würde er tun, wenn er erst mal im Schloss war? Ein höllisches Lächeln zog um seinen Mund und wenn die Magd jetzt vorbei gekommen wäre, sie wäre schreiend fort gelaufen. Doch es dauerte noch eine Stunde, bis er sie mit dem Korb sah. Hans stand auf, begrüßte sie und bot ihr an, sie zu begleiten. Dabei nahm er ihr den Korb ab.

In den nächsten Stunden log er ihr das Blaue vom Himmel herab und sie war so gutgläubig, dass er sich nur wundern konnte. Sie glaubte ihm wirklich alles. Dass er ein wohlhabender Händler war, eine Frau wie sie suchte und sie gern heiraten würde, weil er sich sofort in sie verliebt hatte. Ein paar Blumen sorgten dafür, dass sie ihn irgendwann an diesem Tag für den Abend heimlich in ihr Zimmer einlud. Er hatte das erste Ziel seines Planes erreicht. Hans begleitete sie noch nach Hause und versprach nach Einbruch der Dämmerung hier zu warten. Genau dort stand er auch und wurde von ihr in das Haus gelassen. Im Bereich der Diener stiegen sie leise zu ihrem Zimmer hinauf.

Es war für ihn ein kleiner Vorgeschmack gewesen für das, was er noch mit der Gräfin vorhatte. Als die Frau neben ihm eingeschlafen war, stand er auf und fesselte sie mit Stoffstreifen, die er vom Betttuch abschnitt. Dann knebelte er sie und zog sich wieder an. Er wartete, bis es im Hause ganz still war. Die Frau schlief immer noch, als er sich noch ein paar weitere Streifen von dem Laken abschnitt und sie sich in die Jackentaschen steckte. Leise schlich er über den Gang, stieg hinab zur Küche und betrat durch eine versteckte Tür den Bereich der Herrschaften. Vorsichtig stieg er zu dem ersten Stock hinauf und sah sich immer wieder um, aber zu so später Stunde war er alleine.

In dem Gang zählte er die Türen. Welche würde wohl die richtige Tür sein? Er wusste nur das Fenster, aber nicht das Zimmer. In der Dunkelheit würde er auch nur einen Versuch haben!

Schließlich legte er die Hand auf eine der Klinken. Die Tür war nicht verschlossen und öffnete sich lautlos. War es das richtige Zimmer? Ein Bett stand darin. Er schlich hinein und schloss die Tür lautlos wieder.

58. Kapitel

In den Fängen der Angst

Die Dienerinnen hatten ihr zu so später Stunde noch ein Bad bereitet und erst im warmen Wasser spürte Anna all die Verletzungen, die der Mann ihr beigebracht hatte. Das warme Wasser sorgte dafür, dass die Wärme wieder in ihren Körper zurückkam. Als sie eine Stunde später aus der Wanne gestiegen war, sah sie im Spiegel die blauen Flecken und Kratzer, die sie gerade in dem Bad gespürt hatte. Vorsichtig trocknete sie sich ab und zog ein neues Unterkleid an, das ihr von einer Magd hingehalten wurde. Sie nahm einen Löffel von dem Pulver in einem Becher Wein. Schließlich wollte sie ja nicht auch noch von diesem Verbrecher schwanger werden. Anna sah in den leeren Becher hinein. Konnten sich nicht all ihre Sorgen so einfach lösen lassen?

Sie ging in ihr Zimmer zurück und suchte ein neues Kleid heraus. Die Magd half ihr beim Anlegen des Mieders. Angezogen stand sie wenig später in dem Speisezimmer und sah auf die gedeckte Tafel. Sie setzte sich und nahm ein langes Mitternachtsmahl ein, schließlich hatte sie einen ganzen Tag nichts gegessen und getrunken. Sofie leistete ihr Gesellschaft und sie erzählten sich beide ihre Geschichten des letzten Tages. Zum Ende zu brachte Sofie sie in einen Raum, in dem der Mann auf dem Bett lag, der am Vortag in das Zimmer gestürzt war, um sie zu retten. Sofie setzte sich an das Bett und strich ihm über die Stirn. Anna sah in den Augen der Schwester, dass der Mann wohl nicht zufällig in den Raum gekommen war, sondern das er wohl Sofie gesucht hatte. Anna zog sich wortlos und von der Schwester unbemerkt zurück. Dann ging sie auf ihr Zimmer.

Es dauerte eine ganze Weile, bis sie endlich eingeschlafen war. In den Schatten im Zimmer hatte sie immer wieder den Mann gesehen. Endlich fielen ihr die Augen zu, aber auch im Traum rannte der Mann hinter ihr her. Erst nach dem Mittag wachte sie auf, wollte aber nicht aus dem Bett. Schließlich ließ sie sich das Essen auf ihrem Zimmer servieren. Erst später stand sie auf und trat an das Fenster. Sie sah hinaus, wollte das Haus aber nicht so schnell wieder verlassen. Bisher hatte sie Harald auch noch nicht wieder getroffen. Sofie hatte auch nur kurz zu ihr in das Zimmer geschaut, aber an diesem Tag wollte Anna niemanden sehen. Zu tief saß der Schmerz.

Als es dunkel wurde, ging sie in ihr Bett und schlief traumlos bis zum nächsten Tag durch. Immer noch nagte die Angst an ihr. Sie versuchte sie zu verdrängen, aber sie kam immer wieder zurück. Würde der Mann noch einmal in ihrem Leben auftauchen? Sie hatte in beiden Nächten alle Fenster fest verschlossen und zwei Mal kontrolliert. Auch die Tür hatte sie fest verschlossen. So fühlte sie sich wenigsten etwas sicherer. Erst in der dritten Nacht beschloss sie, die Tür nicht zu verschließen. Vielleicht würde ja Harald noch vorbei kommen und sie trösten. In dieser Erwartung schlief sie ein.

Sie erwachte, als jemand seine Hand auf ihren Mund legte. Eine Klinge war an ihrer Kehle und sie sah das Gesicht des Mannes über sich, dass sie nie wieder hatte sehen wollen. „Guten Abend Gräfin. Wir waren letztens noch nicht fertig geworden." sagte er leise mit einem drohenden Unterton. Vor lauter Schreck konnte sie sich nicht bewegen. War es nur ein Traum? Doch dann schnitt das Messer in ihre Haut. Der Schmerz durchzuckte sie und sie bäumte sich auf. Der Räuber drückte sie zurück auf ihr Lager. Dann fesselte und knebelte er sie. Er band ihre Hände und Beine so an das

Bett, dass sie quer darüber lag. Als sie sich nicht mehr rühren konnte, schnitt er wieder das Unterkleid von oben auf.

„Jetzt haben wir noch etwas Spaß, dann wirst du sterben." sagte der Mann und beugte sich über sie. Er schlug das Unterkleid zur Seite und zog mit dem Messer eine blutige Spur auf ihrem Körper. Entsetzt sah sie den Mann an. Der steckte das Messer weg und öffnete seine Hose. Als er sich ihr näherte, ging die Tür auf und Harald kam herein. Der Räuber zuckte zurück, zog das Messer und sagte „Warte noch etwas!" dann ging er auf Harald los, der, im Unterhemd mit der Lampe in der Hand, in der Tür stand. Er verschwand kurz und kam mit einem Schwert zurück, das er einer der Rüstungen im Flur abgenommen hatte.

Der Räuber sah das Schwert und blickte auf das Messer in seiner Hand. Er steckte es weg, lief zu einem der Fenster, öffnete es und sprang hinab. Harald lief ihm hinterher und schaute nach unten. „Er ist weg!" sagte er, ließ das Schwert fallen und stürzte zu Anna an das Bett. Er löste ihre Hände und machte den Knebel wieder auf. Dann versuchte er die Blutung am Hals damit zu stoppen, aber es war nur ein kleiner Schnitt. Auch die rote Linie in der Mitte vom Hals bis zum Bauchnabel war nicht tief und hatte schon aufgehört zu bluten. Anna umarmte Harald und begann zu weinen. Die Tränen durchnässten das Hemd des Mannes.

Diener und Mägde kamen in das Zimmer gelaufen. Das zu Boden fallen des Schwertes hatte sie zu dem Zimmer gerufen. „Wie ist der überhaupt hier herein gekommen?" fragte Harald und die Diener begannen zu suchen. Nach einer kurzen Weile hatten sie die gefesselte Frau gefunden und befragt. „Hier bin ich nicht mehr sicher, bis er gefangen wurde!" sagte Anna und Harald nickte. Er teilte Wachen für den Rest der Nacht ein und eine Dienerin setzte sich an Annas Bett. Trotzdem konnte sie nicht schlafen. Der Mann war bis hier her, an ihr Bett, gekommen und nun?

Vielleicht hatte der Kurfürst eine Idee? Am nächsten Tag wollte sie ihn befragen.

Als sie dann in seinem Schloss, trotz aller Wiederstände der Bediensteten, ein persönliches Gespräch mit dem Kurfürsten führen konnte, gab dieser ihr zwei Dutzend Gardesoldaten mit und quartierte Anna in dem kleinen Schloss ein, in dem sie mit dem Maler gewesen war.

Mit ein paar Soldaten vor ihrer Schlafzimmertür und unter ihrem Fenster fühlte sie sich nun etwas sicherer. Die Todesangst wich langsam, doch die Tränen der Angst kamen in der Einsamkeit immer wieder hoch.

59. Kapitel

Ein Neuanfang?

Irgendwie war in dieser Nacht alles schief gegangen, was nur schief gehen konnte. Der Sprung aus dem Fenster war da noch das Geringste aller Probleme gewesen. Es war nicht allzu hoch gewesen und darunter war ein Blumenbeet. So hatte er den Sprung unbeschadet überstanden. Aber das Schloss war nun für ihn verschlossen. Einzig die kleine Dienerin hatte ihm etwas Spaß bereitet. Er saß in einem der Gebüsche und beobachtete noch ein paar Minuten das Gebäude und zog sich dann zurück. Langsam ging er nach Hause. Alles hatte mit dieser Gräfin begonnen, sollte es nun auch mit ihr enden? Als er die Tür seines Hauses öffnete, war seine Frau noch wach, aber er sagte nichts. Er setzte sich an den Tisch und leerte einen Krug Wein.

Jetzt wurden es immer mehr Zeugen. Das konnte nicht gut gehen. Je mehr ihn kannten, desto größer wurde die Gefahr für ihn. Sollte er aus Dresden verschwinden? Jetzt, wo er in den Rat gewählt worden war und damit vielleicht gutes Geld erbeuten konnte? Hans musste wieder seine Spuren verwischen. Drei neue Zeugen gab es nun, und er sah zu seiner Frau. Auch sie wusste zu viel! Sollte er sich ihrer zuerst entledigen? Oder würde das erst mal zu viel Aufsehen erregen? Er stand auf und nahm die Münzbeutel aus der Kiste, in die er sein Geld und seine Wertsachen täglich verschloss. Er zählte die Münzen auf den Tisch und sagte nach der letzten „Wir ziehen in ein größeres Haus! Ich brauche ein etwas mehr repräsentatives Zuhause!"

Dann sah er zu seiner Frau, die wortlos nickte und begann die ersten Dinge einzupacken. Wann hatte er zum letzten Mal ihre Stimme gehört? Er wusste es nicht und legte sich in sein Bett, während rings um ihn seine Habseligkeiten leise in Kisten verpackt wurden. Als er Stunden später aufwachte, war fast alles weggeräumt. Nur noch der Krug und ein Teller aus Zinn standen auf dem Tisch für sein Frühstück. Danach brach er mit einem Teil der Münzen auf und hatte wenig später ein Haus am anderen Ende von Dresden in einer besseren Gegend gefunden und gekauft. Die nächste Nacht verbrachten sie schon in dem neuen, großen Haus.

Es war ein Gebäude mit einem großen Raum im Erdgeschoß. Gerade gut genug für einen Ratsherren. Dort würde er ab jetzt Bälle für das höhere Bürgertum abhalten, ähnlich zu denen, die der Adel feierte. Das würde dann auch noch den Vorteil haben, dass er die Gräfin dort nicht treffen konnte. Aber ganz hatte er mit ihr nicht abgeschlossen. Zum Glück hatte er den Richter aus dem Weg geräumt. Nur er hatte gewusst, wo er dennoch zu finden sein würde, denn seinen Platz im Rat wollte er ja nicht aufgeben.

Er winkte Karola zu sich und gab ihr den Auftrag, das Schloss zu beobachten, ob die Gräfin dort wieder auftauchen würde. Eher wiederwillig stimmte das Mädchen zu und verließ das Haus. Er sah ihr lange nach, dann blickte er zu seiner Frau. Irgendwie entglitt ihm die ganze Situation. Karola maulte rum und in den Augen seiner Frau sah er, dass auch sie ihm nicht mehr vollkommen ergeben war. Die Stadt und der Wohlstand hinterließen deutliche Spuren in den beiden Frauen und das konnte er im Moment gar nicht brauchen!

Er brauchte Menschen um sich, denen er vertrauen konnte. Hans stand auf und ging um den Tisch herum. Seine Frau stand mit dem Rücken zu ihm und wenig später lag sie gefesselt im Keller des Hauses. Auch einen Knebel hatte er ihr verpasst. Am nächsten Tag würde er das Gerücht streuen, dass sie ihn verlassen hatte und dann würde er nach einer anderen Frau suchen.

Wohin sollte er seine Frau bringen? Er konnte sie ja schlecht im Keller lassen, während er hier oben mit seiner neuen Frau leben würde. Auch wäre es nicht möglich, nach ihr als Vermisste suchen zu lassen, während sie noch im Keller war. Ihm fiel die Höhle wieder ein. Er würde ja sowieso die Höhle länger nicht betreten können. Er stieg hinunter und trug dann seine Frau zu seinem Pferd. An diesem Abend schien kein Mond, der sein Tun hätte beleuchten können. Er legte seine Frau in dem feuchten Kellerraum ab und nahm ihr den Knebel ab, aber sie sagte immer noch nichts. Sie bettelte nicht um ihr Leben. Vermutlich wusste sie, dass sie von ihm keine Gnade zu erwarten hatte. Hans warf von der Tür aus einen letzten Blick auf sie, dann verschloss er den Raum und ließ sie im Dunkel zurück.

Als er zu Hause ankam, traf auch Karola dort ein. Sie berichtete von dem kleinen Schloss, wo die Gräfin nun beschützt wohnte. Sie fragte, wo die Frau war und er begann mit seiner Lüge, aber er sah in ihren Augen, dass das Mädchen ihm nicht glaubte. Egal! Wenn er sie nicht mehr brauchen würde, waren auch noch weitere Plätze in der Höhle frei.

Nach ein paar Tagen berichtete ihm Karola, dass die Soldaten nicht mehr vor dem Schloss standen. Das war für Hans das Zeichen für Zweierlei. Zum einen brachte er an diesem Abend Karola unter einem Vorwand zu der Höhle, wo er sie einschloss, zum anderen überwachte er ab nun das Schloss, um zu erfahren, wo die Gräfin abends hinging. Denn er konnte sich schon vorstellen, dass sie nicht nachts alleine im Schloss bleiben würde. Das hätte sie in dem anderen Schloss, gut von den Soldaten bewacht, auch tun können. Nein, sie würde sicher unter Leute gehen und da gab es nur die Bälle der feinen Gesellschaft.

Von diesem Abend an hatte sie einen Schatten, der sie auf Schritt und Tritt überwachte, ohne dass sie wusste, dass er hinter ihr her war. Bald schon wusste er jede ihrer Bewegung, noch bevor sie selbst sie gemacht hatte. Nur diese eine Frau konnte ihn noch überführen. Der Mann hatte ihn nur kurz gesehen und die anderen waren tot.

Nun wurde es Zeit, das Problem zu lösen. Noch hatte er sich aber nicht überlegt, was er mit ihr anstellen wollte. Würde er die abgebrochenen Handlungen fortsetzen? Sie entführen? Oder sie töten? Während er ihr folgte wägte er seine Möglichkeiten ab. Manchmal war er nur ein paar Schritte hinter ihr und sie bemerkte ihn nicht. Durch einen tief in die Stirn gezogenen Hut war er gut beschirmt.

60. Kapitel

Blutstropfen auf Pastell

Eine Woche hatte es Anna ausgehalten. Die ganze Zeit kam sie sich vor wie eine Gefangene. Die Soldaten vor ihrer Tür gaben ihr zwar Sicherheit, aber sie störten auch. In dem Zimmer liefen die ganze Zeit die Bilder der Nacht vor ihr ab. Er hatte sie in dem Schloss erreichen können und nur Harald hatte schlimmeres verhindern können. Sie fasste sich an den Hals, wo sich die Wunde zwar schon geschlossen hatte, der aber immer noch schmerzte, wenn sie den Kopf bewegte. In der Zeit hatte sie der Kurfürst ein Mal besucht, aber sie hatten nur geredet. Der Schmerz und die Angst steckten immer noch zu tief in ihr. Die Wunden des Körpers und der Seele mussten erst noch heilen. Doch sie entschloss sich, ab sofort die Einsamkeit wieder gegen Geselligkeit einzutauschen.

Unter vielen Menschen fühlte sie sich wohl und sicher. Außerdem war sie nun wieder der Mittelpunkt jeder Feier. Ihre Schilderungen jagten den anderen Frauen Schauer über den Rücken. Aber sie konnten auch nicht genug davon hören. Immer wieder musste sie es erzählen und das war damit auch eine Art von Bewältigung für sie. Sofie hatte das Haus nicht mehr verlassen. Sie saß immer noch am Bett des Mannes, der noch immer nicht erwacht war. Der Stich war vermutlich sehr tief gewesen. Nur mit Glück hatte der Mann überlebt, hatte ihr Sofie erzählt. An diesem Abend hatten sie alle Drei Glück gehabt. Trotzdem wollte sie nicht unterwegs in Gefahr kommen. Ständig begleiteten sie deshalb zwei bewaffnete Soldaten der Garde, die der Kurfürst ihr mitgegeben hatte.

Diese zwei großen Männer führten sie immer vom Haus zur Kutsche und zurück. Sie standen auch hinten auf der Kutsche und fuhren immer mit. Nur auf den Ball ging sie alleine, aber so lange sie inmitten der anderen Frauen war, war sie nicht in Gefahr. Beim letzten Mal war sie ja nur deswegen in Gefahr gekommen, weil sie die Feier verlassen hatte und das wollte sie nicht noch einmal riskieren. Auf einem der Bälle musste Anna zur Toilette und keine der anwesenden Damen wollte sie begleiten. Die anwesenden Männer konnten sich, was sie oft sah, in irgendwelche der im Saal stehenden Vasen erleichtern, oder im Durchgang zur Küche in eine Öffnung in der Wand, die dort extra dafür eingelassen war. Aber bei den Damen, mit den Röcken ging das nicht so gut. Dafür gab es einen separaten Raum, wo man sich der Röcke entledigen konnte und dort hing auch ein Spiegel. Für ein paar Minuten versuchte sie es zurück zu halten, doch irgendwann musste sie gehen. Da ja nach ihrer Meinung niemand wusste, wo sie war, und wann sie auf die Toilette musste, ging sie schließlich doch, nahm aber noch einen der Soldaten mit, der vor der Tür auf sie warten musste.

Als sich Anna dort dann etwas Puder nachlegen wollte, öffnete sich leise eine Nebentür. Sie zuckte zusammen und schrie auf. Als sie sich umdrehte, sah sie eine andere, erschrocken blickende, Frau und dann flog die Tür auf und der Soldat stürzte mit gezogenem Säbel herein. Alle drei standen unmittelbar voreinander, bis ein Lachen sie alle erlöste. Der Soldat verließ den Raum und Anna wusste nun, dass sie sich auf ihre Wache verlassen konnte. Sie drehte sich wieder zum Spiegel um und machte weiter mit dem Puder. Die andere Frau war auch gegangen, als sich die Tür wieder öffnete.

Ohne dass sie etwas dagegen tun konnte, hatte sie plötzlich eine Klinge am Hals und eine Hand auf dem Mund. Sie sah das Gesicht des Mannes im Spiegel und er flüsterte ihr ins Ohr „Leider werden wir das aus der Höhle nun doch nicht zu Ende bringen können. Du wirst schnell sterben, kleine Gräfin. Aber eine Locke von dir nehme ich als Erinnerung mit." dann zog er das Messer durch ihr Haar und eine große Strähne fiel lautlos herunter. Das Messer musste sehr scharf sein und wanderte wieder zu ihrem Hals. Dann drehte der Mann sie um holte aus und stach zu. Im letzten Moment konnte Anna ihren Arm nach oben reißen und die Klinge abfanden. Die Spitze des Messers berührte ihre Brust nur leicht.

Sie biss ihm in die Hand und der Räuber zog für einen Augenblick die Hand vor Schmerz zurück. Das reichte für einen Hilfeschrei. Schon hatte er ihr wieder den Mund zugehalten und das Messer zuckte nach oben in Richtung ihrer Kehle. Hinter ihm flog die Tür auf und der Soldat eilte in den Raum. Der Räuber fuhr herum und es begann ein kurzer Kampf. Anna sank an der hinteren Wand zusammen und sah erst jetzt, dass das Messer ihren Arm aufgeschnitten hatte. Mit einem Tuch versuchte sie die Blutung zu stoppen, während der Soldat direkt vor ihr auf dem Rücken des Räubers kniete, den er am Boden gerade fesselte. Der Soldat sah sie an und fragte besorgt „Gräfin, alles in Ordnung?"

Anna nickte und zeigte den blutigen Verband. „Einen Medicus." sagte sie nur. Der Soldat nickte, zog den Räuber nach draußen und schickte nach einem Medicus. Anna starrte auf das blutige Messer, das vor ihren Füßen liegen geblieben war. Das Blut tropfte von ihrer Wunde am Arm auf das pastellfarbene Kleid. Sie versuchte es wegzuwischen, machte es aber nur noch schlimmer. Erst jetzt begann der Arm zu schmerzen und sie fing an zu weinen. Sie saß in der Toilette, auf dem Boden und vom Flur her sahen ein paar Frauen durch die offen gebliebene Tür. Endlich kam der Medicus herein und nähte die Wunde mit ein paar Stichen. Dann verband er den Arm und half Anna auf. Sie sah sich nach dem Messer um und hob es auf. Auch die lange Haarsträhne hob sie auf, dann verließ sie, am Arm des Medicus, taumelnd den Raum.

Im Ballsaal setzte sie sich auf einen Stuhl und fragte, wo der Soldat war, der war aber nicht mehr da, wenig später kam der zweite Soldat von draußen herein und erzählte, dass sie den Räuber mit einer Wache in den Kerker geschickt hatten. Damit war die Gefahr für Anna zwar im Moment vorbei, zur Sicherheit bestand sie aber darauf, dass die beiden Männer sie nach Hause brachten. Die Schmerzen in ihrem Arm wurden immer stärker und sie musste wohl auch ziemlich bleich sein, denn der Soldat stützte sie, als sie dann aufstand. Irgendwie kam es ihr so vor, als ob sie jeder anstarren würde, und das kam sicher nicht nur von den Blutspuren auf dem Kleid. Sie merkte, dass sie das blutverschmierte Messer immer noch in der Hand hatte und gab es einem der Soldaten, der es sofort verwahrte. Schon am nächsten Abend würde ganz Dresden wissen, was hier gerade passiert war.

Diese dreißig Schritte bis zur Kutsche kamen ihr so unendlich vor. Aber sie war noch am Leben.

61. Kapitel

Tage der Tränen

Seit Tagen saß seine Frau nun schon am Bett dieses Mannes. Am Anfang hatte Harald noch gedacht, dass es aus Dankbarkeit geschah, doch nun wusste er, dass da noch etwas anderes war. Die Augen hatten es ihm verraten. Es lag so ein sorgenvoller Blick darin. So sah man niemanden an, der einem nicht schon im Herzen war. Harald hatte es wohl richtig gedeutet, aber darüber sprechen würde weder er noch Sofie. Wenn man die Augen verschloss, so war wohl alles noch in Ordnung.

Doch es war nichts in Ordnung!

Er liebte Anna und seine Frau liebte offensichtlich auch jemanden anderes. Diese ganze Ehe war vom Anfang an zum Scheitern verurteilt gewesen. Aber sie war geschlossen und damit unaufhebbar bis an das Ende ihrer Tage gültig. Manchmal dachte er da an die Tagelöhner. Dort gab es keine Ehe. Sie blieben zusammen, so lange es ging und konnten sich trennen, wenn sie es wollten. Das Gesetz des Beiwohnens galt bei ihnen. Die Ehe war an Land und Besitz geknüpft und diente eigentlich nur dazu, dass Erbe zu sichern. So war es seit hunderten von Jahren schon.

Aber musste es so bleiben? Vier Menschen waren unglücklich, wegen einer uralten Tradition? Das durfte nicht sein! Aber wo war die Lösung? Er stand auf und legte Sofie die Hand auf die Schulter. Seine Frau blickte auf und nickte. „Möchtest du etwas essen?" fragte er sie, aber sie sagte nur „Nein" wie er es erwartet hatte. Schon mehr als eine Woche ging das so. Jetzt wo Anna auch nicht da war, war für ihn die Einsamkeit noch viel schwerer zu ertragen.

Er war schon sehr erschrocken, als er den Räuber in ihrem Zimmer angetroffen hatte. Er ärgerte sich, dass er ihm entkommen war. Aber Anna hatte noch einmal Glück gehabt. Die Zeit, die sie im Schloss des Kurfürsten verbracht hatte, war die schlimmste Woche in seinem Leben gewesen und nun ging sie ständig auf die Bälle.

Harald hatte das Gefühl, das sie ihm ihre Bewachung nicht zutraute. Das schmerzte ihm sehr, aber vielleicht hatte sie ja Recht? Die Dienerin, die den Räuber in das Haus gelassen hatte, hatte er am nächsten Tag entlassen, aber es war schon komisch so feststellen zu müssen, wie leicht jemand von außen in das Schloss kommen konnte. Und das der Räuber immer noch nicht gefasst war, ließ ihn die Türen zweimal prüfen. Einer der Diener stand nun, mit einer Hellebarde bewaffnet, wie im finsteren Mittelalter, im Flur vor ihren Zimmern.

Dadurch konnte Harald aber auch nicht in Annas Zimmer wechseln, wie er es gern gemacht hätte. Die Frau hätte sich über etwas Zuspruch, ein paar Zärtlichkeiten und seine starken Arme sicher gefreut. Stattdessen machte sie die Nächte durch. Immer bewacht von zwei Gardisten. Es war schon später Abend, als er die Treppe nach oben stieg, nachdem er die Fenster von außen kontrolliert hatte. Er hatte die Mitte der Treppe erreicht, als sich die Eingangstür öffnete und Anna gefolgt von einem der Soldaten die Halle betrat. Sie nickte dem Gardisten zu, der verbeugte sich, ging und schloss das Tor.

Harald drehte sich um und ging wieder hinunter „So früh schon wieder da?" fragte er und schaute zur Uhr auf dem Sims. Es war eindeutig zu früh. Anna legte den Umhang ab und nun erst sah er den Verband und das blutbeschmierte Kleid „Was ist passiert?" fragte er besorgt. „Ich werde wohl den Kurfürsten um eine höhere

Apanage bitten müssen. In letzter Zeit gehen mir so viele Kleider kaputt." antwortete sie und versuchte einen Scherz damit. Auf seinen besorgten Blick hin antwortete sie „Wir haben den Räuber erwischt, bevor er mich erwischen konnte. Mal von meinem Arm und ein paar Haaren abgesehen." „Es war aber ziemlich knapp. Oder?" fragte er und zeigte auf die kleine Wunde zwischen den Brüsten, über ihrem Herz, die die Spitze des Messers hinterlassen hatte.

Die gespielte Selbstsicherheit der Frau brach zusammen und die Tränen schossen in ihre Augen. Harald nahm sie in die Arme und trug sie nach oben. Dort kam Sofie aus dem Gästezimmer und fragte, was los war und Anna schilderte ihrer Schwester die Ereignisse des Balles, während er ihr ein Taschentuch holte. Wenig später war Anna in ihr Zimmer gegangen. Da der Räuber ja nun gefangen war und sicher im Kerker saß, schickte er den Diener vom Flur wieder weg. Die Hellebarde fand wieder ihren Platz in den Händen der Rüstung neben dem Bild eines seiner Vorfahren.

Später, als Ruhe in dem Schloss eingekehrt war, ging Harald in das Nachbarzimmer, wo Anna im Unterkleid immer noch im Bett saß. Die Aufregung des Tages und die erneute Nähe des eigenen Todes hatten ihre Tränen immer noch nicht trocknen lassen. Er setzte sich zu ihr und nahm sie tröstend in den Arm. Im Moment war ihm egal, dass seine Frau im Gästezimmer, eine Wand weiter, am Bett eines anderen saß und er nicht bei ihr war, sondern bei Anna. Was hier im Haus geschah, das blieb auch im Haus. Da würde nichts nach draußen dringen. Harald hatte schon lange festgestellt, dass er sich in Annas Nähe wohler fühlte, als in der Nähe seiner Frau. Vielleicht hatte er schon mit der Ehe abgeschlossen, aber wie sollte es weiter gehen?

Nun würde aber erst mal der Prozess gegen den Räuber beginnen und da würde er Anna gern heraus halten. Vielleicht gelang ihm das ja. Es war irgendwie eigenartig mit dem Recht. Für das, was er Anna angetan hatte, hatte der Räuber nur mit einer Geldstrafe zu rechnen. Der Raub der Mitgift und der Tod der beiden Kutscher konnten ihn dafür an den Galgen bringen, wenn man es ihm beweisen konnte.

Dafür müsste nur Sofie eine Aussage machen, Anna würde da sicher nicht benötigt werden. Gleich am nächsten Tag wollte er dann zum Gericht gehen. Den Abend beendete er aber in den Armen seiner Anna. Ein langer Kuss ließ ihre Tränen versiegen und das Lächeln kam zurück auf ihr Gesicht.

62. Kapitel

Wo ist der Beweis?

Als sie Anna auf der Treppe gesehen hatte, wusste sie, dass etwas passiert war. So durcheinander kannte sie ihre Schwester gar nicht, aber nach der Schilderung konnte sie Anna verstehen. Zum zweiten Male innerhalb von nur ein paar Tagen war sie dem Tode nur knapp entkommen. Als Sofie wieder in dem Zimmer war und am Bett von Matthias saß, fasste sie sich unwillkürlich an den Hals, dann stand sie auf und prüfte lieber noch ein weiteres Mal den Verschluss der Fenster. Zwar saß der Räuber nun im Kerker, aber da war er auch schon beim letzten Male gewesen und offensichtlich erfolgreich geflohen. So hatte es Matthias ihr erzählt, den der würde sie ja nicht anlügen. Also hatte der Räuber seine Flucht gut getarnt durchgeführt und dabei seinen eigenen Tod vorgetäuscht.

Wie sollte es nun weiter gehen? Sicherlich würde es zu einem Prozess kommen und da würde sie aussagen müssen. Das, was der Räuber ihnen Beiden angetan hatte, das zählte nicht, dass wusste sie schon von Harald. Was wirklich vor Gericht zählen würde, war der Raub der Mitgift und der Mord an den beiden Kutschern. Bei beiden war sie aber nur Ohrenzeugin gewesen, da sie da ja schon den Sack auf dem Kopf gehabt hatte und nur hören konnte, wie er die beiden Männer getötet hatte und die Mitgift war bei keinem der anderen Männer gefunden worden, also musste er sie an sich genommen haben. Doch würde das alleine vor einem Richter genügen? Ohne Schuldeingeständnis und ohne wirklich guten Zeugen würde es vielleicht bei ein oder zwei Jahren Kerker für den Mann bleiben. Und dann? Dann würde sie ihr Leben lang Angst haben müssen. Er konnte ja in jedem Schatten stehen, hinter jedem Gebüsch lauern und selbst jetzt schon im Raum sein. Ein frösteln zog über Sofies Rücken und sie drehte sich schnell noch einmal zu den Fenstern um. War da nicht eine Bewegung vor dem Fenster gewesen? Aber sie war hier oben eigentlich zu hoch. Da kam er nur mit einer Leiter herauf.

War da nicht gerade eine Tür in ein Schloss gefallen? Sicher war es bei Anna gewesen, aber vorsichtshalber schloss Sofie die Tür ab und stellte einen der Stühle unter die Türklinke. Wenn doch nur Matthias endlich wieder aufwachen würde. Zu lange wartete sie schon auf seine starken Arme und die liebevollen Umarmungen. Mehr als eine Woche sehnte sie sich schon danach, wieder in seine Augen sehen zu können. Weinend legte sie sich über sein Bett und schlief endlich doch noch ein. Erst ein klopfen an der Tür schreckte sie wieder auf. Sofie wischte sich schnell die Tränen ab und stand auf. Sie ging zur Tür und fragte „Wer klopft?" und sie machte erst auf, als sie die Stimme von Harald erkannt hatte. Es war noch mitten in der Nacht und ihr Mann schaute nur kurz bei ihr vorbei. Er hatte schon sein Nachtgewand an und sah sie fragend an, aber sie wusste, dass er nur fragen wollte „Brauchst du noch etwas?" und sie schüttelte den Kopf. Nachdem er gegangen war schloss sie wieder ab und auch der Stuhl fand wieder seinen Platz unter der Türklinke. Aber schlafen konnte sie in dieser Nacht nicht mehr. Zu viele Gedanken sausten durch ihren Kopf.

Der Morgen war auch nicht viel schlauer, als der Abend zuvor. Als die Sonne durch das Fenster schien, öffnete Sofie die Tür und ließ Anna und Harald in das Zimmer. Zu dritt begannen sie am Bett von Matthias zu überlegen, wie sie die Schuld des Räubers beweisen konnten. „Wir waren alle drei auf der Lichtung, wo der Offizier den Räuber vernommen hatte, bevor er ihn aufgehängt hatte, aber keiner von uns dreien hat der Befragung gelauscht. Wir brauchen die Aussage des Offiziers oder das Protokoll, dass er dabei anfertigen ließ. Das wäre ein Beweis!" sagte Anna und die beiden anderen nickten dazu. „Ich mache mich auf den Weg zur Garde und versuche den Offizier zu finden." sagte Harald und eilte schon zur Tür. Nun saßen die beiden Frauen nebeneinander am Bett des Richters und warteten, dass Harald eine Spur finden würde.

Es dauerte bis weit nach dem Mittagessen, dass die beiden Frauen in dem Zimmer einnahmen. Dann erst kam Harald zurück. Aber er hatte keine guten Nachrichten. Der Offizier war im Krieg und der Zettel mit der Aussage war nirgendwo zu finden gewesen. Nun würde es bei einem Prozess Aussage gegen Aussage stehen. Wem würden sie glauben? Einer Frau als Ohrenzeugin? Oder einem Manne, dem man nichts beweisen konnte? Es war schier zum Verzweifeln, aber sie mussten es wagen. Der Prozess würde schon am nächsten Tag beginnen und sie hatten nicht viel in der Hand.

Anna würde bei Matthias bleiben und die beiden anderen würden zu dem Prozess gehen, so hatten sie es sich ausgemacht. Das hatte auch noch den Vorteil, dass Anna dem Mann nicht noch einmal gegenüber treten musste.

In dem Saal waren nur einige Menschen anwesend. Der Richter, sein Schreiber, ein paar Soldaten, der angeklagte Räuber und ein paar Menschen, von deren Funktion Sofie keine Ahnung hatte. Der Prozess begann wie erwartet, der Räuber, Hans wie er sich nannte, stritt alles ab, was mit Raub und Mord zu tun hatte. Die Aussage von Sofie war da auch nicht wirklich hilfreicher. Jedes Mal, wenn Sofie den Mann ansah lächelte dieser. Vermutlich rechnete er im Kopf schon die zu zahlende Geldstrafe aus, denn bei der würde es vermutlich bleiben. Auch die tränenreiche Schilderung ihrer Todesangst unter dem Baum ließ den Richter nicht wirklich weich werden und für sie stimmen.

So standen sie nur ein paar Schritte voneinander entfernt. Der Räuber und sein Opfer. Frech grinste er ihr in ihr Gesicht und Sofies Hals zog sich zusammen, so als ob die Schlinge noch darum gewesen wäre. Wenn ihnen nichts Besseres einfiel, so würde das Urteil wohl nicht zu ihren Gunsten ausfallen.

Sie blickte Harald von der Seite aus an, doch an seinem Gesichtsausdruck erkannte sie, dass auch er am Ende seiner Ratschläge war. Am Abend des Tages verkündete der Richter, dass er am nächsten Tag das Urteil fällen würde und ließ den Räuber wieder in das Gefängnis zurück bringen. Zu Sofies Entsetzen nun schon ohne Ketten. Das ließ nichts Gutes hoffen.

Verzweifelt flehte sie zu Gott, dass er ihr helfen möge. Dann machte sie sich zusammen mit Harald auf den Weg nach Hause.

63. Kapitel

Dunkle Erinnerungen

Er lag und hörte von fern Stimmen. Alles war dunkel, bis er begriff, dass er die Augen noch geschlossen hatte. Es kostete ihm eine unglaubliche Anstrengung die Augenlieder nach oben zu bewegen. Aus einem Nebel sah ihn ein Mann entgegen, dann sah er Sofie neben ihm. Endlich konnte er sie genau sehen und nun waren die Stimmen auch deutlicher. „Wo bin ich? Was ist geschehen?" fragte er mit einer Stimme, die ihm selbst völlig fremd vorkam. Er konnte nicht eine Hand heben, so schwach war er, dann sah er eine zweite Frau, die an sein Bett trat. Der Mann neben ihm begann „Ich bin Harald und möchte ihnen danken, dass sie meine Frau gerettet haben." Langsam begannen Bruchstücke des letzten Abends ihn ihm wieder zusammen zu laufen. Das Zimmer, Sofie auf dem Stuhl mit der Schlinge um den Hals und Hans mit dem Messer. Der Kampf und der Stich. Einiges fehlte noch, aber die andere Frau war auch da gewesen, daran konnte er sich noch erinnern.

Mühsam versuchte Matthias sich aufzurichten, doch das ging nicht so richtig. Sofie zog ihn ein Stück hoch und die andere Frau stopfte ein Kissen unter seinen Rücken. Nun bekam er etwas besser Luft und sagte „Durst." Mehr konnte er nicht. Sofie reichte ihm einen Becher, den er beim Trinken mit zwei Händen festhalten musste. Er setzte ab und fragte „Wie lange liege ich schon hier?" „Mehr als eine Woche." antwortete Sofie und nahm ihn den Becher ab. Wieder blickte Matthias zu den drei Menschen, die um ihn herum standen. Der Mann war also Sofies Mann und die andere Frau sicher ihre Schwester Anna. „Was ist geschehen?" fragte er weiter und Sofie zog sich einen Stuhl zum Bett und begann von der Woche zu erzählen. Sie endete mit der Beschreibung des Prozesses. Er sah die Tränen in den Augen der Frau und dachte nach. Vermutlich hatte sie Recht. So wie es gerade stand, würde der andere Richter Hans mit einer Geldstrafe davon kommen lassen. Nicht einmal Kerkerhaft wäre dem Räuber sicher. Er selbst würde vermutlich nicht viel anders urteilen.

Konnte man dieses Urteil nicht irgendwie ändern? Vielleicht. Nur wie? Sofie blieb an seinem Bett und die anderen beiden verließen den Raum wieder. Nun, da sie alleine waren, konnte er ihr durch das Haar fahren und sie küsste ihn. Sie legte den Kopf auf sein Bett und sah ihn dabei an. Matthias überlegte immer noch, wie er etwas für sie tun konnte. Die Aussicht, dass der Räuber schon am nächsten Abend wieder auf freiem Fuße sein würde, hatte eine tiefe Angst in die Augen der Frau gezeichnet. Beim nächsten Male wäre er vielleicht nicht in ihrer Nähe, um sie zu retten. Und dann? Er brauchte einen Beweis für die Tat des Mannes. Matthias legte seinen Kopf zurück und strich der Frau liebevoll über ihr Gesicht. Er versuchte ihre Tränen wegzuwischen. Aber es kamen immer wieder neue nach. Was konnte er tun, um das Lächeln wieder auf das geliebte Gesicht zurück zu holen? „Gab es nicht eine Aussage?" fragte er, mehr sich selbst, um das gesagte von Harald noch einmal zurück zu holen.

„Ja. Aber niemand weiß, wo die ist." sagte Sofie schluchzend. Mit diesem einen Blatt wäre alles erledigt. Aber wo konnte es sein? Er schloss die Augen und begann in seinem Kopf alles zusammen zu fassen, was er über Hans wusste. Die Befragung im Kerker, das milde Urteil. Dann kam ihm ein Gedanke. Hatte er die Akte wieder mit in die Schreibstube gebracht? Lag sie noch im Kerker in dem Verhandlungsraum? Er hatte sich damals so gefreut, etwas gegen Sofie in der Hand zu haben, das er daran nicht mehr gedacht hatte, sie wieder mit zu nehmen. Oder hatte er sie doch mitgenommen? Aber dann musste sie in der Schreibstube sein und der andere Richter hätte sie dort gefunden. Ein Gedanke jagte den nächsten. Er versuchte jeden Schritt nach dem Besuch im Kerker noch einmal zu machen. Aber es scheiterte im Moment schon damit, die Frage zu beantworten, ob er die Akte in der Hand hatte, als er den Kerker verließ. Als er ihn betreten hatte, hatte er die Akte auf alle Fälle dabei gehabt. Nur danach? Er war so aufgeregt gewesen, dass er sich an manche Dinge nicht mehr genau erinnern konnte.

Ein großes Stück zwischen Kerker und Sofies Befragung fehlte ihm. „Hatte ich eine Akte in der Hand, als ich bei dir war? Wegen der Befragung?" fragte er sie und sie richtete sich auf. Er sah, wie sie nachdachte, dann schüttelte sie den Kopf und sagte „Nein. Nur ein Blatt mit der Aussage des Räubers. Du hast es in deine Jackentasche gesteckt." „Wenn ich das Blatt hatte, dann muss ich auch noch die Akte gehabt haben." sagte er und versuchte weiter zu überlegen. „Wie sah die Akte den aus?" fragte Sofie und er beschrieb sie ihr. Nun überlegten beide schweigend, wo und ob sie diesen Stapel Blätter, der mit einem roten Band zusammengehalten worden war, zuletzt gesehen hatten. Plötzlich sagte Sofie „Der lag bei dir im Zimmer, als ich dort war, an unserem ersten Abend." „Du musst ihn holen!" antwortete Matthias und drückte ihr seinen Schlüssel in die Hand. Sofie eilte aus dem Raum. Das war ihre letzte Chance, den Räuber an den Galgen zu bringen! Sofie musste das Papier unbedingt finden.

Es dauerte eine ganze Ewigkeit und draußen begann schon der neue Tag vor dem Fenster. Die Schwester von Sofie hatte seine Betreuung übernommen und ihm die ganze Zeit mit Essen und Trinken versorgt. Endlich ging die Tür auf und Sofie kam, gefolgt von ihrem Mann, mit der Akte zur Tür herein gelaufen. Schnell nahm er den Stapel Blätter und suchte darin. Endlich hatte er es gefunden. Matthias zeigte mit dem Finger darauf. Ein Siegel war auch daran, damit war es ein amtliches Dokument.

„Warte, ich schreibe euch noch etwas dazu." sagte Matthias und ließ sich Papier, Tinte und Feder bringen. Mit noch etwas unsicherer Hand schrieb er ein paar Zeilen an den anderen Richter und drückte alles dann Sofie in die Hand. „Nun müsst ihr euch beeilen." sagte er und zeigte auf die immer höher steigende Sonne.

„Nicht dass der Prozess endet, ohne das dies hier bekannt gemacht wurde." setzte er noch hinzu und fiel erschöpft auf das Bett zurück.

64. Kapitel

Das Licht am Ende

Wie hatte er eigentlich so blöd sein können? Nun saß er wieder hier im Kerker und wartete auf das Urteil. Im Moment sah es ganz gut aus für ihn und damit würde sich auch sein anderes Problem buchstäblich in Luft auflösen. Egal welcher der beiden Gräfinnen er von nun an auf einem Ball begegnen würde, er hatte nichts mehr zu befürchten. Er würde verurteilt zu einer Geldstrafe und damit konnte ihm keine der Beiden irgendetwas vorwerfen. Wenn er dann gezahlt hatte, war alles wieder in Ordnung. In Ordnung? So ganz wohl wirklich doch nicht. Diese kleine, schwarzhaarige Gräfin reizte ihn immer noch! Es war wie eine Sucht gewesen. Hans hatte seine Finger einfach nicht im Griff behalten können und damit fast alles aufs Spiel gesetzt, was er hatte.

Aber noch war nichts verloren, sondern fast alles gewonnen! Er konnte auch nach einer Geldstrafe weiter im Rat tätig sein. Ein paar Gewalttätigkeiten gegen Frauen waren nicht wirklich schlimm. Das würde seinem Ruf unter den Männern eher noch nutzen. Er hatte ja nun auch nicht einmal mehr Ketten um. Eigentlich hätten sie ihn ja schon am Abend freilassen können. Warum der Richter noch mal eine Nacht über dem Urteil schlafen wollte, war ihm eher unbegreiflich. Mit ein paar Münzen hatte er sich ein gutes Abendessen erkauft und nun saß er wieder in dem feuchten Kellerloch, aber mit der Aussicht auf die Freilassung war das gar nicht so schlecht. Er pfiff fröhlich vor sich hin und die Wachen schauten manchmal etwas seltsam zu ihm herein. Es kam wohl hier nicht so oft vor, dass ein Gefangener fröhliche Liedchen vor sich hin pfiff.

Irgendwann war er dann doch noch eingeschlafen, denn die Wache weckte ihn, als sie ihn an der Schulter berührte und für die Verkündigung des Urteils abholen kam. Zwischen zwei Soldaten spazierte er von seiner Zelle zum Saal des Gerichtes. Der Richter war schon anwesend, aber die Gräfin noch nicht. Ein paar Minuten hatte sie noch Zeit, sonst würde der Richter sicher ohne sie anfangen. Hans nutzte die Zeit, um aus dem Fenster zu schauen. Es würde sicher ein schöner, sonniger Tag werden und am Abend würde er dann mit ein paar Freunden in der Schänke sein Urteil feiern.

Er wartete und der Richter wartete ebenfalls.

Als er sich dann zur Urteilsverkündung von seinem Platz erhob, kam die Gräfin mit ihrem Mann in den Saal gestürmt und übergab einen Stapel Blätter an den Richter. Der begann darin zu lesen und nun wurde es Hans doch etwas unheimlich. Was hatten die Beiden da mitgebracht? Konnte ihm das gefährlich werden? Alle im Saal starrten zum Tisch des Richters, der, in das Studium der Blätter vertieft, wohl alles um sich herum vergessen hatte.

Schließlich sah der Mann zu ihm herüber, dann stand er auf und verkündete „In Anbetracht der neu aufgetauchten Beweise und der Aussage eines der Komplizen des Räubers stelle ich die Schuld des Angeklagten fest. Er ist schuldig des Raubes und des doppelten, eigenhändig begangenen Mordes." Der Richter ließ einen Moment der Pause, um seine Worte noch weiter zu betonen, aber Hans wusste sowieso, wie es weiter gehen würde. Der Richter sah zu Hans herüber und sagte „Die Strafe dafür ist der Tod am Galgen. Diese Strafe wird morgen Mittag vollzogen." Nun war es raus und damit war es auch für Hans klar. Dieser Tag würde sein letzter sein. Er sah zur Gräfin hinüber, konnte aber keine Freude über dieses Urteil in ihrem Gesicht sehen, höchstens Erleichterung. Wenig später wurde er, nun wieder in Ketten, in seine Zelle zurückgeführt. Das Pfeifen war ihm erst einmal vergangen. Ein paar Münzen hatte er noch und damit würde er sich ein ausgiebiges Abendessen mit Wein bestellen, denn dorthin, wo er am nächsten Tag gehen würde, dorthin brauchte er keine Münzen mitnehmen.

Der letzte Tag begann und die Wachen holten ihn zur festgelegten Stunde ab. Mit einem Wagen fuhren sie eine ganze Strecke. Als er ausstieg, erwartete ihn schon eine Menge von Menschen. Durch eine Gasse wurde er nach vorn geführt, wo schon das Gestell mit der Schlinge daran auf ihn wartete. Am Fuße der Treppe banden im die Soldaten die Hände auf dem Rücken zusammen und dann stieg er alleine auf die erhöhte Plattform hinauf. Nun stand er direkt über den Köpfen der Menschen. Hans sah hinunter und bemerkte die beiden Gräfinnen direkt zu seinen Füßen. Keine fünf Schritte trennten sie von ihm. Mit ihm auf der Plattform standen der Henker und ein Pfarrer. Dieser trat an ihn heran und fragte „Bereust du deine Sünden, um in den Himmel zu gelangen?" Hans zog die Augenbrauen zusammen. „Bereuen tue ich nichts. Und helfen würde es mir sicher auch nichts. Das einzige, was mir Leid tut, ist, dass ich mit der Gräfin nicht zum Schluss gekommen bin." Er sprach absichtlich so laut, dass die beiden Frauen ihn verstehen mussten. Der Pfarrer nickte und stieg die Treppe hinab. Nun trat der Henker an ihn heran. Hans drehte sich zu ihm um und sagte „Ich hoffe ihr versteht euer Handwerk besser, als ich es vermochte. Möge es schnell gehen." Der Henker nickte und legte ihm die Schlinge um den Hals, dann zog er das Seil fest.

Nur noch ein Augenblick trennte Hans von der Ewigkeit. Noch einmal ließ er seinen Blick über die Menge gehen und es war ihm, als ob er Karola gesehen hätte, aber die lag ja sicher verschnürt in der Höhle. Vielleicht lebte sie ja noch, aber egal. Er blickte nach oben und im selben Moment öffnete sich der Boden unter seinen Füßen. Er stürzte in die Tiefe und der Strick bremste seinen Fall abrupt.

Mit einem Knacken brach sein Genick und er hing nun direkt Auge in Auge mit der schwarzhaarigen Gräfin. Ein letzter Blick auf das Objekt seiner Begierde. Dann verschwamm das Bild und eine Flut von Sternen setzte ein, sie ballten sich zu einem weißen Licht zusammen und dann wurde es schwarz um ihn herum.

65. Kapitel

Befreit?

Eigentlich hatte sie sich von Sofie überreden lassen, hier mit her zu kommen. Anna stand an der Seite ihrer Schwester auf einem Platz, der für die Ankläger reserviert war und rings um sie herum standen hunderte von Menschen. Sie befanden sich etwa einen Fuß höher als die anderen um sie herum, auf einer kleinen Plattform, dadurch konnten sie die Menge überblicken. So ganz egal war ihr das nicht, hier darauf zu warten, dass ein Mensch zu Tode kommen sollte. Auch wenn der Räuber es für das, was er ihr und Sofie angetan hatte, mehr als verdient hatte. Sie waren fast die einzigen hier gewesen, als sie vor etwa einer Stunde hiergekommen waren, aber nun füllte sich der Platz immer mehr. Soldaten der Garde sicherten die Menge, aber wohl eher vor sich selbst, als vor dem Verurteilten, der bald kommen würde. Als dann die Sonne am höchsten Punkt stand, näherte sich ein Wagen und der Räuber wurde nach vorn geführt. Laute „Buh" Rufe waren von der Menge zu hören, dann stieg der Mann nach oben. Nun sah Anna eigentlich nur seine Schuhe direkt vor sich, sie wagte es nicht, nach oben zu blicken.

Sie hörte ihn von oben sagen, dass es ihm Leid tat, aber nur, dass er nicht zu Ende führen konnte, was er in der Höhle mit ihr begonnen hatte. Ein Schauer lief über ihren Rücken und nun versuchte sie nach oben zu blicken, aber der Blick des Mannes ging gegen den Himmel. Eine Bewegung an der Seite nahm sie wahr und blickte dort hin. Der Henker legte seine Hand an einen Hebel, der seitlich angebracht war. Anna blickte nach vorn und direkt vor ihr fiel der Mann nach unten. Der Strick bremste seinen Fall einen Fuß Breit über dem Boden. Sie sahen sich direkt in die Augen und sie hielt dem Blick des Sterbenden stand. Die Menge johlte und löste sich dann langsam auf. Die beiden Schwestern standen fast als letzte noch da und irgendwie konnte sich Anna nicht losreißen. Direkt vor ihr hing der leblose Körper und schaukelte im Wind, der langsam aufkam. Sie sah, dass der Mann sich im Sterben in die Hose gemacht hatte und als sie von dem Podest herunter stieg, hatte sie den nassen Fleck direkt vor Augen.

Sofie zog sie am Arm hinter sich her und dennoch musste Anna noch ein paar Mal nach hinten schauen, um sich zu vergewissern, dass er auch wirklich tot war. War nun damit aber auch ihre Angst besiegt? Natürlich konnte ihr dieser Mann nichts mehr tun. Aber die Angst steckte in ihr. Sofie schien besser mit ihrer Angst umgehen zu können und dabei war doch Anna eigentlich diejenige von den beiden Schwestern, die über die vergangenen Jahre immer mutiger und stärker gewesen war. Hand in Hand gingen sie zu ihrer Kutsche zurück und nun erst konnte Anna ihrer Schwester in die Augen sehen. Es stand eine Art von Genugtuung darin, dafür, dass der Mann seine gerechte Strafe erhalten hatte. Er war genauso gestorben, wie er es mit Sofie vorgehabt hatte. Und wer weiß, was er mit ihr gemacht hätte, wenn er Anna doch noch in die Finger bekommen hätte. War sie erleichtert, dass es nicht so weit gekommen war? Natürlich! Aber war es gerecht, dass er sterben musste? Für die beiden von ihm getöteten Kutscher sicher.

Die Kutsche brachte sie zurück zum Schloss und erst unterwegs löste sich Annas Anspannung in einer Flut von Tränen, die ausgerechnet von Sofie gestillt werden musste. Es war, als wären ihre beider Seelen miteinander vertauscht worden. Oder hatte Anna erst jetzt, bei den letzten Worten des Räubers wirklich realisiert, dass er es auf sie abgesehen hatte? Sie hatte seine Worte noch deutlich im Ohr. Das einzige, was ihm leidgetan hatte, war, dass sie ihm entwischt war. Kein Zeichen von Reue für seine Taten. Keine Entschuldigung, was auch immer sie hätte bedeuten können.

268

Nur Reue, dass sie ihm entwischt war. Vielleicht wäre es ihr jetzt besser gegangen, wenn er zum Schluss noch ein Wort an sie gerichtet hätte, um sich für all das zu entschuldigen, dass er in der Höhle mit ihr angestellt hatte. Ein Wort der Reue, für die verursachten Schmerzen. Dann hätte es ihre Angst vielleicht gemildert. Aber so?

Irgendwann waren sie dann endlich zu Hause und erst dort versiegten die Tränen endlich. Vielleicht wollte sie auch nur nicht vor der Dienerschaft weinen. Beim Abendessen bekam sie aber keinen Bissen herunter. Immer noch war das Bild in ihrem Kopf. Der im Wind schaukelnde Körper. Als sie auf ihr Zimmer ging, schaute sie trotzdem immer noch hinter sich, so als ob sie von jemanden verfolgt worden wäre. So richtig war die Angst aber noch nicht verschwunden. Sicher würde es noch eine ganze Zeit dauern, bis sie ganz aus ihrem Kopf heraus wäre. Aber würde das gehen? Würde diese Angst nicht auch weiter in ihr schlummern? So wie die Angst vor dem Riesen? Sie wusste es nicht, aber es war schön, dass sie in Haralds Armen wenigstens für ein paar Stunden alles vergessen konnte. Nur in den Armen des geliebten Manns war sie von der Angst befreit. Schlafen konnte sie danach nur schlecht. Bei jedem Geräusch war sie sofort wach und dachte daran, dass der Mann direkt an ihrem Bett gestanden hatte. Auch damals hatte sie nur Harald retten können. Wieder wusste sie nicht, was wohl sonst mit ihr geschehen wäre. Diese düsteren Gedanken ließen sie nicht wieder einschlafen.

Sie wälzte sich alleine in ihrem Bett umher, bis der neue Morgen begonnen hatte. Ein neuer Tag und immer noch die alten Sorgen. Wann würde das enden? Im Bad sah sie die fehlende Haarsträhne und schon war der Mann wieder in ihrem Kopf. Beim Frühstück lag ein Messer auf dem Tisch und wieder der unnütze Gedanke an die Angst. Ein Blick auf die sich langsam schließende

Wunde an ihrem Arm. Alles erinnerte sie an den Mann. Sollte sie für ein paar Tage wieder in das kleine Schloss ziehen? Der Kurfürst würde ihr diesen Wunsch sicher nicht abschlagen können. Aber erst einmal brauchte sie ein neues Kleid!

66. Kapitel

Umzug ins Glück

Nun würde es wohl in den nächsten beiden Wochen so weit sein. Hedwig konnte sich manchmal kaum noch von dem Stuhl erheben, auf den sie sich am Morgen gesetzt hatte. Zum Glück hatte sie ja eine meist sitzende Tätigkeit und brauchte da nicht mit ihrem Bauch so durch die Gegend laufen. Die Schneiderin Rita war ihr in den letzten Monaten zu einer richtigen Freundin geworden und seit der Herr seinen letzten Atemzug am Galgen ausgehaucht hatte, war es auch wieder etwas friedlicher. Die Herrin und das Mädchen waren mehr als eine Woche verschwunden, danach aber wieder aufgetaucht. Der Herr, dieser Verbrecher, hatte sie in einer Höhle eingesperrt, um sie dort sterben zu lassen. Karola hatte aber einen Weg gefunden, sich von den Fesseln zu befreien und zum Glück war Wasser in ihre Zelle getropft, so dass sie nicht verdurstet waren. Eine Wache der Garde hatte sie dann gefunden und befreit.

Mit der Gräfin Anna hatte Hedwig nun fast jeden Tag Kontakt. Immer wenn die Gräfin auf einen der Bälle ging, schaute sie in der Schneiderei vorbei. Nicht nur, um sich neue Kleider auszusuchen, sondern auch, um sich nach Hedwigs Gesundheit zu erkundigen. Eines Abends schlug die Gräfin vor, dass Hedwig in das Schloss kommen sollte, um dort ihr Kind zu bekommen. Die Magd zögerte einen Moment, doch als die Gräfin ihr sagte, dass sie mit Gräfin Johanna gesprochen hatte und Hedwig später Mal als Amme für Sofies Kind arbeiten konnte, stimmte sie gern zu. Auch Johanna war nun schwanger und da würde es für eine Amme genug zu tun geben. Gleichzeitig war dann auch der alte Graf immer in der Nähe seines Kindes. Und Hedwig in der Nähe des Grafen, den sie trotz all dem immer noch liebte. Sie wusste natürlich nicht, ob dies der Gräfin Johanna bewusst war, die ja nun die Frau des Grafen war und auch dessen Kind erwartete.

Als Gräfin Anna mit einer Kutsche kam, um sie abzuholen, erzählte Hedwig beim Abschied, dass der Herr sie oft geschlagen hatte und dies erst geendet hatte, als er am Strick gehangen hatte. Dabei erschrak die Gräfin und fragte nach der Beschreibung des Herrn. Dabei stellten die beiden Frauen fest, dass sie vor demselben Mann Angst gehabt hatten. Die Gräfin wusste nicht, was sie sagen sollte, hatte sie doch vor einem halben Jahr dafür gesorgt, dass Hedwig hier arbeiten durfte. Nicht wissend, in welche Gefahr sie die Magd damit gegeben hatte. Schnell fuhren sie mit der Kutsche zurück zum Schloss.

Es war schon komisch, das Schloss nach so langer Zeit wieder zu betreten. Hedwig bezog sogar ihr altes Zimmer. So vieles hatte sie in dem letzten halben Jahr erlebt und das meiste davon war nicht wirklich gut gewesen. Wenn Rita ihr nicht immer wieder geholfen hätte, sie hätte oft nicht gewusst, wie sie den nächsten Tag überleben sollte. Nun war die Freundin fern und es war unsicher, ob sie sich jemals wiedersehen würden. Schließlich hatte Rita in dem halben Jahr den Raum hinter dem Laden nicht verlassen. Und Hedwig würde nun im Schloss leben, aber vielleicht konnte sie Gräfin Anna mal in den Laden begleiten und dort würde sie dann die Freundin sicher auch wiedersehen. Sie hoffte es zumindest. Nun saß sie aber erst mal alleine in ihrem Zimmer. Die Herrschaften interessierten sich nicht für sie und die Dienerschaft, mit der sie eigentlich früher gut ausgekommen war, mied sie fürs erste. Es war schon eine seltsame Situation für sie, aber hier würde sie es sicher besser haben, als in dem Laden.

In zwei Monaten würde sie dann, zusätzlich zu ihrem Kind, die Rolle der Amme für das Kind von Gräfin Sofie übernehmen und danach vielleicht auch für das von Gräfin Johanna. Aber bis dahin würde es sicher noch ein halbes Jahr dauern, wie Gräfin Anna ihr gesagt hatte. Sie richtete sich gerade in dem Zimmer ein, als es klopfte und eine junge Magd zur Tür herein sah. „Der Graf möchte dich sehen." sagte sie und Hedwig fragte „Welcher von beiden?" obwohl sie die Antwort schon kannte. „Der alte Herr." sagte die junge Magd und verschwand wieder. Hedwig richtet ihre Kleidung und verließ ihr Zimmer. Langsam stieg sie die Treppe hinunter und folgte dem altbekannten Weg zum Zimmer des Grafen. Vor der Tür zögerte sie einen Moment, sicher würde auch Gräfin Johanna da sein. Wie sollte sie sich der Frau gegenüber verhalten? Ihr fiel nichts ein, und länger zögern wollte sie auch nicht. Sie klopfte an und trat in den Raum. In Anbetracht ihres Zustandes fiel der höfliche Knicks nicht ganz so tief aus, wie er hätte sein müssen. Der alte Herr stand am Fenster und drehte sich gerade zu ihr um. Seine Frau saß in einem Sessel neben ihm und schaute sie an. Es lag etwas Abschätzendes in dem Blick der Gräfin, so als ob die Frau prüfen wollte, wie groß die Gefahr für ihre Ehe war.

„Du bist also wieder da? Wie geht es dir?" fragte der Graf und Hedwig antwortete „Gut, gnädiger Herr. Und eurem Kind geht es auch gut." Ein Blick der Gräfin traf sie, der sicher Papier entzündet hätte. Sie biss sich auf die Lippe. Musste das jetzt wirklich sein? Aber nun war es schon mal gesagt. „Gut." sagte der Graf und machte eine Handbewegung, dass sie sich entfernen konnte. Schließlich stand sie mit klopfenden Herzen wieder vor der Tür. Sie liebte diesen Mann immer noch. So viel war sicher. Langsam stieg sie die Treppe hinauf, kam aber nicht wirklich bis nach oben. Mitten auf der Treppe brach mit einem Schrei die erste Wehe über ihr zusammen. Fast sofort war Gräfin Anna bei ihr, die gerade am unteren Ende der Treppe gestanden hatte. Zusammen mit einer

Magd, die ebenfalls gelaufen kam, brachten sie Hedwig in ihr Zimmer.

Wenig später traf ein Medicus bei ihr ein, nach dem die Gräfin geschickt hatte. Durch den Schmerz der Wehen hindurch wusste Hedwig, dass es besser war, hier das Kind zur Welt zu bringen. Eine Medicus hätte sie sich niemals leisten können. Es dauerte bis zum Morgen, dann war das Kind unter vielen Schmerzen und Schreien auf der Welt.

„Es ist ein Junge." sagte Gräfin Anna und drückte das Kind der Mutter in den Arm. Hinter dem Bett sah sie für einen Moment den alten Grafen stehen und sie hätte schwören können, dass in seinem, sonst so starren, Gesicht ein Lächeln zu sehen gewesen war.

67. Kapitel

Was Gott zusammengefügt hat ...

rst jetzt, wo sie die Magd wieder im Schloss hatte und das Kind des Grafen auf der Welt war, konnte Anna über das Gesagte der Magd nachdenken. Es war schon seltsam gewesen, dass sie all die Zeit dem Räuber so nahe war. Sie war fast täglich in seinem Laden gewesen. Eine Minute eher da, oder später gegangen und sie wären sich vielleicht begegnet. Noch immer hatte sie bei dem Gedanken an ihn eine Gänsehaut. In manchen Träumen lag sie wieder in der Höhle in der Dunkelheit und hörte seine Schritte. Dann schreckte sie meist schreiend aus dem Traum. Manchmal war dann Harald da, um sie wieder zu beruhigen. Aber meist war sie alleine und konnte nur versuchen das Ganze irgendwie zu verarbeiten. Eigentlich versuchte sie nicht an ihn zu denken und einfach ohne Sorgen zu den Bällen zu gehen, aber wenn sie dort mal auf die Toilette musste, oder einen Gang alleine entlang ging, war das Gefühl wieder da, dass er irgendwo stand und auf sie lauerte. Mit dieser Angst würde sie nun für den Rest ihres Lebens zurechtkommen müssen.

Viel schlimmer war aber, dass in diesem Hause eigentlich alle Menschen unglücklich waren und das zu überspielen versuchten. Sie konnte es in den Augen sehen. Sie liebte Harald, der mit Sofie immer noch verheiratet war. Diese wiederum liebte den Mann, den sie bisher so aufopferungsvoll gepflegt hatte und der Matthias hieß, wie ihr Sofie gesagt hatte. Auch in den Augen des Mannes hatte sie gesehen, dass Sofie ihm nicht egal war und Harald? Der verbrachte mehr Zeit mit ihr, als mit seiner Frau. Alles sehr verrückt und das Schlimmste daran war, dass man auch nichts daran ändern konnte.

Oder etwa doch?

Die Ehe war vor Gott geschlossen und so einfach nicht mehr zu lösen. Dazu kam dann aber auch noch, dass Sofie wohl ihr Kind an den Vater verlieren würde, wenn sie sich von Harald trennen würde. Und das konnte sie sich wirklich nicht vorstellen. Die Traurigkeit der Schwester war schon jetzt nicht mehr zum Aushalten. Wie sollte das erst werden, wenn das Kind erst mal auf der Welt war?

In den Nächten, wenn sie nicht gerade auf einem Ball war, saß sie nun öfters am Fenster und überlegte, wie wohl ihr Leben weiter gehen sollte. Auf der einen Seite liebte sie Harald, auf der anderen Seite würde sie ihn aber nie ganz haben können. Für immer würde ihre Schwester zwischen ihnen stehen. Und irgendwann würde sie mal heiraten müssen. Der Kurfürst hatte so etwas schon vor einiger Zeit angedeutet und in den letzten Tagen wurden seine Vorschläge immer konkreter. Anna wusste nicht, wie lange sie den Fürsten noch hinhalten konnte. Aber steckte nicht auch in dem einflussreichen Manne die Lösung ihres Problems? „Was Gott zusammengefügt hatte, dass sollte der Mensch nicht trennen." hatte der Pfarrer bei der Trauung gesagt, aber was war mit einem Stellvertreter Gottes auf Erden?

Mit einem König?

War der nicht über dieses Recht erhaben? Allerdings hatte sie nun ein weiteres Problem. Der König war Katholisch! Zumindest dem Papier nach, und da war eine Scheidung fast aussichtslos. Nur wenn sie an ihn als Oberhaupt des evangelischen Sachsens appellieren würde, hätte sie eine klitzekleine Chance ihn umzustimmen.

Aber vorher musste sie dazu mit Sofie reden, denn die Schwester hatte bei einer Scheidung am meisten zu verlieren. Der Richter war nicht von Adel! Damit war eine Hochzeit zwischen ihnen zwar nicht unmöglich, aber eigentlich würde Sofie damit auf ihren Rang als Gräfin verzichten und das Sorgerecht für ihr, im Moment noch ungeborenes, Kind würde sie damit auf jeden Fall verlieren. Der alte Graf würde niemals zulassen, dass sie seinen Erben aus der Familie löst. War die Liebe zwischen Sofie und Matthias so stark, dass sie dies unbeschadet überdauern würde? Oder würde sich die Schwester bis an ihr Lebensende dafür Vorwürfe machen und ihr damit natürlich auch? War dies alles eine Scheidung wert?

Da zweifelte Anna nun schon wieder. Für sie würde sich damit alles zum Guten wenden. Sie hätte dann den geliebten Mann immer um sich, aber sie würde damit vielleicht die Schwester verlieren. Eine schwierige Entscheidung, die geklärt werden musste, bevor sie mit ihrem Anliegen zum Kurfürsten ging. Denn wenn dieser erst mal eine Entscheidung getroffen hatte, konnte sie nicht wieder hingehen, um dann wieder mit einem anderen Vorschlag zu ihm zu kommen.

Schließlich nahm sie sich am Abend Sofie zur Seite und ging mit ihr in den kleinen Park hinter dem Schloss. Auf der Bank sitzend sahen sie sich erst eine Weile an, bevor Anna endlich den richtigen Zeitpunkt gefunden hatte. „Ich habe gesehen, wie du Matthias anschaust. Du hast dich in ihn verliebt. Oder?" schüchtern nickte Sofie und errötete sogar ein wenig. „Ist das so auffällig?" fragte sie und nun nickte Anna. „Ich kenne dich schon zu lange. Aber ich bin sicher, dass dein Mann es ebenfalls schon gemerkt hat." entgegnete Anna und die Schwester zuckte zusammen. Sofie verschränkt unwillkürlich ihre Hände vor ihrem Bauch, wie um das Kind darin zu schützen. Offensichtlich hatte sie sich schon dieselben Gedanken gemacht wie Anna. Sie legte die Hand auf die

Hand ihrer Schwester und setzte fort „Wir können eine Lösung dafür finden." doch Sofie sah sie nur entsetzt an. „Dann bist du die Mutter meines Kindes! Ist das die Lösung, die du meinst?" Anna zuckte zurück. So hatte sie das gar nicht gesehen und doch hatte die Schwester damit vermutlich Recht. Alles würde durcheinander geraten. Mit einem Wort wäre Sofie nicht mehr die Mutter, sondern nur noch die Tante!

Beide Frauen starrten nun nur noch geradeaus auf den kleinen Teich. Es wurde immer komplizierter. Wenn Sofie Matthias heiraten würde, so würde sie nur noch selten in das Schloss dürfen. Der alte Graf würde es zu verhindern wissen, dass eine „Bürgerliche" sein Enkelkind sieht und sich mit ihm beschäftigen würde. Auch dafür musste Anna nun eine Lösung finden. Konnte ihr da nicht auch der Kurfürst helfen? Zuerst musste nun das Kind auf die Welt kommen, vorher war sowieso keine Entscheidung möglich. Also würde Anna den Mann noch ein paar Wochen mit Ausreden hinhalten müssen.

Ob ihr das wohl gelang?

Verheiratet war man schnell, aber nicht immer gut, wie die Hochzeit der Schwester ihr eindrucksvoll bewiesen hatte.

278

68. Kapitel

Zerrissene Gefühle

Dieser Vorschlag ihrer Schwester war so ungeheuerlich gewesen. Selbst Wochen später machte sich Sofie noch darüber Gedanken und doch hatte sie schon vorher ähnlich gedacht. Nur es auszusprechen hatte sie nicht gewagt. Seit Matthias das Haus wieder verlassen hatte und nun in seiner Wohnung lebte, sehnte sie sich jeden Tag nach ihm. Abends konnte sie es wieder kaum erwarten, zu ihm zu eilen, aber in ein paar Tagen würde das Kind auf die Welt kommen und was wäre dann? Dann müsste sie wieder im Haus bleiben, bis sie wieder schwanger sein würde. Das konnte Monate dauern! Sie wusste nicht, ob sie diese lange Zeit so einfach überstehen konnte. Die Alternative dazu war aber noch viel Schlimmer: das Kind zurück lassen! Ihre Seele wurde förmlich in der Mitte durchgerissen. Wofür sollte sie sich entscheiden? Ging das überhaupt? Wie sollte sich eine Frau zwischen dem geliebten Mann und dem eigenen Kind entscheiden? Das ging nicht.

Niemals!

Das Schlimme daran war, dass sie nun auch niemanden dazu fragen konnte! Harald nicht, Matthias nicht und die Schwester schon gleich gar nicht. Sie musste alles mit sich selbst ausmachen! Zu viele Entscheidungen für eine liebende Frau und baldige Mutter. Schließlich brach sie eines Tages einfach unter der Last der Entscheidungen zusammen. Nun saß Anna jeden Tag an ihrem Bett, das sie nicht mehr verlassen konnte. Zu geschwächt war sie, durch das ganze Grübeln in den letzten Tagen. Damit kam sie aber auch nicht mehr zu Matthias, bei dem sie hätte Trost finden können. Sie war so geschwächt, dass Anna einen Medicus holen musste, der sie untersuchte und ihr etwas zur Beruhigung gab. Der Mann hatte gesagt, dass sie in diesem Zustand wohl kaum die Geburt und die Strapazen dabei überleben würde. Die Ermahnungen des Mannes brachten Sofie die Gefahr in den Kopf zurück, in der nun nicht nur sie, sondern auch ihr Kind schwebte.

Nun musste sie zwangsläufig mit ihrer Schwester reden, aber sie tat es nicht gern. Die schlimmen Befürchtungen standen zwischen ihr und ihrer Schwester. Würde Anna sie entkräften können? Wollte sie das überhaupt? Natürlich war es falsch gewesen, der Schwester zu unterstellen, sie wolle ihr das Kind rauben. Aber es hatte sich eben genau so angefühlt. Und das tat es eigentlich immer noch. Doch nun war es mittlerweile eine Entscheidung über Leben und Tod des Kindes und von ihr selbst geworden. Natürlich hatte sie erkannt, dass es schwer werden würde, doch die Ermahnungen des Medicus hatte sie in eine Angst versetzt, die sie noch nie zuvor verspürt hatte. Nicht einmal damals auf der Lichtung und auch nicht, als sie den Strick um den Hals gespürt hatte. Hier ging es nicht mehr nur um sie, sondern hauptsächlich um das Kind, das sie schon in den Bewegungen spüren konnte, wenn es sie mal wieder trat.

Und so wie jede liebende Mutter, die eine Entscheidung zwischen Leben und Tod des eigenen Kindes treffen musste, stellte sie ihre eigenen Bedürfnisse hinter die des Kindes. Trotzdem schossen ihr dabei immer wieder die Tränen in die Augen und Anna konnte sie nicht wirklich trösten. Irgendwann brachte Anna auch Matthias in ihr Zimmer und ließ sie beide alleine. Doch da konnte sie natürlich von dem geliebten Manne keiner Hilfe erwartet. Für ihn stand ja nur die Wahl, Sofie zu verlieren oder zu gewinnen. Trotzdem tat ihr seine Anwesenheit gut. In den paar Augenblicken, in denen sie alleine waren, kamen sie schnell überein, für das Kind zu entscheiden und als Anna wieder in das Zimmer kam, hatte Sofie sich entschieden. Sie würde ihr Kind an die Schwester übergeben und hoffen, dass diese sich gut um das Kind kümmern würde. Nun liefen Anna die Tränen über die Wangen und die beiden Schwestern umarmten sich weinend.

Der Einzige, den sie nun noch Fragen mussten, war Harald. Würde er ihrem Plan zustimmen? Anna eilte aus dem Zimmer und kam wenig später mit ihm zurück. Zu viert saßen sie nun in dem Zimmer. Sofie im Bett und die anderen drei rund um sie herum. Bisher hatte sie noch nicht gewusst, was Anna eigentlich plante. Die Ehe war ja schließlich für immer geschlossen worden. Was nun? Gespannt hörten sie alle Anna zu, als diese den Plan erklärte. Sie würde beim Kurfürst um die Auflösung der Ehe bitten und dann die Familienverhältnisse ihrer beiden Familien neu ordnen. Den alten Grafen wollten sie alle vier nicht mit in ihren Plan hineinziehen. Es war zu riskant, er würde sicher nicht zustimmen und dann müssten sie alle vier weiter mit dem Partner zusammen bleiben, den sie nicht lieben durften oder konnten.

Am Abend dieses Tages setzten dann, vermutlich ausgelöst durch den Stress der letzten Tage, dann auch noch bei Sofie die Wehen ein. Es war zwar etwas zu früh, aber einmal in Gang gekommen ließ sich die Geburt nun nicht mehr verhindern. Wenig später saß der Medicus mit besorgtem Gesicht an ihrem Bett und hielt ihr die Hand. Noch war es nicht so weit, dass er eingreifen musste und so beruhigte er sie, zusammen mit Anna, die auf der anderen Seite des Bettes saß. Da sie in den Hüften auch noch ziemlich schmal gebaut war, begann sie sich in die Geburt hinein zu quälen und immer noch schwebte über ihr die Gefahr, sowohl das Kind, als auch ihr eigenes Leben zu verlieren. Mit jeder Wehe wurden die Schmerzen nur noch schlimmer und der Medicus ließ sie auf ein Holzstück beißen, damit sie nicht das ganze Haus zusammen schreien würde. Irgendwann war es dann so weit, dass er an das Werk ging und nur noch Anna da war, um sie zu stärken und ihr Beistand zu leisten. Sie krampfte sich um die Hand ihrer Schwester und drückte sich in die Wehen hinein. Es schien kein Ende zu nehmen und langsam nahmen ihre Kräfte ab.

Immer wieder sank sie erschöpft zurück auf das Bett und dabei sah sie immer das besorgte Gesicht des Mannes, der versuchte das Kind auf die Welt zu holen, aber das ging nur mit ihrer Mithilfe, und wenn sie es nicht konnte, so würden sie beide sterben. Mit der letzten Kraft drückte sie das Kind nach draußen. Das Schreien ihres Kindes war das Letzte, was sie hörte, bevor sie vor lauter Erschöpfung ohnmächtig wurde.

69. Kapitel

Entscheidungen

Überglücklich hatte er seinen Sohn im Arm, bevor er ihn an die Amme weiter gab. Er sah, wie Anna sich um Sofie bemühte, die vor lauter Erschöpfung eingeschlafen war. Mit der letzten ihr verbliebenen Kraft hatte sie dem Kind auf die Welt geholfen, aber was würde nun werden? Natürlich hatte sich der Plan Annas gut angehört, aber damit dieser funktionieren würde, musste Sofie auf ihr Kind verzichten. Er sah in das schlafende Gesicht seiner Frau und versuchte in ihren Zügen zu lesen, ob das wirklich ihr Wille gewesen war. Denn das das Kind bei ihm bleiben würde, daran gab es nichts zu rütteln. Ein Kind, erst recht ein Sohn, musste beim Vater bleiben! Zwar übernahm in jedem Falle die Amme die weitere Versorgung des Kindes, aber es war schon etwas anderes, ob man wusste, dass es im selben Haus ist, oder dass es am anderen Ende der Stadt in einer fremden Familie lebte. Aber warum machte er sich eigentlich darum Gedanken? Für ihn blieb ja eigentlich alles so, wie er es sich immer vorgestellt hatte.

Wenn Annas Plan aufging, so konnte er bald die Frau heiraten, die er wirklich liebte und Sofie konnte dann den Mann ehelichen, dem sie anscheinend auch schon länger heimlich zugetan war. Natürlich hatte er es bemerkt, was sie für den anderen Mann empfand und genauso selbstverständlich hatte er die Kutscher gefragt, wohin sie Sofie jeden Abend gebracht hatten. Da war kein Ball in der Nähe, wohl aber die Wohnung des Richters. Das hätte durchaus auch schief gehen können, aber eigentlich nur für seine Frau, nicht für ihn. Hätte es da Gerede gegeben, so hätte sein Vater wohl nicht einen Augenblick gezögert, die untreue Ehefrau aus dem Schloss zu werfen, aber es war ja alles gut gegangen. Er selbst hatte nichts dazu gesagt und es einfach so hingenommen. Was hätte er auch sagen können? Schließlich schlief er ja mit der Schwester seiner Frau! Für einen Mann war die eheliche Treue zwar nicht ganz so explizit geregelt, da brauchte er sich ja nur seinen Vater anschauen, aber im Grunde galt die Ehe für beide Eheleute als heilig.

Der Plan war gewagt. Einmal ausgesprochen konnte Anna nicht mehr zurück. Sollte der Kurfürst nein sagen, war die Ehe trotzdem am Ende. Das Gerede würde einsetzen, der Vater würde auf die ganze Sache aufmerksam werden und dann würde der Plan ein böses Ende nehmen. Doch wenn der Kurfürst zustimmte, was nicht wirklich sicher war, so würde Sofie in das Haus des Richters einziehen und ein bürgerliches Leben beginnen. Die Tragweite dieser Entscheidung musste ihr sicher bewusst gewesen sein. Er sah auf die immer noch schlafende Frau hinunter und dann zu Anna. Schließlich verließ er das Zimmer und setzte sich im Saal unten an das Fenster. Von dort schaute er hinaus in den Park. Nun war er also Familienvater und jetzt hatte er noch eine Entscheidung für die Zukunft zu treffen, die in seiner Hand lag. Vor ein paar Tagen war er mit dem Ratszimmermeister George Bähr zusammen getroffen, der ihm vom Bau der Waisenhauskirche in Dresden berichtete. In Bähr hatte er einen Mann getroffen, der für seine Bauten brannte. Alles was er tat, hatte er sich selbst beigebracht und dieser Mann war gut darin. Mit seinem Feuer hatte er nun auch Harald angesteckt und der lange im geheimen gehegte Wunsch Haralds, etwas zum Aufbau der Stadt beizutragen, kam nun wieder in Fahrt.

Er würde in seinem Amt um den Abschied bitten und dann dorthin gehen, wo er etwas aufbauen konnte. Etwas schaffen konnte, was für Jahre oder sogar Jahrhunderte fortbestand haben würde. Überall wurde in Dresden gebaut und er wollte dabei sein. Mithelfen. Etwas Bleibendes schaffen! Blieb nur noch eine Entscheidung: sollte er zuerst Fragen, ob er die neue Stelle bekam, oder

284

sofort die alte Stelle niederlegen? Und was würde sein Vater dazu sagen? Nun, da er selbst Vater war, konnte er den alten Mann gut verstehen. Auch er wollte, dass es seinem Sohn gut ging. Aber sollte es ihm nicht auch gut gehen? Er erhob sich und ließ sich seinen Mantel und Hut bringen. Zu Fuß machte er sich auf den Weg und beendete seine Arbeit in dem Amt. Anschließend wechselte er zu seiner neue Tätigkeit. Unterwegs traf er Matthias, der ihn fragte, woher er kam. Die beiden Männer verstanden sich sehr gut und so begann er von seinem Vorhaben zu erzählen. Matthias war von der Idee so begeistert, dass er beschloss sein Richteramt nieder zu legen und zusammen mit Harald zu arbeiten. So wurde der zukünftige Mann seiner Frau nun auch noch Haralds Sekretär. Die Familienverhältnisse begannen immer komplizierter zu werden.

Am Abend, beim gemeinsamen Essen, erzählte er allen von seiner Entscheidung. Bei seinem Vater war die Bestürzung über seinen Entschluss groß, doch für Harald fühlte sich diese Wahl gut an und rückgängig machen konnte er sich auch nicht mehr. Von ihrer bevorstehenden ehelichen Umorientierung sagten sie an diesem Abend lieber nichts. Der Vater hätte sich vielleicht nur noch mehr aufgeregt. Sie hatten so schon genug damit zu tun, ihn wegen der Arbeit wieder zu beruhigen. Er nahm mit Anna Blickkontakt auf, und sie nickte ihm zu. Sie war mit seiner Entscheidung mehr als zufrieden. Der nächste Schritt würde nun bei Anna liegen. Würde ihr Anliegen beim Kurfürsten auf fruchtbaren Boden fallen? Es war eine fürwahr heikle Angelegenheit. Sie hatte ihm erklärt, dass es dabei ziemlich auf ihr Fingerspitzengefühl ankam. Sie würde dazu die Gunst der Stunde nutzen müssen.

Von all dem hatte Sofie noch nichts mitbekommen. Noch immer schlief sie in ihrem Bett. Das war nun fast schon einen Tag her und nun wollten sie, er zusammen mit Anna, nach ihr sehen.

Als sie das Zimmer betraten schlug Sofie gerade die Augen wieder auf. Er schickte die Magd, die bisher an Sofies Bett gewacht hatte, aus dem Zimmer und nun setzten sie sich zu ihr und erklärten ihr die Entscheidungen des Tages. Sofie nickte und wollte dann ihr Kind sehen. Somit ging Anna zur Amme und kam wenig später mit dem Kind im Arm zurück.

Bei dem Anblick musste Sofie schlucken, denn das war offensichtlich genau das, was sie befürchtet hatte. Ihr Kind in Annas Arm. Sie hatten beide zu zweit viel Mühe sie wieder zu beruhigen.

70. Kapitel

Hochzeit zu viert

Nun lag es bei Anna den Plan umzusetzen. Bei ihrem nächsten Schäferstündchen mit dem Herrscher wollte sie sich langsam an ihn heran tasten. Eigentlich waren es zwei Dinge, die sie von ihm wollte. Als erstes die Auflösung der Ehe zwischen Sofie und Harald und zweitens, was nicht ganz so schwierig erschien, die Erhebung von Matthias in den Adelsstand. Darüber hatte sie bisher mit keinem der anderen Drei gesprochen und es würde dann, wenn es klappte, eine Überraschung für Sofie und Matthias werden. Alles andere würde dann von alleine gehen. Die Hochzeit zwischen ihr und Harald, sowie Sofie und Matthias war nach der, durch den Kurfürsten vollzogenen, Scheidung nur noch eine Formsache. Der Segen in der Kirche natürlich nicht, aber den brauchten sie dann auch nicht mehr. Als es wieder an der Zeit war, und sie eine Einladung des Kurfürsten erhalten hatte, zog sich Anna ein besonders schönes Kleid an und ließ sich zu August in der Sänfte tragen.

An diesem Tag tat sie alles, um den Herrscher besonders zu verwöhnen. Als sie danach nackt, aneinander gekuschelt in dem Bett lagen, begann sie August langsam in ihre Überlegungen einzubeziehen. Zuerst wollte der Kurfürst es kategorisch ablehnen, aber nach all ihrer Überredungskunst stimmte er ihr schließlich zu. Und das sogar bei beiden Punkten. Damit würde einer Neuvermählung nichts mehr entgegenstehen. Schließlich sagte er ihr, dass sie am folgenden Sonntag zu viert in sein Schloss kommen sollten und er wolle alles entsprechend für sie vorbereiten. Nun konnte sie es gar nicht mehr erwarten, nach Hause zu kommen, doch der Kurfürst bestand auf seinem Recht und begann ihr das gerade erst angezogene Unterkleid wieder von den Schultern zu streifen. Mehr als eine Stunde später gab er sie dann frei und nun eilte sie nach Hause. Es gab ja noch so viel vorzubereiten.

Die Tage flogen nur so dahin und die beiden Frauen waren aufgeregt. Es würde nun nicht mehr lange dauern, bis jede das Leben führen konnte, was sie sich gewünscht hatte. Von der Ernennung von Matthias in den Adelsstand hatte Anna immer noch nichts gesagt. Das würde für die anderen Drei also bis zum Sonntag eine Überraschung bleiben. Schließlich brachen sie alle vier in ihrer Kutsche auf, um zum Schloss des Kurfürsten zu gelangen. Anna und Sofie hatten besonders schöne Kleider an und auch die beiden Männer hatten sich heraus geputzt. Denn alle waren ja nicht so oft beim Kurfürsten, Anna mal nicht eingerechnet.

Die Kutsche hielt direkt vor dem Schloss und ein Diener brachte sie in die privaten Gemächer des Herrschers. Dort wartete auch schon ein Pfarrer neben dem Thron des Herrschers. Die beiden Damen machten einen tiefen Knicks, die Herren eine genauso tiefe Verbeugung. Dann begann der Kurfürst als erstes mit der Trennung der Ehe zwischen Harald und Sofie. Als er dies getan hatte ließ er Matthias sich niederknie und dann zog er ein, von einem Diener hingehaltenes Schwert, zu fast aller Verwunderung erhob er den Mann in den Stand eines Reichsgrafen. Nur Anna musste schmunzeln, wusste sie dies doch schon vorher. Anschließend wechselten die vier ihre Positionen, so dass nun Anna neben Harald und Sofie neben Matthias standen.

Nun trat der Pfarrer in Aktion und schon nach ein paar Minuten waren die Ehen so geschlossen, wie sie von Anfang an hätten sein müssen. Zum Schluss erhob sich der Kurfürst und verabschiedete seine Gäste. Die Verbeugung der vier war wieder sehr tief. Dann sagte er zu Anna „Wir sehen uns, Gräfin." Dabei zwinkerte er ihr zu. Sie lächelte ihn an und erwiderte „Wie Majestät es wünschen." Sie nicken sich beide zu. Beim Verlassen der Räume sah Sofie das Bild über dem Tisch hängen und zeigte darauf. Anna nickte und wurde ein kleines bisschen rot. Nach ein paar Minuten waren sie alle wieder in der Kutsche und die Stimmung war ausgelassen und froh. Nun blieb nur noch eines zu tun: den alten Grafen über die Änderung in seiner Familie zu informieren. Mitten auf der Fahrt fiel Anna das Kind ein, das ja nun ihres war. Sie schlug vor, dass Sofie und Matthias in dem Schloss weiter wohnen sollten, damit würde sie jederzeit ihren Sohn sehen können und sie würden das Kind zusammen aufziehen können. Die anderen drei stimmten dem Vorschlag sofort zu und als die Kutsche vor dem Schloss anhielt, stand der alte Herr vor dem Tor. Als er sah, dass Sofie einen anderen Mann an der Hand hatte, wusste er, was passiert war und warum die vier so eine Heimlichkeit an den Tag gelegt hatten. Mit strahlenden Gesichtern informierten sie ihn alle gleichzeitig über alles, was gerade passiert war. Da er nun vor vollendeten Tatsachen stand, konnte er nur noch zustimmend nicken.

Nun begaben sie sich an den inzwischen festlich gedeckten Tisch im großen Saal und feierten ihre Neuvermählung. Es wurde eine lange Feier bis in den Abend hinein und auch Johanna und der alte Graf beteiligten sich schließlich daran. Ausgelassen und fröhlich tanzten die beiden Paare durch den Saal. Johanna hatte schnell eine kleine Kapelle organisiert, die zum Tanz aufspielte. Schließlich kam irgendwann der Moment, wo sich die beiden Paare zu ihre Hochzeitsnacht zurückzogen. Zu viert liefen sie lachend die Treppe hinauf.

Auf dem Gang stehen begann Sofie „Wir sind ja nun eigentlich jeder die Trauzeugen des anderen Paares." Anna wusste sofort, was die Schwester meinte und lachte sie an. „Du denkst an Auge und Hand?" fragte sie und Sofie nickte. „Ich habe heute besseres vor." sagte Anna lachend und ergriff Haralds Hand. Sie sah den fragenden Blick von Matthias und hörte, wie Sofie lachend sagte „Ich erkläre es dir später mal." dann nahm auch die Schwester ihren Ehemann bei der Hand und war noch vor ihr im Nachbarzimmer verschwunden.

Nun, alleine auf dem Gang, zog Harald seine Frau in den Arm und gab ihr einen langen Kuss. Dann zog sie ihn hinter sich her. Als die Tür hinter ihnen zugefallen war sagte sie „Endlich habe ich dich!" Harald nahm sie in seine Arme und trug sie zum Bett, wo er sie vorsichtig absetzte, so als ob sie zerbrechlich war, und ihr danach langsam aus dem Kleid half. Als er damit fertig war streifte sich Anna das Unterkleid über den Kopf und begann nun den Ehemann auszuziehen. Dann sanken sie in das Bett. Zum ersten Mal als Eheleute.

71. Kapitel

Erinnerungen

Seit ein paar Wochen war sie nun endlich mit dem richtigen Mann verheiratet. Endlich war für Sofie alles so, wie sie es sich von Anfang an gewünscht hatte. Irgendwie bewunderte sie die Schwester immer noch. Am Tag nach der Hochzeit hatte sie zusammen mit der Schwester eine kleine Dose im Garten vergraben. Als sie nach dem Inhalt gefragt hatte und Anna ihr die Wirkungsweise des Pulvers erklärt hatte, hatte Sofie rote Ohren bekommen. Für so durchtrieben und aufgeklärt hätte sie ihre jüngere Schwester gar nicht gehalten. Doch auch dafür bewunderte sie Anna insgeheim. Wie für vieles andere auch und obwohl Sofie ein Jahr älter war, hatte sie nicht die Wirkung auf andere Menschen, wie sie Anna beschieden war. Besonders auf Männer hatte Anna einen ganz besonderen Einfluss. Ein kleines Lächeln, ein Augenaufschlag, oder der schief gehaltene Kopf genügten und sie erhielt fast alles. Die „Waffen einer Frau" benutzte sie ganz virtuos und selbstverständlich.

Sogar mit Harald kam sie besser zurecht, als es Sofie jemals gekonnt hätte. Sie hatte ihr schon lange verziehen, dass sie mit ihrem Mann das Bett geteilt hatte, als sie noch verheiratet waren, aber da war sie ja auch schon mit Matthias zusammen. Sofie schämte sich dafür, dass sie der Schwester damals unterstellt hatte, dass diese ihr das Kind rauben wollte. Jetzt erzogen sie ihren Sohn gemeinsam mit der Amme. Nun hatte Sofie mit ihrem früheren Leben fast vollständig abgeschlossen. Sie liebte Matthias und dieser liebte sie. Nur manchmal noch dachte sie an den Räuber und sein Ende. Dann zuckte sie immer noch zusammen und fasste sich an den Hals. Immer noch fürchtete sie sich im Dunkeln und ging nur selten alleine irgendwo hin. Im Haus waren Diener immer bei ihr und außerhalb hatte sie Anna oder eine Freundin mit. Sie bewunderte Anna dafür, wie diese mit der Angst umging und wie stark die Seele der Schwester war.

Offiziell hatte sie keine Rechte. Als Ehefrau durfte sie nicht arbeiten oder Geld verdienen. Sie hatte sich um Haushalt, Diener und Repräsentation zu kümmern. Wobei sie ja nur eine Zofe zu verwalten hatte. Alles andere war nun Annas Aufgabe, aber sie half ihr dabei, schließlich wohnte sie ja auch hier. Manchmal beneidete sie Anna auch darum, dass diese sogar eigenes Geld erhielt. Die Apanage des Kurfürsten erhielt sie weiter. So hatte Anna also immer Geld, ohne ihren Mann zu fragen. Sie hätten zwar beide auch das Geld von ihren Männern erhalten, wenn sie danach gefragt hätten, doch Anna musste eben nicht fragen. Vielen ihrer Freundinnen ging es da aber wesentlich schlechter.

Sofie und Anna hatten aus Liebe geheiratet und diese war bei ihren Männern genauso vorhanden. Den meisten anderen Frauen, die Sofie kannte, war nicht so viel Glück beschieden. Sie hatten ihre Männer vorher nicht gekannt, wie sie Harald vor der Hochzeit, und die Ehe wurde meist nur aus Gründen der Erben oder der Besitzsicherung geschlossen. Dass man sich nach der Hochzeit näher kam, war möglich, aber eben nicht selbstverständlich. Als Frau war man auf den Mann angewiesen. Eigentlich hätte man ohne seine Zustimmung noch nicht einmal das Haus verlassen dürfen. Doch die meisten adligen Frauen setzten sich da großzügig darüber hinweg. Was natürlich nicht bedeutete, dass sie das gedurft hätten.

Manchmal erinnerte sie sich an die Kindheit und fragte sich, wie es die Mutter wohl gemacht hatte. Der Vater hatte ja nicht viel Geld und dennoch war die Ehe sehr harmonisch gewesen. Das war sie sicher jetzt noch. Trotzdem hatte die Mutter keinerlei Rechte und wenn der Vater irgendwann, was sicher noch lange dauern würde, sterben würde, so musste der älteste Sohn, ihr Bruder Peter, die Vormundschaft über die Mutter übernehmen. Das war normal und trotzdem komisch. Peter würde dann seiner Mutter das Geld zuteilen und ihr sagen, wann sie aus dem Haus gehen durfte.

Sofie hoffte, dass es ihr nicht auch einmal so gehen würde, aber die Wahrscheinlichkeit dafür war sehr hoch. Reichsgräfin oder nicht. Eine Frau war nur mit einem Mann etwas Wert. Nur durch ihn konnte sie leben. Auch da beneidete sie Anna. Die Schwester hatte es geschafft, ihre Vorstellungen auch ohne Mann durchzusetzen. Es war erstaunlich gewesen, wie sie den Kurfürsten um den Finger gewickelt hatte. Sofie hätte sich das nicht getraut. Konnte die Schwester ihr dabei noch etwas beibringen? Vielleicht, aber Sofie war eigentlich dafür zu schüchtern und hatte nicht das Selbstbewusstsein von Anna.

Andererseits hatte Sofie die täglichen Treffen mit den Freundinnen aufrechterhalten. Da war sie Anna etwas weiter voraus, auch wenn diese nun die Hausherrin war. Zusammen feierten sie nun viele festliche Empfänge in dem Schloss. Oft waren hundert Menschen zum Essen oder Tanzen eingeladen. Zum Glück hatten sie die Amme, die sie unterstützte. Alleine hätte weder Anna noch Sofie das Kind versorgen und gleichzeitig die gesellschaftlichen Verpflichtungen erfüllen können, die ihnen ihre Stellung vorschrieb.

Immer noch traf sich Anna mit dem Kurfürsten, wenn dieser ihre Anwesenheit wünschte. Sofie hätte das nicht gekonnt. Oder vielleicht doch? So als Mätresse des Kurfürsten? Eine von Dutzenden? Das fühlte sich irgendwie falsch an. Aber für Anna war es wohl in Ordnung. Gerade kam Anna die Treppe herunter, gab Harald einen Kuss und verließ das Schloss. Eine schwarze Kutsche ohne Wappen wartete schon draußen. Sofie konnte sie durch das Fenster sehen und sie sah auch, wie sich Anna beim Einsteigen noch einmal umdrehte. Sie blickte zurück und die Augen der Schwestern trafen sich. Sie nickten sich zu und danach ging Sofie nach oben zu ihrem Sohn, der nun offiziell ihr Neffe war. Unten fuhr die Kutsche ab. Sofie sah hinab zu dem schwarzen Gefährt, das mit geschlossenen Vorhängen fuhr und von dem jeder in Dresden wusste, was es bedeutete, nur nicht, wer darin war auf dem Weg zum Kurfürsten.

Sie drehte sich zu dem Bettchen und nahm ihren Sohn heraus. Am Fenster sitzend schauten sie beide in das Licht der Sonne hinaus und freuten sich über die gefiederten Sänger, die in dem Baum vor dem Fenster saßen. Die Amme betrat das Zimmer, um nach dem Kind zu sehen, verließ es aber sofort wieder, als sie die Gräfin am Fenster sah. Sofie hatte ihren Mann erhalten und auch das Kind behalten dürfen.

Sie strich ihrem Kind über das Gesicht und der Junge schlief ein. Alles war gut und sie begann ein Schlaflied zu summen.

72. Kapitel

Im Licht der Sonne

Sie schlug die Augen auf und die ersten Strahlen der Sonne fielen auf ihr Gesicht. Sie wurden durch ein Blätterdach abgeschirmt, so dass sie mit dem Wind zu tanzen schienen, aber es waren nur die Schatten der Blätter, die den Weg zum Gesicht der Frau fanden. Anna saß auf der Bank hinter dem Schloss. Sie drehte ihren Kopf aus dem Licht nach unten und sah die vier Kinder zu ihren Füßen, nur ein paar Schritte entfernt, im Grase des kleinen Parks spielen. Alle vier hatten nur ein paar Monate Abstand bei ihren Geburtstagen. Es waren Haralds Bruder und Schwester, sowie sein Sohn und seine Tochter. Nicht weit entfernt saß die Amme im Gras und hatte ein Auge auf die tobenden Kinder. Anna war nun seit fünf Jahren hier in Dresden und alles hatte sich so gefügt, wie es besser nicht hätte laufen können.

Auf dem kleinen Teich sah sie Sofie, die mit ihrem Mann in einen Ruderboot fuhr. Sofie winkte ihr zu und Anna hob die Hand zum Gruße. Die Schwester war im fünften Monat schwanger und Anna strich sich über ihren Bauch. Heute hatte sie mit der Amme Kinderdienst. Morgen wäre wieder Sofie dran und Johanna dann einen Tag später. So teilten sie sich die Erziehung der vier Kinder. Anna sah ihre Tochter auf sich zu laufen und hob sie nach oben auf die Bank. „Was hast du denn da, Constanze?" fragte sie und die Dreijährige hielt ihr eine Blume hin. Gerade wollte Anna die Blume nehmen, als die Tochter auch schon wieder von der Bank rutschte und samt der Blume zu ihrem Bruder lief.

Anna stand auf und ging zu den Kindern hinüber. Hedwig hatte ihren Sohn Johannes genannt. Vermutlich um sich mit Johanna besser zu stellen. Er war zwar nicht offiziell der Sohn des alten

Grafen, aber bis Johanna ihrem Mann einen Sohn schenken würde, war er die Nummer zwei in der Erbenfolge nach Harald. Sie legte wieder ihre Hände auf den Bauch. Seit ein paar Wochen war Anna wieder schwanger. Noch konnte man nichts sehen, doch sie fühlte es schon. Die tägliche Übelkeit war ein untrügliches Zeichen. Ob ihre Tochter von ihrem Mann oder vom Kurfürsten stammte, wusste sie nicht. Genauso wenig, wie sie es von ihrem zukünftigen Kind wusste, das gerade in ihr heranwuchs, aber es war sowohl ihr, als auch ihrem Manne egal. Manchmal blickte sie in das Gesicht von Constanze und versuchte darin die Antwort zu finden, aber das war müßig.

Sie kniete sich zu ihrer Tochter in das Blumenbeet und sah zur Bank. Harald betrat den Park. Seit er mit Anna verheiratet war und nun nicht mehr im Amt arbeitete, kam er oft viel früher heim, oder er arbeitete einen Tag gar nicht, so wie heute. Er teilte sich die Arbeit mit Matthias ein und heute schienen sie Beide nicht zur Arbeit zu müssen. Auch Johanna kam mit ihrem Mann in den Park. Haralds Vater war in den letzten Jahren etwas vergesslich geworden, doch Johanna und die vier kleinen Kinder hielten den alten Mann in Bewegung.

Harald nickte seinem Vater zu, der sich gerade auf die Bank setzte. Johanna winkte ihm zu und er drehte sich zu seiner Frau. Harald sah wieder zu ihr und seiner Tochter, dann sah er auf die beiden Freunde die auf dem Teich ruderten. Schließlich kam er zu Anna herüber, küsste die Frau und nahm seine Tochter auf den Arm. Anna stand auf und lehnte sich an ihn an. Hier fühlte sie sich geborgen und wohl. Die Angst war nun fern. Die Schatten der Vergangenheit waren von ihr gewichen.

ENDE

Zeitliche Einordnung der Handlung:

5800 Steinzeit

Beginn des Buches „**Schicha und der Clan des Bären**"

Ende des Buches „**Schicha und der Clan des Bären**"

5500 Steinzeit

400 --

387 Die Kelten fallen in Rom ein

300 --

218 Der karthagische Feldherr Hannibal überquert die Alpen

200 --

100 --

73 Flucht von Spartacus aus der Gladiatorenschule in Capua

71 Tod von Spartacus und Ende des Sklavenaufstandes

55 Expedition Caesars nach Britannien

44, 15. März, Kaiser Caesar wird in Rom ermordet

0 --

9 Niederlage des Feldherrn Varus gegen die Cherusker unter Arminius

34 Beginn des Buches „**Das Schwert des Gladiators**"

43 Beginn der Eroberung Südbritanniens

50 Colonia (heute Köln) wird zur Stadt erhoben

54 Nero wird römischer Kaiser

54 Beginn des Buches „**Die römische Münze**"

56 Ende des Buches „**Das Schwert des Gladiators**"

57 Beginn des Buches „**Die Tochter aus dem Wald**"

58 große Teile der Stadt Colonia brennen nieder

64 Brand Roms und daraufhin erste Christenverfolgung

68 Aufstände in Gallien und Spanien

68 Selbstmord Kaiser Neros

68 die Bataver, ein germanischer Stamm, erheben sich und belagern Colonia

70 die Stadt Colonia erhält eine acht Meter hohe Stadtmauer

75 Ende des Buches **„Die römische Münze"**

75 Ende des Buches **„Die Tochter aus dem Wald"**

79, 24. August, Ausbruch des Vesuvs und Untergang Pompejis

80 Einweihung des Kolosseums in Rom

85 wird Colonia die Hauptstadt der römischen Provinz Germania inferior

98 Trajan wird römischer Kaiser

100 --

161 Marc Aurel wird römischer Kaiser

200 --

300 --

306 Konstantin der Große wir römischer Kaiser

324 Konstantin bekennt sich zum Christentum und macht dieses zur Staatsreligion

400 --

700 --

764 Beginn des Buches **„In den finsteren Wäldern Sachsens"**

772, im Sommer, Zerstörung der Irminsul

772 Anfang der Sachsenkriege Karls des Großen

782 Blutgericht von Verden (Aller)

783, im Sommer, Gefechte mit Beteiligung sächsischer Frauen

785 Taufe Widukinds in der Königspfalz Attigny

792 letzte größere Erhebungen der Sachsen gegen die Franken

792 Zwangsdeportationen der Sachsen und Neuvergabe von sächsischem Land an Franken

796 Karls Belehrung durch seinen Berater Alkuin

797 wurden mit dem Capitulare Saxonicum die Sondergesetze gegen die Sachsen gelockert

800 --

800 Kaiserkrönung Karls

802 wurde das sächsische Volksrecht (Lex Saxonum) verabschiedet

802 Ende des Buches **„In den finsteren Wäldern Sachsens"**

804 Ende der Sachsenkriege

889 Wanzleben wird erstmals erwähnt, als Haufendorf

900 --

913 Herzog Heinrich von Sachsen stellt ein Ungarisches Heer bei Merseburg

926 Heinrich handelt mit den Ungarn einen zehnjährigen Waffenstillstand für Sachsen aus

937 Otto I. der Große, gründete das St.-Mauritius-Kloster in Magdeburg

938 die Ungarn ziehen erneut gegen die Sachsen

952 Beginn des Buches **„Der Gefolgsmann des Königs"**

955, am 10. August, Schlacht gegen die Ungarn auf dem Lechfeld bei Augsburg

955 Otto beginnt einen großen Neubau des Doms zu Magdeburg.

962, 2. Februar, Krönung Ottos zum Kaiser

968 Beginn des Baues der Burg Wanzleben

980 Ende des Buches **„Der Gefolgsmann des Königs"**

1000 –

1100 --

1142 Heinrich der Löwe wird Herzog von Sachsen

1143 Gründung Lübecks, der ersten deutschen Ostseestadt

1147 Beginn des Buches **„Im Zeichen des Löwen"**

1147 Wendenkreuzzug, dauert als Kreuzzug drei Monate

1152 Königskrönung von Friedrich Barbarossa in Aachen

1155 Kaiserkrönung Friedrich Barbarossas in Rom

1156 Besiedlungszug in Lommatzsch

1157 Gründung des deutschen Kaufmannsbundes

1159 Wiederaufbau Lübecks

1160 Beginn des Buches **„Kaperfahrt gegen die Hanse"**

1160 der slawische Burgwall Dobin, liegt am heutigen Schweriner See, wird zerstört

1160 Lübeck erhält das Soester Stadtrecht

1160 Gründung der Kaufmannshanse

1161 Vermittlung eines Handelsprivilegs an die Stadt Lübeck durch Heinrich den Löwen

1161 Gründung der Gotländischen Genossenschaft als Vorstufe der Hanse

1162 Kloster Altzella, bei Nossen, wird gegründet

1163 Ende des Buches **„Im Zeichen des Löwen"**

1180 Heinrich verliert das Herzogtum Sachsen

1200 –

1200 Gründung des Petershofes in Novgorod als Außenstelle der Hanse

1200 Ende des Buches **„Kaperfahrt gegen die Hanse"**

1210 Beginn des Buches **„Die Sklavin des Sarazenen"**

1212 Kinderkreuzzug mit Ziel Jerusalem

1212 Friedrich II wird König

1217 - 1221 Fünfter Kreuzzug - Kreuzzug von Damiette in Ägypten

1220 Ende des Buches **„Die Sklavin des Sarazenen"**

1250 Anfang der Blütezeit der Städtehanse

1300 –

1307, 13. Oktober, Zerschlagung des Templerordens und Verhaftung aller Templer

1315 Beginn einer Hungersnot, die als „Der große Hunger" in zwei Jahren mit sintflutartigen Regenfällen, sehr kalten Wintern und vielen Überschwemmungen Millionen Menschen in Europa dahinraffte

1321 Beginn des Buches **„Frauenwege und Hexenpfade"**

1337 der hundertjährige Krieg zwischen England und Frankreich beginnt

1337 Ende des Buches **„Frauenwege und Hexenpfade"**

1340 der englische König Eduard III. fällt mit seinem Heer in Frankreich ein

1346 in der Schlacht von Crécy schlagen 8.000 englische Langbogenschützen die verbündeten europäischen und französischen Ritter vernichtend

1347 die Beulenpest erreicht die europäischen Häfen am Mittelmeer und breitete sich schnell überall aus

1356 mit der goldenen Bulle wird erstmalig festgeschrieben, dass der deutsche König durch Mehrheitswahl von sieben Kurfürsten bestimmt wird

1400 --

1500 --

1517 Beginn des Buches **„Die Bruderschaft des Regenbogens"**

1517, 31. Oktober, Luther verkündet seine Thesen in Wittenberg

1518 Münzer und Luther sind in Wittenberg

1520 Münzer in Zwickau

1522 Neues Testament erscheint auf Deutsch

1523, zu Ostern, Katharina von Boras Flucht aus dem Kloster

1524 Bauern- und Handwerkeraufstände in Sachsen

1525, 15. Mai, Schlacht bei Bad Frankenhausen

1525, 27. Mai, Münzer wird in Mühlhausen enthauptet

1525, 27. Juni, Heirat Luthers mit Katharina von Bora

1525, im Dezember, Kloster Buch wird geschlossen

1526 Niederschlagung der letzten Bauernaufstände

1527 Ende des Buches **„Die Bruderschaft des Regenbogens"**

1530 Reichstag zu Augsburg beschließt Duldung des Evangelischen Glaubens

1534 Gesamte Bibel auf Deutsch

1600 –

1618, 23. Mai, Fenstersturz zu Prag

1618 Anfang des dreißigjährigen Krieges

1620, 08. November, Schlacht am Weißen Berg bei Prag

1630 Beginn des Buches „**Im Schein der Hexenfeuer**"

1631 Kriegseintritt Sachsens

1631, 10. Mai, Verwüstung der Stadt Magdeburg durch kaiserliche Truppen

1631 Beginn des Buches „**Die Räubermühle**"

1632 die Pest wütet in Sachsen

1632, 16. November, Schlacht bei Lützen

1634, 25. Februar, Albrecht von Wallenstein wird in Eger ermordet

1634 Ende des Buches „**Die Räubermühle**"

1639 schwedische Truppen brennen Dresden teilweise nieder

1641 nochmalige Zerstörung Dresdens durch die Schweden

1648 Westfälischer Friede

1648, 24. Oktober, Ende des dreißigjährigen Krieges

1650 Ende des Buches „**Im Schein der Hexenfeuer**"

1694 Friedrich August I. wird unerwartet neuer Herzog und Kurfürst von Sachsen,

1697, 15. September, Friedrich August I. wird in Krakau zum polnischen König gekrönt

1700 –

1710 Beginn des Buches „**Anna und der Kurfürst**"

1712 Thomas Newcomen konstruiert die erste verwendbare Dampfmaschine

1715 Ende der Kleinen Eiszeit, einer Periode relativ kühlen Klimas mit besonders kalten Zeitabschnitten seit 1675

1715 Ende des Buches „**Anna und der Kurfürst**"

1756 bis 1763 der Siebenjährige Krieg tobt in Mitteleuropa

1776 Gründung der Vereinigten Staaten von Amerika mit der Unabhängig-
keitserklärung

1789, 14. Juli, Beginn der französischen Revolution in Paris

1793 Beginn des Interventionskriegs gegen Napoleon, an dem auch Sachsen teilnahm

1794 die Gesellen streiken in Dresden

1796 der Interventionskrieg endet mit einer Niederlage für die preußischen,
österreichischen und sächsischen Verbündeten.

1800 --

1800 Beginn des Buches „**Der russische Dolch**"

1806 Preußen und Russland verbünden sich gegen Napoleon. Sachsen
schließt sich an

1806 Krieg der Verbündeten gegen Napoleon

1806, 14. Oktober, Schlacht bei Jena und Auerstedt, die Verbündeten werden von Napoleon vernichtend geschlagen.

1806, 20. Dezember, das Kurfürstentum Sachsen tritt dem Rheinbund bei
und wird durch Napoleon zum Königreich

1812 von Sachsen aus beginnt der Feldzug gegen Russland. Sachsen ist mit
21.000 Mann daran beteiligt

1812, 23. Juni, Napoleon überquert mit seinem Heer die Mehmel

1812, 17. August, Schlacht um Smolensk

1812, 7. September, Schlacht von Borodino

1812, 14. September, Napoleon rückt in Moskau ein

1812, 13. Oktober, Napoleon beschließt den Rückzug

1812, 3. November, Schlacht bei Wjasma.

1812, 26. bis 28. November, Schlacht an der Beresina

1812, 14. Dezember, Kaiser Napoleon macht, seinen Truppen auf dem
Rückzug aus Russland vorauseilend, in Dresden Station.

1813, 2. Mai, Schlacht bei Großgörschen, Sieg Napoleons gegen Russen und Preußen

1813, 20. und 21. Mai, Schlacht bei Bautzen, weiterer Sieg Napoleons gegen Russen und Preußen

1813, 26. und 27. August, Schlacht bei Dresden, Napoleon errang seinen letzten Sieg auf deutschem Boden.

1813, 16. bis 19. Oktober, Die Völkerschlacht bei Leipzig brachte Napoleon eine verheerende Niederlage. Die sächsischen Truppen liefen zu den russischen und preußischen Truppen über

1813, 11. November, Die belagerte Festungsstadt Dresden kapituliert

1815, 18. Juni, Schlacht bei Waterloo

1815 Ende des Buches „Der russische Dolch"

1900 --

Von Uwe Goeritz ebenfalls beim Verlag BoD erschienen (BoD – Books on Demand, Norderstedt, nähere Informationen finden Sie unter www.BoD.de)

„Schicha und der Clan des Bären"
die ISBN lautet 978-3-7386-0262-3

„Diese Geschichte spielt in der Steinzeit, als unsere Vorfahren dazu übergingen sesshaft an einem Platz zu leben. Es war der Beginn der Siedlungen, von Viehhaltung und gezieltem Anbau von Pflanzen. Die Schwierigkeiten der ersten Siedler und die Gefahren in ihrer Umwelt werden deutlich gemacht."

108 Seiten für 7,90 Euro

„In den finsteren Wäldern Sachsens"
die ISBN lautet 978-3-7357-7982-3

„Diese Geschichte spielt von 764 bis 802 in den Völkern der Sachsen und Franken. Matthias, ein Franke, und Thorsten, ein Sachse, haben beide ihre Familien in den Sachsenkriegen verloren. Nach kämpfen gegeneinander werden sie Freunde und müssen sich den täglichen Anforderungen des Lebens stellen. Im Kontext des Krieges von Karl dem Großen gegen die Sachsen muss sich ihre Freundschaft bewähren wenn Frieden zwischen den Völkern herrschen soll."

108 Seiten für 7,90 Euro

„Der Gefolgsmann des Königs"
die ISBN lautet: 978-3-7357-2281-2

„Die Geschichte spielt um das Jahr 950 im Volke der Sachsen in der Nähe des heutigen Magdeburg. Berthold ist als Oberhaupt nach dem Tod seines Vaters für die Geschicke des Dorfes verantwortlich. Zusammen mit seiner Frau Johanna, seinen Brüdern, seiner Heilkundigen Schwester Edith und den anderen Bewohnern im Dorf bewältigt er die täglichen Herausforderungen des Lebens in einer Zeit in der das Christentum und die Einigkeit des deutschen Volkes noch ganz am Anfang stehen. Als König Otto zum Kampf gegen die Ungarn ruft, werden Berthold und die Seinen auf eine harte Probe gestellt."

116 Seiten für 7,90 Euro

„Im Zeichen des Löwen"
die ISBN lautet: 978-3-7347-5911-6

„Die Geschichte spielt von 1147 bis 1163 im Volke der Sachsen in einem kleinen Dorf. Wolfgang und Heinrich kennen sich seit Kindertagen doch nun ist einer der Herzog und der andere ein Bauer. Kann ihre Freundschaft diese Kluft überbrücken?

Wolfgang erwirbt sich in den vielen Kämpfen das Vertrauen seines Herzogs und darf das Banner mit dem Löwen im Kampf führen doch der Kampf gegen das Volk der Slawen stellt diese Freundschaft auf immer neue Bewährungsproben. Kann Wolfgang, als halber Slawe, den Kampf gegen das Brudervolk mit seinem Gewissen vereinbaren?

Zusammen mit Karl ist er als Oberhaupt für die Geschicke des Dorfes verantwortlich. Mit seiner Frau Gisela, seinen Bruder Siegfried und den anderen Bewohnern im Dorf bewältigt er die täglichen Herausforderungen des Lebens in einer Zeit als aus dem Dorf langsam eine kleine Stadt wird."

116 Seiten für 7,90 Euro

„Kaperfahrt gegen die Hanse"
die ISBN lautet: 978-3-7386-2392-5

„Norddeutschland, Ende des 12 Jahrhunderts. Diese Geschichte handelt von 1160 bis 1200 zu Beginn der Hanse in einem kleinen Dorf an den Ufern der Ostsee. Eine kleine Gruppe von Fischern beginnt einen Kampf gegen die Übermächtig erscheinende Verbindung zwischen Kaufleuten der Hanse und den lokalen Fürsten.

Immer schlimmer werden sie ausgepresst, damit ihr Fürst Handel treiben kann. Unter Ausnutzung des Aberglaubens der Seemänner gelingt es ihnen, einen Teil des erpressten Eigentums zurück zu holen und unter der Bevölkerung zu verteilen.

Wie lange können sie aber der übermächtigen Allianz und der Macht des neuen Städtebundes widerstehen?"

108 Seiten für 7,90 Euro

„Die Bruderschaft des Regenbogens"
die ISBN lautet: 978-3-7386-5136-2

„Sachsen zu Beginn des 16. Jahrhunderts. Als Kind ist Thomas in das Kloster eingetreten, doch im Laufe der Zeit kommt er immer mehr in den Konflikt mit der Kirche. Sein Zusammentreffen mit Müntzer und Luther führt bei ihm auch zu einer inneren Reformnation. Hin- und Hergerissen zwischen den Ansichten dieser beiden Prediger ergreift er Partei für die Bauern, aus deren Stand auch er einst kam. Nach der Niederschlagung der Bauernaufstände muss er sich entscheiden, wie sein Lebensweg weiter gehen soll."

112 Seiten für 7,90 Euro

„Im Schein der Hexenfeuer"
die ISBN lautet: 978-3-7347-7925-1

„Diese Geschichte handelt in den Jahren 1630 bis 1650 in einer kleinen Stadt in Sachsen. Johanna hat in den Wirren des dreißigjährigen Krieges schon zweimal ihre Familie verloren. Als Frau eines Kaufmannes gerät sie in einen Hexenprozess, den sie nur mit viel Glück und der Hilfe ihres Mannes überlebt. Nach diesem Prozess arbeitet sie weiter mit Kräutern und versucht den Menschen zu helfen, so gut sie es kann. Im alltäglichen Leben werden ihre Fähigkeiten immer wieder gefordert und sie muss jeden Tag beweisen, dass sie eine starke Frau ist."

112 Seiten für 7,90 Euro

„Die Räubermühle"
die ISBN lautet: 978-3-8482-0893-7

„Sachsen in den Jahren des dreißigjährigen Krieges. Von 1631 bis 1648 wütete auch in Sachsen der blutigste Krieg, den die Menschheit bis dahin gesehen hatte. Bis zu 80 Prozent der Bevölkerung kamen durch Not, Krankheiten, Hunger, Gewalt und Krieg ums Leben. Ganze Landstriche wurden entvölkert und niedergebrannt. Diese Erinnerungen haben sich tief in das kollektive Unterbewusstsein eingebrannt.

Dies ist die Geschichte von einer kleinen Gruppe Männer, die auf der Flucht aus dem Heer nicht, wie alle anderen, marodierend und raubend umherziehen wollten, sondern die erkannt haben, wem sie helfen wollen und von wem sie es nehmen sollen. Traumatisiert durch die Ereignisse des Sterbens und Tötens wollen sie der Gewalt ein Ende setzen. Doch wie? In einer Zeit der Gewalt kann selbst der friedfertigste nicht ganz auf Gewalt verzichten.

Durch die Nutzung des Aberglaubens der Bevölkerung gelingt es ihnen, unerkannt in einer Mühle Unterschlupf zu finden. In diesem neuen Buch wird der Leser in die Zeit der Umbruches entführt, eine Zeit, in der die Ritter nicht mehr den Ton angeben und ein erstarkendes Volk langsam beginnt, sich auf sich selbst zu besinnen und sein Glück selbst in die Hand nimmt."

112 Seiten für 7,90 Euro

„Der russische Dolch"
die ISBN lautet: 978-3-7412-3828-4

„Sachsen in den Jahren des napoleonischen Krieges in Europa. Diese Geschichte handelt von der Freundschaft zweier Männer in den Jahren 1800 bis 1815. Peter, ein Sachse, und Pjotr, ein Russe, treffen sich in der Kindheit und begegnen sich im großen Krieg Napoleons gegen Russland 1812 wieder.

In diesem Krieg, den Napoleon gegen ein ganzes Volk führte, stehen sie auf unterschiedlichen Seiten der Kämpfe. Ein Sommer und ein Winter, mit einem Krieg, der sich tief in die Erinnerung der europäischen Völker eingebrannt hat. Durch Not, Krankheiten, Hunger, Gewalt und Krieg wurden ganze Landstriche in Russland entvölkert sowie niedergebrannt. Millionen Menschen auf beiden Seiten starben.

Dies ist die Geschichte von einer ungewöhnlichen Freundschaft, die durch den Krieg auf eine harte Probe gestellt wird. Traumatisiert durch die Ereignisse des Sterbens und Tötens versuchen sie beide dennoch Menschen zu bleiben, in einer Zeit, in der ein Menschenleben nicht viel wert war."

116 Seiten für 7,90 Euro

„Das Schwert des Gladiators"
die ISBN lautet: 978-3-7412-9042-8

„Diese Geschichte spielt im Grenzgebiet zwischen römischen Reich und Germanien, sowie auch in Rom, in der Mitte des ersten Jahrhunderts unserer Zeitrechnung. Viele germanische Männer waren in dieser Zeit willkommene Verbündete und Kämpfer in den römischen Legionen.

Oft schon als Kinder von ihren Vätern zur Ausbildung nach Rom geschickt oder von den Römern als Geiseln genommen, lernten sie das Leben in der Zivilisation kennen und schätzen. Auch als Gladiatoren waren sie berühmt wegen ihres Körperbaues und ihrer Kraft.

Trotz der Annehmlichkeiten des Lebens in Rom entschlossen sich viele, wieder in die Heimat zurück zu kehren. Denn auf der einen Seite hatten sie das freie Land der Stämme, in dem ein jeder gleich war, und auf der anderen Seite das römische Reich, das seine Stärke auch auf den Schultern von unfreien Sklaven aufbaute.

Der Leser wird in die Welt des römischen Kaiserreiches mit seinen Kämpfern, Bürgern, Händlern und Sklaven entführt."

116 Seiten für 7,90 Euro

„Frauenwege und Hexenpfade"
die ISBN lautet: 978-3-7448-3364-6

„Anfang des 14. Jahrhunderts brach über Europa eine kleine und viele hundert Jahre anhaltende Eiszeit herein. Nach den warmen Jahrhunderten zuvor kam nun eine Zeit des Hungers und der Unwetter. Unruhen und Krankheiten dezimierten die Bevölkerung Mitteleuropas in einem nie zuvor gekannten Maß.

Diese Geschichte handelt in der Zeit von 1321 bis 1337 und erzählt vom harten Wege dreier unterschiedlicher Frauen. Karola, die Nonne, Maria, die Bäuerin und Bärlinde, die freie Frau aus dem Wald, treffen in dieser Zeit zusammen. Sie vereinigen ihre Kräfte und Fähigkeiten. Sie helfen sich gegenseitig und versuchen anderen Frauen beizustehen. Immer in der Gefahr, als Hexen verbrannt zu werden."

116 Seiten für 7,90 Euro

„Die Sklavin des Sarazenen"
die ISBN lautet: 978-3-7448-5151-0

„Es ist Anfang des 13. Jahrhunderts. Johanna, die Heldin dieser Geschichte, bricht mit tausenden Anderen auf, zu einem Kreuzzug, um das Himmelreich zu gewinnen und das Grab Jesu von den Sarazenen zu befreien. Doch statt den Himmel zu erobern gewinnt die Dreizehnjährige die Hölle der Sklaverei in Ägypten. Bedingungslos den Sarazenen ausgeliefert, schwebt sie jeden Tag zwischen Leben und Tod.

Wird sie jemals die Heimat wieder sehen und kann eine verbotene Liebe Johanna retten? Oder wird diese ihr Leben fordern... "

308 Seiten für 9,90 Euro

„Die Tochter aus dem Wald"
ISBN lautet: 978-3-7448-9330-5

„Diese Geschichte spielt im Grenzgebiet zwischen römischen Reich und Germanien, sowie in den Städten, die dort gegründet wurden, in der Mitte des ersten Jahrhunderts unserer Zeitrechnung. Viele germanische Männer und Frauen waren von den Annehmlichkeiten der Zivilisation angetan und wollten dort nicht mehr weg, wenn sie diese erst einmal erkannt hatten. Oft schon als Kinder von den Römern als Geiseln genommen, lernten sie das Leben in der Zivilisation kennen und schätzen.

Trotz der Annehmlichkeiten des Lebens in Rom gab es dort auch die Kehrseite der Zivilisation zu erleben. Frauen und Sklaven hatten keinerlei Rechte. Im Gegensatz zu den germanischen Stämmen, wo es keine Sklaven gab und die Frauen den Männern rechtlich fast gleichgestellt waren. So lebten sie immer mit dem Blick auf die andere Seite des Limes oder der Flüsse, auf dem das wilde und unzivilisierte, jedoch freie Land ihrer Ahnen lag."

116 Seiten für 7,90 Euro

Aktuelle Informationen und Neuerscheinungen finden sie immer im Internet unter:

www.Goeritz-Netz.de